得到的不仅仅是真相

第七位囚禁者

Kuitian Gu　葵田谷————著

浙江文艺出版社

图书在版编目(CIP)数据

第七位囚禁者 / 葵田谷著. —杭州:浙江文艺出版社,2023.6(2023.12重印)
ISBN 978-7-5339-7085-7

I.①第… II.①葵… III.①长篇小说-中国-当代 IV.①I247.5

中国版本图书馆CIP数据核字(2022)第254265号

图书策划	柳明晔
责任编辑	张　可
营销编辑	宋佳音
数字编辑	姜梦冉　诸婧琦
封面设计	人马艺术设计·储平
版式设计	吕翡翠
责任印制	张丽敏

第七位囚禁者

葵田谷 著

出版发行	浙江文艺出版社
地　　址	杭州市体育场路347号
邮　　编	310006
电　　话	0571-85176953（总编办） 0571-85152727（市场部）
制　　版	浙江新华图文制作有限公司
印　　刷	浙江省邮电印刷股份有限公司
开　　本	880毫米×1230毫米　1/32
字　　数	294千字
印　　张	12.625
插　　页	2
版　　次	2023年6月第1版
印　　次	2023年12月第3次印刷
书　　号	ISBN 978-7-5339-7085-7
定　　价	59.80元

版权所有　侵权必究

001 | **第一回**
我来到你的身边

105 | **第二回**
之后，我来到你的身边

221 | **第三回**
你杀死她之后，我来到你的身边

389 | **尾声**

第一回
 我来到你的身边

· 1 ·

涂姝从两条鲨鱼之间游过去。

那两条鲨鱼各有三米长,阴影盖顶,称得上庞然大物。涂姝从下方看见扁平的鱼腹呈珠白色,有一种惰性的鼓囊,这让她联想到廉价的蛇皮袋。

涂姝有一阵常看游泳比赛节目。每当那些身材美好的运动员穿着黑幽幽的鲨鱼服出现在镜头前的时候,她都会产生力量和飞驰的联想。所以和很多人一样,她也一度以为那种流线型的海洋动物体表一定光滑如梭。直至靠近甚至触碰上,她才知道这是错觉。鲨鱼从胚层发育而来的鳞片叫盾鳞,细小而危险——能够划开海水,也能够划开其他动物的皮肤。

涂姝屏住呼吸。

和这些年她身处的生活一样——屏住呼吸,小心翼翼。那两条大鱼游过来速度很快,和它们发生肌肤之亲的后果可想而知。

涂姝紧张地在水中调整姿势。紧张源自需要小心翼翼,不让自己的紧张被看破。

结果扭摆的幅度还是太大了。她那条金光闪闪的尾鳍搅拌起灰色的泡沫,在浑浊的盐水里往上长,像葡萄藤。涂妹叹了一口气——那串泡泡看上去如此紧张。

一条鲨鱼扭过头,涂妹看见那个海洋动物眨了眨眼,侧面的鳃裂像一组排风口在簌簌抖动。

很早以前涂妹就听人说过,在海里游泳的时候最好不要佩戴首饰,因为金属的反光对鲨鱼来说就像一条飞鱼;也要避免打水花,激荡的泡沫会让那些肉食动物兴奋不已。

于是两条鲨鱼绕了一圈,游了回来。

涂妹放松身躯,轻盈地向上悬浮。这时一只手拉住了她的手。

当两条狭长的鱼缠绕她擦身而过时,一个男人抱住她,捧起她的脸在水中接吻。

隔过水族箱,涂妹能听见观众的尖叫声。

两个小时后,她会遇到强奸犯和那个叫梁夏的男人,对方手持一把武士刀,显得威风凛凛。那天夜里,她会梦见有人在背后喊她的名字,当她转身时,一道寒光向她劈来。

劈向一道门。

表演五点半结束,涂妹坐在更衣室的木凳上,阳光从顶窗透进来,照在她的大腿上,像穿了一双暖色的丝袜。

换好衣服后,涂妹擦着头发走出来,刚好看见章洁把身体缩进走廊。涂妹叫住对方。

"今天的鲨鱼是被赶进场的吧?"

章洁后背抵住墙壁。

"有什么问题吗?"

涂姝把毛巾抖开,搭在左边手腕上,又把如瀑的黑发捋到另一侧。

"没什么,就是动静比平时大一些。"

她心知肚明那个男人刚才偷窥了她——不过不是看她的身体,而是看她的伤势。她后腋和腰窝都有赤红印子,鲨鱼周身的鳞片如锉刀。

"行了,那两条是护士鲨,不咬人。"

章洁转身准备走,涂姝迟疑地问了一句:"最后那个接吻,是你临时加的吗?"

和她搭档演出的男人冷冷耸肩,用这种方法以免别人以为他在关心。

"你不要把自己太当回事,搞得所有鱼、所有人都馋你身体似的。"

涂姝上身穿宽松的T恤,下身的牛仔裤很短,上衣罩过去后,看不见臀部。虽然已经离开水,但她浑身还散发着水汽。

下班以后,涂姝走进商场楼梯旁的一间办公室。因为租金不贵,裴青城租在那里办公。其实对走穴的团队来说,也没有撑门面的必要。裴青城把办公室的门关上后,就把手覆盖在涂姝看不见的臀部上面。

"你肯定不知道,你今天的人鱼造型,美得有多让人受不了!"

裴青城用下巴抵住上了岸的美人鱼的肩胛骨。那下巴又歪又尖,像工艺残次的陀螺。

为了抵抗酸胀感,涂姝每一次都缩紧身体。

"我说得没错吧,你还是夹紧双腿的时候最美。"

涂姝有一阵子等待裴青城把手伸入她T恤下的牛仔裤里,或者向下移动到她的大腿上,但是那个男人没有这么做,他只是用两只手掌托住臀部,促使面前的女人把双腿并拢。

涂姝知道裴青城更喜欢看。

上个月,裴青城提出演员在穿上人鱼服之前,要先用绳子把双腿绑住。

"我要的是一条真正的鱼尾!不要让我看见你们像荡妇一样叉开两条腿。"

那时,团里还有三个扮演美人鱼的女演员,两个主演,一个替补。每个人第一次绑住腿下水时都被呛到了,身材最好的卞思洛几乎在水中挣扎起来。

裴青城在水池边吼叫:"用腰的力量啊,用你们的屁股!你们是鱼!"

卞思洛被人从水里捞起来,她发狠地蹬腿,那双妖娆的大长腿被勒出横七竖八的淤青,就像刚参加完某些奇怪的活动。

"你去死吧!"卞思洛扯下绳子和胸罩,丢到裴青城脸上。

卞思洛辞职不干以后,入团一个月的涂姝就从替补成为主演。

虽然涂姝是这几年才学的游泳,但她学得很刻苦。为了符合水族馆演员的要求,她还报名参加了蝶泳训练班。蝶泳最难学,训练时也是用绳子绑住脚。

"这个人游得马马虎虎。"裴青城站在池边,指着涂姝对全团的人训话,"但她不怕喝水——是一条鱼就不会怕喝水!"

那时候,涂姝已经在水池里整整游了两个小时,累得头昏眼花,但她撑了下来。后来裴青城嫌绳子太松垮,不好看,又用胶带把演员从臀部到脚趾一层层裹起来,裹得像虫蛹,涂姝也撑了下来。

另外一个撑下来的女演员是俄罗斯人,叫尤利娅,但据说国籍和姓名都是谎报的。团里有人说她是从乌克兰来的偷渡客,身边还养着一个孩子。

在办公室的时候,裴青城会让涂姝脱去衣服,围着她的身体一遍一遍地看。

"你的身材作为人鱼正适合。现在看来,卞思洛和尤利娅胸部太大了,噱头归噱头,我不想观众分散注意力。"

涂姝有时认为,裴青城这个人虽然有淫邪的欲望,行径也像个暴君,但他忠于观众。他花大价钱给每个演员量身定制戏服,涂姝今天穿上了一套新的美人鱼服,胸罩和尾鳍布满金色的鳞片,在水族箱的射灯下耀目生辉——既吸引观众,也吸引海洋动物的注意力。

尽管裴青城操办的演出早已比以前廉价,他仍旧希望观众看得心满意足,直至尖叫。

裴青城最早和一个中外合资的主题游乐园有合约,负责管理乐园的整个马戏团队,最多的时候手下有几百人,游水的,跳舞的,耍杂技的,还有一大群野兽。乐园每天有五十三场主题表演、两场绕园巡游,还有一场剧院大马戏。

三年前，乐园某晚的马戏表演出了一起严重事故，一头雄狮在高台上向驯兽师挥舞利爪，从驯兽师的手臂上撕下一大片肉。那个外籍驯兽师向后滚倒，又导致一头正在倒立的大象受惊。那头大象跟跄两步，从台阶上一屁股坐下来，把大腿骨坐断了，从此再也没有站起来。

全场近万名观众集体尖叫。

事后检讨事故原因，发现伤人狮子的口腔深处长了一颗龋齿。其实那头原本温顺的狮子当天的情绪就不对头，按章程不该登台，但作为主管的裴青城漠视风险隐患，要求驯兽师依照编排把狮子驱赶上高台，又伸手拍打狮子的脸颊，结果酿成了一场血腥的表演。

一开始外方要求把裴青城炒了，但中方有个高管曾经在裴青城的张罗下睡过几个舞蹈演员，担心裴青城乱咬，所以出来说情，说归根结底是一场意外，马戏团中外上下几百号人，老裴是两只眼睛盯得不够紧，最重要的是，没有群众受到伤害。会上翻译把"群众"译成"客户"，把"伤害"译成"损失"，最后外方同意先暂停裴青城的职务，看看事态发展再说。

乐园的马戏剧场停业整顿两周，结果复业第一天票就售罄了。其后场场座无虚席，连带乐园主门票也攀上了销售高峰。中外方召开营销会议，分析新增的游客或许是慕名而来。他们想看看那头沾过人血的雄狮会趴在哪个笼子里，或者重新屹立在哪个山头；那头站不起来的大象还在不在，有没有进行人道毁灭。

会议的讲解人最后总结：我们发现来看马戏的观众，比以往更是脸带红光——很显然，他们期待尖叫的体验。

中外双方友好握手，事情就翻篇了。裴青城官复原职了半年。

至于那个外籍驯兽师,右手断了尺神经,接回去以后丧失了百分之六十的功能,但得到一笔还行的赔偿,伤愈后被打发回国。据说在他住院期间,裴青城时常带着鲜花、水果去探望,这让伤者本人也无话可说。马戏团团结和睦如昔,这让领导们备感欣慰。如果不是半年后又出了一件事,裴青城和乐园的合同会一直签下去。

半年后的某天,乐园莫名其妙地再次登上了网络热搜——为的还是同一件事,只不过这次配了好几张照片。那些照片很血腥,全是血肉模糊的手臂和深可见骨的伤口,照片下面配了文字:虎吹们过来看看,老虎一爪下去有没有我们家狮子厉害?

感官刺激的引流效果绝佳,但乐园的高层又焦虑起来,公关部门连夜开会也分析不透,二登热搜是福还是祸。后来派人查,查到一个IT小工身上,那小工曾跟随一个派遣团队到乐园做系统维护,顺带给办公室的电脑升级杀毒软件。一审就竹筒倒豆子了,那小工坦承照片是他从一台员工电脑下载而来,这兄弟从小爱动物,更爱在网上讨论各种动物的战斗力比拼,他看见照片猜到它源自半年前的马戏事故,于是拷回家发了帖子。

小工拷照片的那台电脑,就是裴青城的。

调查人员寻个空隙查了裴青城的电脑,果然在一个文件夹里找到驯兽师受伤的照片。其后又破解了几个文件夹,没看完一半就恶心得干呕起来。

那些文件夹里有上千张反映创伤的照片,除了那个驯兽师的手臂,还有其他马戏团演员的身体的各个部分:轻度有掉皮的,骨折的,吐白沫的;重度有扯裂的,烧焦的,糜烂的,咬碎的……

除了人,还有动物的照片。有的鲜血直淌,有的形如槁木,每一只都奄奄一息。

调查人员又把事情挖了一下，驯兽师入住的医院有个副主任医师承认，有一些伤势照片是裴青城找他要的。裴青城对驯兽师的伤情一直切切关心，又塞了红包，那个医生就给了。还有一些事故现场，以及伤者卧榻病床的照片，则可能是裴青城自己偷拍的。伤者住院期间，裴青城隔三岔五去探望，动机已不言而喻。

调查报告和照片上呈后，乐园的高层脸色就像危地马拉的绿蜥蜴，一个领导把照片丢得满办公室都是。然而在震怒之余，领导们又陷入一种集体尴尬。

向裴青城摊牌的时候，那个照片的收藏者坐在转椅上往后仰，问："我犯法了吗？你们擅自打开我的私人电脑，偷窃我的私人照片，这算不算犯法？"

裴青城属于乐园的外聘人员，虽然他的电脑由乐园配发，但根据合同的设备供应条款，说是他的私有财产也没错。而那些触目惊心的人和动物的照片，经过核查，全部是来自训练、演出或者感染疾病时的场景。

后来小范围问话，还有个别马戏团成员说着类似斯德哥尔摩症候群的话。

"我知道这件事呀，前年我被两匹马绞断了小腿，裴老师也给我拍过照。他知道我们不容易，所以把我们受的难记录下来。"

当然，更多团员心知肚明这是一种变态的嗜好，但没有一个人哭哭啼啼申诉，干马戏团的——也包括从事艰难工作的许多人——心志都坚忍。

归根结底，嗜好变态算不上犯法。喜欢看，不犯法。

开内部会议的时候，有个高管义愤填膺地拍桌子：半年前那场马戏表演，那个死变态肯定是故意要求驯兽师动手拍狮子的脸，他早就知道那头狮子情绪不对——这不是意外事故,是人为制造的血腥表演!

领导把盛满水的杯子向那个高管投掷过去。

后来大家都想明白了,无论是深究半年前那场事故的起因,还是让裴青城把他的私藏照流传出去,乐园都可以关门大吉。

乐园和裴青城解除长期合同,给了他一笔解约金。裴青城也自知待不下去,没多说话,领了钱走了。

那之后,虽然没有谁主动张扬这些丑闻,但裴青城在业内的名声也臭了。他晃荡了几年,自己掏钱拉了个草台班子,在各个风景旅游点的临时舞台上走穴。他对大型动物情有独钟,也花钱从一家破产的民营动物园买过一头面黄肌瘦的马来虎,但因为没有牌照,没遛出来两次就被管理部门扣了。

直至他找到一家新开张的水族主题游乐场。

那游乐场入室经营,开在近郊的一个中型商场里头,老板是内地人,雇了一个香港人打理。租了两层,大半层是水族馆,有个像那么回事的观景走廊,养了不少鱼,也养了能组队表演的企鹅和海狮;还有一片区域养了鹦鹉、松鼠、蜥蜴、乌龟、蛇,一些宠物猫、狗和几只白狐狸。另外一层是儿童游乐区,从海洋球到碰碰车,一应俱全;还有一个半开放的戏水池,大人、小孩穿着短裤对着造型可爱的喷头冲水,或者趴在刚过半膝的水里畅游。八十元一票通,虽然经营得不伦不类,但每天也有过千客流。尤其是节假日高峰,几个小剧场的观众席每场都挤得满满当当。

裴青城在游乐场承接了三个表演项目,一个是训练小狗和小猪表演的儿童剧场,一个是模拟因纽特人生活的情景剧,还有一个就是水族箱里的美人鱼表演。他坐在那个香港人的办公室说,人由他来找,负责训练负责管;动物则由游乐场提供。那个香港人是个知人善用的生意人,给裴青城开了一份半年一签的合同。

事实证明,香港人的眼光和裴青城的刷子都过关。裴青城承接的几个剧场很快成为游乐场的品牌戏,为获客贡献不菲。后来裴青城升级了因纽特人的情景剧,从冰原居民到丛林土著串烧跳舞,舞台越来越火热,演员的衣服越脱越少,观众欢叫连连。裴青城又提出买两条成年的护士鲨,给美人鱼表演伴舞。这种鲨鱼性情温和,但体形够大够唬人,样子和它们凶猛喋血的亲戚长得像,裴青城说观众好这口。香港人当即点头。

虽然是半年一签的合同,但裴青城多少恢复了意气风发。他重新掌控了自己的舞台。他招来十来个演职人员严格训练,坚持着对演出的精益求精,以及对观众满意度的尽忠。

在网上看到招聘信息,涂姝就去了。

裴青城点了一根烟抽上,给涂姝丢了一个薄信封。

"最近缺钱吗?"

涂姝把自己上个月的工钱捡起来,摇摇头。

"过来是想和您商量个事。"

"说。"

"我建议,取消最后接吻的动作……可以拥抱,不要接吻。"

"为什么?"裴青城把头扭过来,咯咯笑,"我还以为你会喜欢,你以前不是喜欢被人看着亲热吗?"

"我喜欢,不代表观众喜欢。裴老师,您现在经营的是儿童剧场。"

男人脸上有一瞬间掠过愠怒。涂姝想,那个人很想说我才不管小孩爱不爱看,但他说不出口——他说不出他的表演不需要所有观众都喜欢的话。

涂姝面无表情地说:"我不喜欢有人在我表演时闭上眼睛。"

裴青城脸上的怒意消失了,他弹弹烟灰,嘴角古怪地笑。

"我知道了。"

涂姝低头点点,告辞后向办公室门外走。

"等一下。"但她的老板叫住她,"你是不是忘了说什么?"

女子转过身,心底涌起巨大的紧张,她用力隐藏。

"说什么……"

"说谢谢。"那个男人看穿了她,笑起来,"谢谢我收留像你这样爱表演的人。"

逃离商场半公里后,站在道路的一端回头眺望,高耸的建筑物和红色的太阳都已经消失在地平线下方。

涂姝觉得脚底漆黑的柏油路像沼泽,无论挣扎与否,人都在往下陷。涂姝有一阵觉得自己无法坚持这样的生活,这时有两个男人从后面小跑着跟上来,问她要微信号码。

那两个男人谄笑说,他们看过她的好几次表演了,是被她的体态迷住了的粉丝。

涂姝心头有一种对身份认知的悲哀——像她这样的人,就应当招蜂引蝶,也应当对招蜂引蝶乐在其中。换作平时,她定当妩媚地周旋一番,如果对方不太讨厌,微信加了就加了。但她今天只是冷冷地摆手,低着头继续向前走。

一个男人从身后捂住她的嘴,拦腰把她抱起来。另一个男人帮忙抱住她前后踢的双脚。两个男人一前一后把女人横抱着,像搬一袋面粉,搬进马路旁边的一条小巷。

涂姝意识到自己一直在走神,没有注意周遭的环境。这条接驳城市近郊和远郊的马路,前半段有些商铺,后半段围了蓝色的瓦楞板,据说里头正在建设穿越城市的地铁。太阳一下山,人间的烟火也消失了。

那两个男人看准位置以后上前和她打招呼。

就是那回事吗?

恐惧无法抑制地喷涌,涂姝心想,在这种时候,她应该无须掩藏自己的紧张吧?就算像她这样的人,这样的女人,也没有必要对被强奸感到无所谓,对吗?

两个男人把她拖到小巷深处,一个男人压住她的上半身,另一个男人捋她的牛仔短裤,伸手去扯夹缝中间。

男人说:"我早就想看了,把这条鱼尾巴拨开来是什么样子。"他掏出一把狭长的小刀,放在女人脸上比画,也许在比照某种差不多长度的事物。

另一个男人说:"你他妈的快一点!"

涂姝浑身发抖,她不确定是不是应该放弃反抗。

"啧,牛仔短裤很麻烦……是什么东西?"

男人把女人的牛仔短裤捋下来,把裤袋里的信封翻出来。他蹲在地上,看见信封里装了一沓钱,大笑着塞进衣袋,然后重新趴下去。

涂姝的眼泪开始往外流。那时她蓦然明白,原来相比于其他,辛苦的钱被夺走,会让人更深切地感到屈辱。

她流着泪闭上眼睛。然而,当感觉男人的喘气贴近她的脖子时,她又强迫自己睁开眼睛去看——于是在那个瞬间,她看见有人把强奸犯的头敲得漫天粉碎。

半夜醒来,涂姝出了一身汗。脑海里还残留着自己被一刀两断,以及脑壳粉碎的画面。但随着意识的清醒,她想起那只是一个看错了的场景。

在日落以后的昏黑巷子里,两个强奸犯突然遭到巨大棍棒的猛烈殴打,每一击都命中头颅,每一击都碎片纷飞,白白闪光,像花瓣一样——涂姝在惊魂甫定后才看清,被拍碎的不是人的脑壳,而只是一截老化的瓦楞板。

把她救了的那个男人说,他是在旁边工地上就地取材。

"急急忙忙,没找到什么称手的。用刀呢,又怕出问题。"

两个强奸犯从地上爬起来,哼哼唧唧,这时,那个男人又变出一把日本武士刀。黑色刀柄,黑色刀鞘,足有一米长。

涂姝觉得那个场景很魔幻,两个强奸犯拔腿跑了,她甚至生出一种魔幻的失落:说跑就跑了,原来他们只是流氓,也不是非要我的身体不可……

后来男人拔刀出鞘,递给涂姝看,刀刃一点没开锋。

"刚才在商场买的,纪念品。你有没有事,要不要报警?"

涂姝摇头。

"你好像被抢了钱?"

"没多少钱……"

"需要我送你回家吗?"

"不用,我家离得不远。"

"那就好,我刚搬来这里,住得也不远——我们会不会是邻居?"

这时灯亮了,巷子里圆碟状的路灯凌空悬着,涂姝看见那个男人的脸笼罩在昏黄中,笑得诡秘而好看。

涂姝陷入一种惊诧,她见过这个男人。

"你……是观众?"

"嗯,我刚从商场出来。"

"你是不是来看过几次表演?"

"嗯,我喜欢你的美人鱼造型。"

涂姝见过这个男人不止一次,每一次他都坐在剧场最前排的正中间,双手放在膝盖上。哪怕隔着水族箱厚厚的玻璃和浑浊的海水,涂姝也能看见他在看着她。有几次,她相信他们有眼神的片刻交会。

今天他也在。一场结束,涂姝离开水,又重新跳下水,看见他仍旧在。一场接着一场,他接连看了三场。

现在,这个男人从天而降,来到她的身边。

涂姝起了一层鸡皮疙瘩,心里异样而魔幻。她在夜里惊醒,心绪分裂成惶然和期待的两半。当梦魇的不真实消去后,涂姝却发现自己对偶遇者生不出反感。

出汗后感到口干,涂姝从床沿走到厨台旁边,用玻璃杯接了一杯冷水。

"我叫梁夏。"

他非常年轻,可能比她还要年轻,笑容柔和而沉着。而他救了她。

"我说,梁先生,你是喜欢我扮演的美人鱼,还是只是喜欢看美人鱼的表演?"

涂姝至今不懂自己为什么要在那个场合说这种挑衅而争胜的话。

"我啊?我喜欢人,也喜欢鱼。"

而他的回答躲闪得莫名其妙。

涂姝端起玻璃杯,咕咚咕咚把水喝下,每一声"咕咚",喉咙深处的干涸都得到一点缓解。

"因为人和鱼都一样。"那个男人往后退了一步,他站在摇晃的灯影里微笑,"他们离开了水,都活不下去。"

·2·

到四十八小时的时候,女孩就一动不动了。

她把身体像胚胎一般蜷缩,脸颊和眼窝深深凹陷,皮肤从潮红变成紫青。剧烈的头晕让她言语不清,丧失交流的能力。

到六十小时的时候,毫无动静的人会突然手脚并用地挣扎,就像溺水。这是无意识的肌肉痉挛。想站起来做不到,平衡神经已经完全摧毁。无法发声,舌头肿得像体形最大的那种蛞蝓。也无法回到没有痛感的昏睡中,交感神经正在拼死进行最后的活跃,这种焦虑很难受——幸好她早已精神错乱,一无所知。

到这个时候,女孩失水五公斤,超过体重的百分之十二。

"最多两三天,缺水超过七十二小时,人基本不可能活下来。"

骆承文抱手时习惯把拳头顶在腋下,发达的肱二头肌有撑破警服的迹象。他祖上几代有英国人的血统,但普通话出人意表说得流利。

"之前的几名受害者,尸体都找到了吗?"女警姚盼[①]问。

骆承文双手架成直角,用右手食指挠鼻尖。

"其中三个人已经找到,昨天上午蛙人在牛牯岭的一个水库里找到第三名受害者。另外一名……不,两名还在找。"

他态度镇定,声音冷淡,以免被内地的同行看穿肩上的压力——但看上去不算成功。

"集中在新界北山区搜索吗?骆督察的辖区?"

"目前是这样,我们会全力寻找受害者。"

"是不是要等到第五名受害者死去,犯罪嫌疑人才会提示前一名受害者的抛尸地点?"

对方的语气没有挑衅的意思,但骆承文一瞬间还是感到气血上涌,悲愤交加。他把双手放下来。

"我听从上级命令,个人也完全接受贵方的协助,我甚至会非常感激你——我希望你有这样的本事,在受害者耗尽身体最后一滴水之前,找到她!"

那个从内地支援的女刑警把目光投过来,初时冷峻果断,但渐渐有些低落。

"很可惜,我想我没有这样的本事。坦白说,我认为观众在看直播的时候,受害者可能已经死去了。"

香港新界北总警区高级督察心中一阵刺痛。

虽然不愿承认,但他何尝不是早已想过,对方说的是对的。

[①]姚盼:系列推理小说的主要角色之一,市刑警支队二队队长,刑侦能力出众。曾在《金色麦田》《看不见的蔷薇》《原生之蔓》等故事中登场。

命案始于半个月之前。

气温闷热的6月初的一天,一个视频地址在境外某个游戏论坛被张贴出来,它出现的时候悄无声息,但一天以后触达了半个世界的观众。

视频有画面,有声音,一个身穿白色连衣裙的纤细女人,独坐在一个灰色的房间里,场景像一部舞台剧。女人开始一声不响地坐在木凳上,长发低垂,像一具尚未开始扯线的木偶,随后她缓缓苏醒,挺直身体,脖颈四向扭转,然后摇摇晃晃站立,一圈一圈围着房间打转,指甲抓在粗糙的四面墙壁上。

最初的十分钟,像极了行为艺术的表演。不久以后,观众发现那是一场直播,有人打字留言,说别磨磨蹭蹭,要脱衣服赶紧脱。但是那个女人后来开始呼救,开始哭,声嘶力竭,喊了一天一夜。观众渐渐增多,大家都觉得好看,因为表演太卖力了。

视频发布二十四小时后,画面出现黑底白字:24:00:00。那时表演的女人声音已经全哑了,她趴在地板上像春蚕一样沉睡,木凳子摔成碎片,灰色的墙壁上布满血痕。

那时,收看的观众突破了百万。

总体来说,网络上欢叫和尖叫并存,营救的呼声也不绝于耳。

"天啊,刚才她是用手接住尿液喝下去吗?谁快来救救她——"

当画面第二次出现黑底白字的时候,香港警方开了内部会议,正式动员起来。

其实在很早的时候，舞台中的女人就告诉过观众她在哪里。

直播开始十分钟左右，也就是女人苏醒不久，房间里响起过一个广播的声音。

"开始表演之前，请别忘记先做自我介绍。我承诺，观众会很多。"

那是个浑厚的男声，像某位主持人。为了让演员和观众都听得懂，他用了英语。

于是女人开始对空呼喊，说出自己的名字和国籍。在长久等待回音无果之后，女人开始哭泣，时而撕心裂肺，时而啜啜悲伤。随着时间的推移，她开始重新介绍自己，说自己是一个什么样的人，家里有什么人；她也说自己做过什么事，喜爱什么，憎厌什么，渴求什么。她请求有谁来救救她。她应该没有意识到自己的声音能够传播到很远的地方，只是在一种绝望中期望有人能够听见她的声音，后来则变成一种喃喃的人生自白，她已经预感到自己生命将逝。

这让观众更加认为这是一场表演。

刚开始那女人说过几句蹩脚的英语，后来就说越南话了。她的陈述在直播很长时间以后，才得到热心网友的翻译。

她说她在香港工作。

地下网络有太多这样的视频，国家执法力量只能遵循谋定后动的原则。

香港警方简称CIB的刑事情报科，视频在本土传播伊始就干了该干的事情。通过以非正式途径和越南方面联系，几经排查，女人的身份算是得到了确认。

但这个女人没有香港的入境记录。

如果这个越南女人身在香港，那就是一个偷渡客。而继续查的难处在于，打黑工的人十之八九会使用假名字。

当第二次出现黑底白字——直播超过四十八小时时，香港警务处正式启动调查程序，派出大量警员到各区的东南亚籍人员聚集地排查，一天之内掀了六家黑工中介。

当天入夜时分，情报就得到了。一个疑似的越南女人在两个月前偷渡到香港，曾在西贡和大浦的出海渔船上帮厨，但在两周前离船上岸。她没有亲友，从此失踪。

这时，情报科的一个技术员提出，直播过程插入幕间帧——那个按日通报的黑底白字——会出现字节变动，那个时刻反向追踪的概率会高一些。尽管机会微茫，但警员们都握紧拳头，等候第三次报幕的到来。

但他们没有等到那个时刻。

当直播到六十多个小时的时候，一个蒙面人走进画面。那人身穿黑色雨衣，雨帽下面戴着遮挡五官的头套，浑身湿淋淋的。他蹲下身，用一个听诊器按住女人的胸口。那时，女人躺在房间中间，已经有几个小时一动不动。

"谢谢，表演结束了。"

浑厚的男音再次飘扬。直播戛然结束。

那时候，负责新界区排查工作的骆承文还没有进入专案指挥部，但他举起手提电脑，重重地砸在办公室的地板上。

三天以后，案件调查没有寸进，而第二次直播开始了。这次地址挂在一个中文色情网站的留言板里。地址有两个。

两个结构类似但朝向不同的灰色房间，房间里有两个不同的女人。

两个女人都身穿白裙，几乎同时醒来。这次直播设定了倒计时，两个直播同时开始，时间是东八区的零时零分。

表演升级了。观众多了一个新期待：两个房间里的女人，谁能活得更久。

在两个女人的面前，各自放了一只透明的玻璃杯。杯里有大约五十毫升的水，浅浅的浑浊的水里躺着一条金鱼，活着。

观众给房间标了号。一号房间的女人在第十三个小时喝完杯中水，金鱼被拎起来丢在地上，跳动了一下。二号房间的女人坚持了十七个小时，才抢走鱼的生命之水。但在第二十三个小时的时候，她把干枯的金鱼从地上捡起来，伸出舌头舔了舔，然后塞进口中。一号房间的女人做这件事大约晚两个小时。她先咬住鱼尾的部分，细细咀嚼；然后把鱼身、鱼头一点点放入口中，一点点嚼碎——她考虑到应该把唯一的食物和水分批次食用，但鱼的身体太细小，而人的饥渴太庞大，所以她没有忍住。

两个房间的女人都在大约第三十五个小时的时候喝下自己浓黄色的尿液。

她们比前一次的受害人幸运，多了五十毫升水和一条鱼，还多了一只玻璃杯。她们可以用杯子，而不是用手掌盛接自己的尿液。

这一次观众也好,警察也好,都比前一次有经验。但受害者身份核查,并不见得比前一次更快。

一号房间的女人国籍为阿尔巴尼亚,她的民族在当地被称为埃弗吉特,也就是吉卜赛人。户籍信息几乎没有记录。

二号房间的女人是印尼人,有四分之一的华人血统。九岁成为孤儿,十六岁离开孤儿院,其后再无音讯。

两个女人都在镜头前表示自己身在香港。

香港警方尽了全力查。两个受害者分别在半年到一年不等的时间里,在香港非法逗留。一个跟团伙在旺角小偷小摸,另一个做过皮肉生意。

查这些花了大半周——那时候,直播已结束两天。

虽然多了半杯水和一条鱼,还有盛接尿液的工具,但受害者不见得能存活更长的时间。

一号房间,把金鱼嚼碎的吉卜赛女人,在第二天深夜的沉睡中突然呕吐,也许是呕吐物不慎吸入气管,她像沾了盐的蚂蟥一样在地板上扭动了十分钟,然后停止活动。二号房间的印尼华裔女人,则在四十八小时的报幕过去没多久,趴在地上将杯子砸碎,用玻璃碎片割开自己的手腕。她吮吸自己的血,一共割了八次,到她断气的时候,手腕上已经没有血往外流了。

二号房间的女人最终在生存的时长上胜出。

两场直播先后结束时,身穿雨衣的蒙面人都再次出现,用沉郁的嗓音谢幕,向观众说"谢谢,表演到此结束"。

但在画面变成漆黑之前,他又补充了一句:"要搵上一次的女主角,请移步北纬22.485311°,东经114.011211°。"

说这句话时,已毫无避讳——使用了粤语。

越南女人在大井围村的一个旧鱼塘里被找到,白色的裙子缠满水草,肚皮肥圆透明。缺水而死的人在死后得到了水的滋养。

由于隶属新界,香港警方把指挥部设置在新界北总警区。总警区头头立了军令状,一个月内破案。骆承文因而受命进入特案指挥部,成为行动组的指挥官。但距离首次直播两周以后,他只收获了另外两具尸体。

吉卜赛女人在公主山的野湖里发现;来自印尼的偷渡者,则在牛牯岭附近的一个水库被蛙人打捞出来。

而知道这两名死者的位置,靠的是第三次视频直播。

第三次直播在三天后依时而来——那时,特案组刚搞清前两名受害人的身份。

这次直播只有一名受害人,是个来自叙利亚的女人,她以前就逃过难,受过苦,所以喝了两次自己的尿液,坚持了三天零七个小时。

CIB情报科接连三次对幕间帧的数据流进行追踪,但无功而返。因为第三次直播的地址,没有直接挂在常规网站,而是藏在暗网里。

第三次直播结束的时候,蒙面人重复谢幕词,并再次播报经纬度坐标。随后警方在公主山和牛牯岭找到前两名受害人的尸体。

至此规则明了:下一次表演结束,就告诉你们前一次的演员在哪儿。当目睹身穿白衣的女子从水面漂起,骆承文躲到没人看见的地方抽了自己两巴掌。他领了任务找尸体,现在找到了。犯罪嫌疑人比他快——不止一步,而是两步。

骆承文给完自己耳光,第四次直播终于紧随而至。

接到紧急电话是零点过十八分,骆承文在办公室的案头猛扎而醒,差点从带滑轮的椅子上跌下去。他粗暴地拍打鼠标,点亮电脑屏幕。

他早已有过预感,犯罪嫌疑人在国际都市搞全球表演,又怎会缺少本国的演员?

直播房间里的白衣女孩用蹩脚的粤语呼喊救命,然后换上国语。

她眼泪滂沱地说,她从濒临香港的城市偷渡而来。

第二天早上,刑警姚盼就从那个城市驰援而来。

"这是对香港警方的挑衅——我们必须尽快找到受害者,必须比那个嚣张的表演狂快!"

姚盼单枪匹马而来。办案需要两人以上,所以外援不会单独行事,这是对香港独立调查权的尊重。上峰指派负责前线的骆承文和姚盼对接,至于谁配合谁没明说。骆承文在办公室和姚盼说案情,花了一个小时,早已心急如焚。

第四次直播已经持续十个小时,灰色房间里的女人呼喊了一夜,一个小时前缩在地板上睡过去,但娇小的身躯仍不时抽动,想必处于一场梦魇中。

受害者户籍湖南,还有三个月满二十三岁。

"嗯。"姚盼的目光在电脑屏幕上停留,"贵方行动组在组织营救吧?现阶段有线索吗?"

骆承文说:"有线索！聚焦受害人在港行踪,一个人难查,但五个受害人肯定会有交集。我们的情报科也在夜以继日地查IP地址,全港有多少个站点,大不了一个个查。"

"我是说现阶段。"

"所以我们应该干坐着？眼看时钟在走也不紧不慢？就因为姚警官你的个人猜测？"

骆承文有点压不住火。这个来支援的女警话少,摆一张臭脸,他说了一个小时,对方靠墙而立,不是点头,就是不置可否地"嗯"——尤其每当骆承文说"那个嚣张的表演狂"时,她都会说一声"嗯"。骆承文问:"你有什么意见吗？"她说:"没有,犯罪嫌疑人毋庸置疑是表演型人格。"这让骆承文忍无可忍。

"——我们香港警方从来不做猜测！"骆承文低沉补充道。

姚盼站在新界北总警区办公室的一角,眺望深圳湾。望了一会儿,她点点头。

"骆督察说得对,希望再小,我们也不能放弃对受害人的救援,我们走吧。"

两人离开警署,骆承文开一辆福特越野车,姚盼坐副驾驶座。行动组的警员从午夜时分全部投入调查,骆承文没有叫手下陪同,而是留在办公室和姚盼对接。这是姚盼提前提的要求。

出门以后,姚盼一直没问我们去哪里,听任安排,骆承文憋不住自己说出来,西九龙重案组刚查到受害人曾在油麻地的酒吧出现过,两个月前的事,但可以从那里查起。姚盼点头说"嗯",但尾音拉长,语气比之前坚定。

两个关系不尽融洽的异辖警察,在美式粗糙风格的车厢里良久没有对话,即将驶出新界区时,骆承文终于叹了口气,直视挡风玻璃的前方,把一个问题问出口。

"姚警官是怎么判断的?受害人生存与否的问题。"

坐在副驾驶座的姚盼淡淡地说:"我想先听骆督察的想法。"

"我没有确切思路,"骆承文捏住方向盘,实话实说,"只是觉得犯罪嫌疑人的作案周期间隔太短。如果是现场直播,受害人死后需要处理尸体,然后张罗下一次直播,时间未免太紧张。尤其第二次直播同时有两名死者——但如果视频是提前录好的,犯罪嫌疑人会游刃有余得多。"

骆承文停了停,续道:"实话说,特案组也考虑过受害人已经遇害的可能性。这种挑衅性的犯罪嫌疑人历史上有不少,他们是故意戏弄警方,受害人大多救不回来。"

姚盼笑笑说:"骆督察在国外受过训,知道的案例肯定比我多。"

骆承文沉声说:"但这些都是主观猜测,目前没有任何证据证明受害人已死,我们没有理由不和时间赛跑……"

姚盼说:"其实有证据。"

骆承文一脚刹车,坐旁边的女警早有预见,伸手顶住中控台。

骆承文顾不上道歉,发急问:"你们有证据?"

姚盼说:"贵方手头也有。"

"是什么?"

"就是第二次直播的视频。两名受害人分处两个房间。"

骆承文眼睛睁大,扭头盯住旁边的人——他已在一瞬间捕捉到对方的话中之意。

姚盼说:"我们最好停一下车。"

汽车穿越大榄隧道,骆承文切过三条车道,把越野车滑进青郎公路旁边,拉起手刹。

姚盼掏出手机,把一段视频调出来,递给骆承文。

"屏幕比较小,有点难看清。"

手机屏幕上下分屏,分别播放着两个受害者在两个房间里的视频。

骆承文抓住手机,其实那两段视频他已经看过无数遍——一分钟以后,他抬起头。

"两个房间很像,但朝向和布置不同,不是吗?"他发问,稍微犹豫,又补充,"我们情报科也做过比对……"

"房间里有两个摄像头,分别在左边和右边的横梁上。"

"不对啊,如果是两个摄像头从两个方向拍摄,也不该是画面现在的样子……"

"画面再做镜像反转就可以了。"

骆承文呆若木鸡。

姚盼说:"视频单纯做镜像反转,这种操作很难找出痕迹。"

骆承文明白这句话的意思,对方是给他们的技术人员台阶下。

他不加掩饰地吸气:"贵方已经验证过了吗?"

姚盼说:"官方没有,有一个编外的同行做了这件事,但应该不会有错。"

"编外的同行?他是警察吗?"

"目前还不是。"

骆承文深深抿住嘴,把手机还给姚盼,抹了一把脸。

"等一会儿我向上面报告这件事。"

姚盼说:"不急,我建议现阶段还是按部就班地查,别动摇军心。正如骆督察所说,哪怕知道是录播而非直播,哪怕希望再渺茫,我们也没有理由放弃对受害人的救援。"

骆承文无言点头,心里的疲惫感一掠而过,视频的问题他已经弄明白了。

犯罪嫌疑人在房间左右两边都安装了摄像头,两段视频分别用不同的摄像头拍摄,然后其中一段视频在播放时使用镜像画面——这使得房间的形状和布局存在若有若无的差异。

那不是两个看上去差不多的房间,而是同一个房间。

第二次直播,两名受害人并非分处两个房间受苦,她们是先后被禁锢在同一个房间。

所以这是录播,而非直播——当视频在网络上传播,受害者挣扎求生的身影出现在观众面前时,她可能早已死去。

骆承文深感挫败,心里又不禁生出一股怨气。他想向姚盼抱怨:"你怎么不早说,办公室的电脑明明看得更清楚……"但他立刻想起来,急匆匆把人家拉出门的是他自己。同时他也明白过来,姚盼为什么要求单独和他对接——这位外援没有第一时间把这个情报说出来,既是顾全他们的颜面,也是不想动摇军心。

她和他们一样,都不愿放弃对受害者的救援。

"骆督察不要在意。"

骆承文闻声回过神,他暗自叹口气,摆手说:"没有,姚警官你没错……"

"我是说,骆督察不要在意犯罪嫌疑人比我们快,他一点不快,他只是偷步而已。所以,我们要有信心。"

骆承文愣住。

"犯罪嫌疑人毋庸置疑是表演型人格,气焰嚣张,他想学那些历史上有名的犯罪嫌疑人。"姚盼坐在车厢里,冷冷地说,"但他只是在学,而且学得不好。"

骆承文问:"你是指……直播间隔太短?"

"嗯。为了制造噱头,犯罪嫌疑人把提前录好的视频伪装成现场直播,但他播放得太着急了。三天一集,像连续剧一样,这只会让人觉得不像直播。而且一般来说,慢慢播放不是可以获得更长久的收视率吗?"

"你认为犯罪嫌疑人这么做的原因是……"

"他害怕了。他巴望着有更多的观众,但当事件关注度激增,警方也开始全力调查时,他又心虚起来。所以他急急忙忙,想在尽量短的时间里把视频播完,赶紧给他的表演画句号。"

骆承文一阵说不出话,他想到自己之前把"犯罪嫌疑人太嚣张了,这是对香港警方的挑衅"这类话挂在嘴边,其实是一种潜意识的示弱,所以姚盼才会不置可否地"嗯"……

"犯罪嫌疑人无疑在挑衅警方,"姚盼继续说着,"但他选择把犯案的舞台放在香港,是因为这里有地区特殊性。"

骆承文愕然了一下,说:"方便找偷渡客下手吗?"

"嗯。非法入境者不受保护,而且找起来困难重重,他以为警方只会投入有限的力量。在犯罪嫌疑人看来,香港地缘特殊,容易脱罪。但他搞错了,我们是有担当的国家,我想他现在正在后悔。"

骆承文心里发热,空调的排风口呼呼作响。

他说:"那个人只敢对无亲无故,也没有合法权益的柔弱女性下手,后来也只敢把视频地址挂在暗网,让事件的影响力降级——这些都是胆怯的证明。"

姚盼点点头,声调冰冷:"是的,那个人只是个藏头露尾的胆小鬼。"

骆承文松开汽车手刹,问:"姚警官,你建议我们现在去哪里?"

姚盼转过头,微笑说:"原本我想先在骆督察的辖区转一转。"

"你有什么想法吗?"

"暂时没有,我们只能按部就班。不过我认为不能跟在犯罪嫌疑人后面追,犯罪嫌疑人没有跑得比我们快,他只是靠偷步而跑在前面——要缩短距离,我们应该绕道。"

"你认为会有更多的受害人吗?"

"我不知道,"姚盼整理安全带,窄窄的带子勒紧了前胸,骆承文觉得身旁这个女人的身姿散发着耀眼的光芒。

"但我们知道,犯罪嫌疑人越胆小,就越会藏头露尾,而我们一定会抓住他!"

一小时前,骆承文以为上峰安排一名女警来支援,理由是案件受害人是柔弱的女性,而此时他才明白这名女警所说的"信心"指的是什么。

是以他深深踩下越野车的油门,在公路的前方猛然掉头。

·3·

"特播消息：今日上午，警方在牛牯岭山区找到一具女性尸体，水警派蛙人协助打捞。警方在晚间发表声明，死者是一名非法入境的印尼籍女人。对于近期发生在本港的多起外籍人士命案，警方呼吁市民无须过分担心……"

涂姝伸手把手提电脑合上。

那台国产的手提电脑出产于七八年前，笨重而厚，上盖下翻后留有一条缝。屏幕里面的光保留了半秒，然后才熄灭。

涂姝盘腿在床上呆坐。薄薄的床垫盖住地板，抵住墙角。涂姝身体向后躺倒，触碰枕头时被一个硬物硌得疼。她翻身，把枕头下面伸出一角的书拨开。书名叫《十天识讲广东话》。

涂姝想去香港。

这个念头并非临时而起，最近半年她都在学习粤语。有一段时间，她试着和楼下小卖部的老板娘攀谈。那老板娘五十岁出头，祖籍客家，广东话和普通话都能讲。聊了几次，老板娘开始问涂姝的个人情况，虽然远未到要介绍对象的那种热心，涂姝还是匆匆告退了。

涂姝想，她不该怀着一种轻松的心情四处交友。她不是这样的人。

所以她还是立足自学。涂姝买了学习的书，有些书出版年份久远，里面还配磁带。后来，房东答应让她和隔壁租户共用一个无线路由器，每个月收十五块钱。虽然从薄墙那头传来的信号时好时坏，涂姝还是开始在电脑上观看教学课程。有时也会搜索香港的电视剧和新闻看，对她来说都是学习。

有一只蟑螂从餐桌下方快速跑了过去。涂姝用眼睛追踪了一会。那只扁平的虫子有一会儿消失不见，其后又出现在厨台的边缘，两根悠长的触须左右摇摆，大约在三步开外。涂姝坐在床上迟疑了一下，那虫子就看不见了。涂姝望了一眼挂钟。

早上十点半了，难得今日休息。

涂姝推开被子，下了床，她穿上拖鞋走了两步，坐在餐桌边缘。剩了一半蛋糕，在透明的盖子下面。她掀开盖子，用塑料叉从边缘挖了一勺，一半奶油，一半草莓。

蛋糕是昨天在下班路上买的，一磅重。昨天是她的生日。涂姝本来想买半磅，后来还是买了一磅。

吃了几口，涂姝不期然地想起那只消失的蟑螂。她从餐桌旁站起，托着没剩下半圆的蛋糕，投进灶台旁边的垃圾桶。

涂姝站在厨台前洗手，顺便把脸也洗了。说是厨台，其实和洗手间连在一起，所以洗菜、洗手、洗脸功能三位一体。水盆里有两只还没洗的酒杯，红色的痕迹挂在玻璃的边沿，洗手时被水打湿，那残留的液体变成粉红色，然后流失不见。

涂姝甩手上水的时候，搁在厨台一角的红酒瓶被指尖触碰，摇晃了一下。涂姝把瓶子提起来，又摇晃了一下，剩下不到半瓶。螺旋瓶盖还在,酒也是昨天买的,因为不懂用开瓶器,涂姝选了一扭就开的。在很长时间里,涂姝觉得自己始终学不会喝酒。

涂姝向后退了一步,低头望着下方的橱柜。其中一边门已经跟随生锈的铰链倾斜了,涂姝又想起那只消失的蟑螂。

涂姝把剩下的酒倒进水盆。深红的液体潺潺下落,最后剩下滴答。把空酒瓶也投入垃圾桶,"咚"的一声着陆,也许压垮了蛋糕盒子。涂姝心想,又一年的生日仪式到此结束……

"咚咚咚咚咚——"

突然而来的敲门声让涂姝身体向上拔了一下。那声音不由分说,站在屋里的女人后背起了一层鸡皮疙瘩。

涂姝跨过几平米的房间,把门打开。

有一个男人站在门外,戴着黑色鸭舌帽,低着头——当他抬头时,涂姝认出是章洁。

涂姝看见章洁手里全是血。

做完爱以后,章洁坐在床垫的边缘抽烟。但因为床垫太薄,缩着腿不舒服,烟点着没多久,他就站了起来。回身看见涂姝在安静地整理床铺,拉扯着床单的一角,他有一瞬间觉得过意不去。

"要不要帮忙?"

"把纸巾丢垃圾桶吧,别漏了。"

"嗯。"

章洁把地板上的一团纸捡起来,走到厨台旁边丢进垃圾桶。他看见垃圾桶里的酒瓶和压在下面的蛋糕。眼光又瞥至水盆,那里有两只红酒杯。

"昨天有约会吗?"他转头问。

"没有。"涂姝没回头说。

章洁把烟头往水盆里按了一下,红光熄灭后,把烟也丢进了垃圾桶。

"那我做午饭了。"

他把水盆旁边的一个塑料袋拉过来。那袋子裂了个口子,里面有汩汩的红色液体,在厨台上涎了长长一道。

"你确定你来做吗?"

涂姝走过来,站在章洁背后,大约距离五厘米。当两个身体晃动时,胸口和背脊就贴在一起。女人说话时语气带笑,柔和,又有点暧昧。

男人把塑料袋撕开,伸手掏出一团血淋淋的东西。

"不然我干吗买菜过来?"章洁开始在水盆里冲洗,"你吃猪心的吧?"

涂姝贴住章洁的身体,用手指在章洁的脸颊上画。

"干吗?"他躲了一下。

"你脸上还有血。"

章洁皱眉,用带水的手背往脸上抹。涂姝从水盆上方的挂钩拿了一条毛巾给他。

章洁用毛巾擦脸,发现毛巾上的红色比想象中多。他闷声说:"你刚才又不说?"

他能想象自己一脸血,趴在女人身上喘气的样子。

"因为这样很性感。"涂姝吹气如兰地笑。

章洁回头望涂姝,心脏跳动。这个女人每一次展露妩媚,章洁都感到心跳加速。她的妩媚是一种如此明显的伪装。她假装风情万种,若无其事,其实明明是在隐藏紧张。

这是另一种让男人沦陷的风情万种。

章洁冷冷地说:"你很无聊。"

涂姝耸肩说:"是你自己迫不及待而已。"

章洁本想反讽,说他常说的话"别以为每个人都馋你的身体……",但最后没说出来。他不再搭话,用手指掰开猪心,往里面冲水,又用手掌挤压。血水从指间流走,那团椭圆形的肌肉渐渐变成粉红色。

章洁承认自己迫不及待。来涂姝家的路上,他转到市场买菜,挑了一只新鲜的猪心,但上楼时袋子破了,湿嗒嗒的,弄得很狼狈。他敲开门以后,只洗了一把手,就抱住屋中的女人倒在墙角的床垫上。章洁想起自己洗手的时候,甚至没有注意到水盆里有两只红酒杯,这证明了他的迫不及待。

不知从什么时候开始,章洁发现自己确实在馋这个女人的身体。

他到市场买菜,想着给这个女人做一顿饭,炒一盘他最拿手的酸菜炒猪心,他也不知道自己在想什么。

涂姝走开去了,章洁卷起衣袖做饭。

猪心洗净,放在沸水里撇去血污;切片,腌制,拌料,下锅。当油烟突然在几平米的房间弥漫开来时,章洁站在厨台前面喊:"有窗就开窗!"

他扭过头,看见屋里的女人坐在一角,呆呆地望着小小的窗户之外。

两人坐在餐桌对角吃饭的时候,章洁还是忍不住问了一句:"昨天是约了人吧?下班也没喊我一起走。"

"好吃,没看出你还有手艺。"涂姝夹了一片酸菜一片肉,一道放进嘴里咀嚼。

"那两个流氓没出现了?"

"没事,都一个星期了。那两个人一看就没什么胆量。"

"还是小心为上。"

"嗯,我以后走大路。放心,昨天我买了这个。"涂姝放下筷子,从挂在椅背的小包里翻出一只黑色的罐子。章洁看了一眼就知道是辣椒喷雾。

"在网上买的?"

"网上买不到,我到城里的警用商店买的。"

章洁听出涂姝嘴上说得轻松,其实心里并非不害怕。

"你以为这种玩意管用?"章洁低头吃饭。

"你要不要试试?"

"那不用我陪你回家了?"

"嗯,哪能让你陪一辈子。"涂姝咬筷子,望着对面的男人,风情万种地笑。

很长一阵子,两人都无话,围着餐桌吃饭。桌上一肉一菜一汤,渐渐变凉,不再冒热气。

章洁扒完饭抬头,目光伸远,扫见涂姝整理好床铺后搁在一旁的那本叫《十天识讲广东话》的书。

"打算什么时候去香港？"章洁把目光收回，捡起话题。

"过几天。"

"过几天就走？"章洁筷子没抓稳，在碗里弹了一下，有一根连同饭粒掉在桌上。

见状，对面的女人呵呵笑起来。

"把你吓到了？我就是去旅个游啦，去一两天。"

章洁把桌上的筷子捡起，问："你不是说想到香港发展吗？"

"说说而已，哪有这么容易？"

餐桌对面的男人看上去松了口气。

"我以为你这几天就要辞职。"

"喂，不舍得我还是怎么了？"

章洁冷冷地说："你什么时候走我都理解，没人会给裴青城打长工。"

有一刹那涂妹想问："那你呢？"也许对面的人也想她这么问，但最后她没问出口。

涂妹两个月前加入裴青城的团队，她入团队的时候章洁就在。她听别人说，章洁很早就跟随着裴青城。三年前，裴青城还是游乐场马戏主管的时候，章洁在裴青城手下，后来裴青城转战了几个地方，章洁也都跟着，跳过衣不裹体的舞蹈，牵过面黄肌瘦的老虎。在现在的水族馆里，章洁从一开始就饰演"王子"的角色。他长相俊朗，身材秀颀，无论在陆上还是水中舞蹈，基本功都扎实。涂妹刚入团队当替补的时候，章洁就带过她游，纠正她的姿势。即便后来两人正式成为搭档，涂妹仍旧把章洁视为自己的指导人。

入团队一个月时，涂妹和章洁在无人的更衣室里做了一次爱。那天涂妹从替补成为主演，心情是好的。回头想想，她也认为那天是自己更主动一些。包括裴青城在内，涂姝和团队里几个男人都有肉体关系。章洁和团队里另外几个女演员也做过。

章洁对涂姝说，在这里，别问别人的明天。这是一碗朝不保夕的饭，聚在一起的无非是讨生活也取暖的人，没必要相互问未来。

即便涂姝有时觉得章洁看她的眼神，多少和别人不一样。

被流氓袭击后的第二天下午，涂姝表演结束后坐在更衣室，吊着光光冰冰的脚丫，直到瓷砖地板涂上暖暖的夕阳。她掏出手机给章洁发了一条信息，问他这几天下班能不能陪她走一段。过了一刻钟，章洁回复：好。涂姝走出更衣室，看见章洁就立在墙角。他没有像平时那样，像一条泥鳅一样滑开。

这时两人坐在小小出租屋的餐桌两边，饭菜已冷，但盆盆勺勺的场景还是让人觉得温馨。涂姝想了想，片刻后开口。

"其实我过两天去香港，是去海洋公园参加面试。"

"哦。裴青城准假吗？"

"攒了几天假，包括今天。"

"我这个月没假了，今天就休完。"

涂姝笑道："又没让你陪我。"

章洁冷冷地说："那你多小心。"

涂姝和章洁在出租屋里合眠，睡了一个下午。黄昏时分，章洁穿上衣服离开。他只买了够做中午一顿饭的菜，也没有谁提出晚饭一起吃。

涂姝换了衣服，送章洁出门。外面刚下过雨，地上都是积水，两人顺着湿漉漉的路走,一路低头看自己的倒影。到了分岔路口,章洁停步说,走了。涂姝微微收缩肩膀,笑说:"那你多小心。"

两人分开后,涂姝抱着肩膀往回走。她没穿外套,觉得夜晚雨后的空气有点凉意。有个穿运动短衫的人从她身边跑过,溅起不少积水,涂姝往旁边让了让。但那个人跑过去后又停下来,叫了一声:

"涂小姐——"

涂姝回头,愕然打量,然后在路灯的光芒里认出了对方。

"梁先生……"

她又见到这个男人了。

一周前,这个男人出现的时候,脸也是笼罩在路灯的光芒里。他驻足一阵,突然大步向前,向她走过来。涂姝看见他的脖子下面和裸露的手臂上都淌着水,窄长的肌肉线条很好看。

涂姝想起他的名字叫梁夏。

梁夏来到了她面前。前次在暗巷里看不清,现在才发现他眼睛细长,鼻翼两侧有柔和起伏的雀斑——因为跑过步,他此时脸色潮红,喘气有些急。

涂姝想说:"你好,你怎么在这里?"——但对方已经先开了口。

"涂小姐是不是要出门呢?"

这种开场话显得过分直白,但涂姝说不上反感。涂姝抬头注视对方的脸,那个叫梁夏的年轻男人脸庞和身形都偏纤瘦,却有一种介乎稚气和稳重之间的气质,但这时更大的特征是满脸湿淋淋,不知道是汗还是雨。这让他在昏黄的灯光里整个人反射出一种异样的光。

"不是……我正准备回家。"

"哦——"梁夏的声调拉长少许,涂姝看出他眼里有话,但最后说,"那你慢走。"

涂姝认为他是把"那你多小心"之类的话吞了回去。和上次一样,梁夏表现得体贴,甚至有些过分。涂姝于是挺了挺胸脯。

"我去过你介绍的那家警用商店了,而且买了武器!"

"哦——"梁夏侧头,好看的刘海上挂着水珠,表情有一种率真的好奇,"你真的去了?那是我朋友的店——不好意思,那天顺便打了个广告。"

涂姝想起一周前,她谢绝了这个偶遇的男人送她回家。她说她一个人回家没有任何问题。于是对方走开又走回来,递给她一张卡片,告诉她到那里能买到自我保护的用品。涂姝当时就觉得这个男人体贴的尺度相当奇怪。

"我买了一支防狼喷雾。"涂姝口气很轻松。她认为在这种夜间路边的交谈里,她应当口气轻松,"昨天有事到城里,就顺道跑了一趟,谢谢你了。"

"好用吗?"梁夏问。

"当然没用过,不过看上去质量还行——香港进口,这不是广告吧?"

梁夏说:"偷偷说,是我的个人渠道。我在香港做贸易生意,两头跑。"

"哦……"

"现在带着吗?"

"嗯?"

"你现在身上带着武器吗?"

涂姝愣了一下,她出门没带手提包,因为不想让章洁觉得她想和他走太远。

"带了。"站在路灯下的女人仰头回答。

"所以现在是不是不害怕了?"梁夏展露笑容,"有防身的武器,能让人产生安全感。"

涂姝说:"我本来就不害怕。"

"刚才那位是不是你男朋友?"

涂姝又愣了一下,他刚才看见她和章洁分开吗?

"就是一个朋友……"

"嗯,你带着武器,现在即便没有人陪着回家,也不会有问题。"

涂姝盯视对方的眼睛:"本来就没有问题!"

梁夏低头点了点,退后一步:"那回头见,我去跑步了。"

"你……"涂姝迟疑地抬手,最后还是问出她最早想问的问题,"梁先生,你是经常在这边跑步吗?"

"是啊——上次我说过,我也住在附近。我们真的是邻居。"

涂姝心里有些东西跳了一下,她觉得这句话既正常,又隐含什么不对头。隔了几秒钟,她突然意识到问题出在哪里——"我也住在附近",说明这个男人知道她住在附近……

"涂小姐的家离得不远吧?"

"你说什么?"涂姝在一阵失神中没听清。

"你刚才不是说准备回家吗?"

涂姝有些发呆,不知道这是一句分别前的客套话,还是对方看穿了她在想什么。

"看来还是该说快走的好,小心别着凉。"

"呃?"

"又开始下雨了,你穿得不太多。"

梁夏踮起脚尖,准备起跑。

涂姝抱住赤裸在外的手臂。她送章洁离家,心里期待对方邀请她共进晚餐,所以衣装轻盈而贴身。涂姝想起自己刚才撒的谎,她说身上带着防狼喷雾。

"谢谢你的关心……"涂姝收拢下巴说。

"不过很好看。"那个满身水的男人回过头,脸上露出一种明朗的笑,"你穿白色连衣裙很好看。再见,涂小姐。"

姚盼用红色马克笔在地图上画圈。她弓步踩住山坡边缘的石头,用膝盖当桌,笔套咬在嘴里。骆承文对这个女刑警的作风深感受用。

大井围、公主山、牛牯岭,目前已知的抛尸地点有三个,分别位于新界的元朗区、北区和大埔区,俨然成三足鼎立之势。

"三个地点相隔得挺远,"骆承文站在姚盼身旁,把熨得笔直的衬衣解开一个扣子,以抵御已高升的艳阳,"除了都位于新界北的山区,目前没发现其他相关性。"

姚盼转头笑道:"因为骆督察的辖区真的很大。"

骆承文撇撇嘴,但语气认真:"如果不是地方够大,我都要怀疑这个犯罪嫌疑人是不是冲着我来的。"

骆承文隶属香港警务处新界北总警区,这个总警区共管辖新界十个警署,单从面积看是全港地盘最大的一个。三个抛尸地点刚好都坐落在这个总警区,所以特案组考虑过后,把前线指挥部安排在此,高级督察骆承文则肩负行动组指挥官一职。

但也正因为该总警区占地甚广,并不见得犯罪嫌疑人的挑衅对象就是新界北总警区。

"姚警官,你怎么看?"骆承文问他的新搭档。他和姚盼都站在山边,眺望着新界地区广袤连绵的大山大岭。

姚盼低头想了想。

"我也不认为犯罪嫌疑人这么做和新界北总警区有关。因为总警区是一个警务管辖概念,既不是完整的行政区域,也不是特定的地理区域,对一般人来说,没有太大意义。"

骆承文舒适地点头。姚盼又继续往下补充。

"反而从犯罪嫌疑人把抛尸地点拉得很开这点看,他显然不愿意看到警力集中,而是想尽量混淆视线。就像我们之前分析的,那个人的嚣张不过是在表演,其实胆怯得很。所以,几个抛尸地点都落在新界北总警区,我判断只是一种偶然。"

骆承文"嗯"了一声。"那混蛋肯定怕我们缩窄搜索圈,最后摸上他的老巢。"接着又叹口气,"这样看来,我们研究抛尸地点之间的关联,也没什么用。"

姚盼说:"也不一定。连环案犯的行动模式总会有某些统一性,尤其像抛尸这种重要环节,理应有习惯动作。我想,犯罪嫌疑人选择的抛尸地点虽然看上去分散,但绝对不是随机的,肯定有某些考虑。"

骆承文望向姚盼,说:"所以姚警官肯定有结论了。"

姚盼笑起来:"我哪有什么结论,真的没有。只是我们隐约知道了两件事。"

"哪两件事?"

姚盼把马克笔的笔套套上,笔插回口袋里,又把手中的地图抖了抖,想折叠起来,那地图有一瞬间迎着山谷吹来的风,像一面旗帜般向前飘扬起来。

"尽管抛尸的地点看上去隔得远,但始终没离开新界的北面不是吗?我想我们有信心做这样的判断:嫌疑人的行动半径实际上是有限的,尤其是向南的方向。或许是不敢,或许是力有不逮,犯罪嫌疑人始终靠着北边。"

骆承文沉吟道:"对,这一点也是我们的基本判断,北面都是山,最适合抛尸。而往南是发达地区,犯罪嫌疑人肯定不敢跑到市中心去抛尸。所以他大概率就藏身在新界,绑架、禁锢、杀人、抛尸,都在这边完成。虽然范围还是大,但方向没有错。"

姚盼没有接口,神情介于不置可否和沉思之间。骆承文在一种略微高涨的情绪中没在意,往下问:"另一件事呢?"

"另一件事还是新界北总警区的问题,抛尸地点刚好在一个总警区里。"

"呃?你不是说这是一种偶然吗?"

"嗯,是偶然。你看,第三个抛尸地点在大埔区的牛牯岭,也就是我们现在身处的地方——已经很靠近沙田区。而沙田区归属新界南总警区,从分散警力和增加警方跨区协调难度的考虑看,犯罪嫌疑人选择到大帽山或者狗肚山抛尸其实更适合,而且那边的山林比牛牯岭更密。所以犯罪嫌疑人这么做,是一种刚好,也是一种没有考虑周详的行为。"

骆承文横起眉毛,感觉把握到一些,但又不确定。

"你想说明……"

"还是我们前面的分析,犯罪嫌疑人对抛尸地点的选择应该有某些考虑。但除此以外,'刚好全部落在新界北总警区'是个矛盾点——犯罪嫌疑人应当想尽量分散抛尸地点,但做得不够彻底,这可能说明了一件事。"

骆承文吸了口气:"他搞不清哪座山归哪头管,搞不清警区的分布!"

姚盼回答:"是的,他搞不清,或者说他没有太留意香港警务辖区的问题,而只是简单以为抛尸地点已经够分散了。这个情况,和他的活动半径有限也有对应性。"

骆承文感受到一种从细微处着眼的逻辑的力量。

"这说明,他对我们这里不熟……"

从内地支援的女刑警沉着点头:"犯罪嫌疑人对香港的地理和行政管理情况,没有我们想象中熟悉。我认为他不是本地人,或者不是长期定居香港的人。"

翻过一座山头,看见一条狭细的河。

姚盼指问那是什么河,骆承文挠了挠鼻尖,坦承说他也说不准。

"这里是大埔区边界,估计是从沙田哪条河道延伸过来的支流。香港的湖泊和水道都不大,我也叫不出名字。"

姚盼点点头。

车向南掉头,重新往新界区开的时候,骆承文问姚盼要不要到大井围,那是第一具尸体被发现的地方。姚盼看了看地图,说:"那里靠近新界西北端,会不会有点远?"骆承文心领神会,说:"那我们先去最近的那个。"两人驱车驶入粉岭公路附近的牛牯岭。

靠近河上游的山坡上,有一队搜索的警员在忙碌。看到骆承文两人,一个年轻警员离队向他们走过来。那警员肩章带三翼,警衔是警长。

"骆督察,你怎么过来了?听说你要过油尖旺督战。"那警长简单敬了个礼,警帽夹在腋下,面对警衔比他高整四级的上司也显得很镇定。

"我们先察看抛尸现场,这位是赶过来支援的姚盼警官。"

姚盼说:"协查。"

"你好,我叫唐明。"警长伸手和姚盼握了握,力度不轻不重,脸上也看不出情绪。

"今天有没有新发现?"骆承文问。

唐明答道:"不多。"

香港水警于昨天上午在牛牯岭一个水库里找到第三名受害人,那是一个印尼籍女人。尸体根据犯罪嫌疑人的提示找到。犯罪嫌疑人在第三次直播结束时播报了两个经纬度,对应前一次两名受害人的所在。即便有了地点坐标,经纬度精确到小数点后六位,但范围仍然覆盖了一大片山区,警方投入大量警员搜山,并且重点盯有水的区域,也花了两天才把这两名受害者找齐。现在,第四次直播的时钟已经嘀嗒在走,还有另两名受害者不知所终。有坐标也如此难找,犯罪嫌疑人不给提示,根本找不到人,这让警方沮丧不已。

姚盼指出犯罪嫌疑人只是偷步在前,骆承文多少感到安慰。

第三具尸体发现后,针对第三个抛尸地点的周边搜索,也已进行了一整天。

"打捞起死者的地方靠近水库的东侧,那边只有野路,目前没有发现汽车通行一类的痕迹。"搜索队警长唐明领着骆承文和姚盼向前走,边走边报告情况,"也没有发现有价值的生物痕迹。"

姚盼沿途数了数,搜索队员遍布山林,不下百人,各类探测工具和警犬也大量出动。另外两个抛尸地点肯定也是一样的阵仗。还需要投入更多警力追查各个受害人的行踪,以及组织营救。从分散警力的角度看,犯罪嫌疑人是成功的,姚盼可以想象骆承文的焦头烂额。

"脚印有新增的吗?"骆承文问唐明。

"到目前为止,脚印一共发现了十三组,但每一组都不相同。这边虽然比较偏僻,但不排除也会有山客来徒步。"

"每一个脚印都采集。"

"明白,已经全部进库了。"

"说说其他发现。"

"能通汽车的路没找到,但今天发现一条比较平直的路,能通自行车。"

骆承文转过头:"找到了自行车的痕迹?"

"是的,在水库东南边的一条山路上有轮胎印子,只有一组,26寸的女式自行车。"唐明停了停,谨慎道,"不过,同样不能排除是一般山客留下的。往上延伸一公里左右,就有更适合自行车骑行的绿道。"

骆承文停下脚步,望向他的部下:"你怎么看?"

姚盼一路跟着,没有加入对话,她能看出骆承文对这个年轻警员的认可和信任。

"我觉得值得高度关注。"唐明不温不火地回答,"到郊野骑车的人大多会选用山地自行车,但轮印来自一辆普通车,这不太寻常——另外,还有一个小发现。"他停了停,"在较干土路的部分轮印上，发现了微量的机油，从量上看应该是沾碰上去的。"

骆承文和姚盼对望了一眼。

唐明的用词十分准确，沾碰的意思是排除了给自行车加润滑油的可能性。

"犯罪嫌疑人抛尸地点分散，运输工具是个关键。"骆承文沉声说，"山林里汽车难通行，自行车的移动半径又有限——但通过接力，问题就解决了。犯罪嫌疑人可以把自行车放在车尾厢，到了车开不过去的路，就用自行车！"

姚盼思考片刻，低头点了点："有这种可能。"

骆承文转向他的部下："辛苦大伙扩大搜索半径，车能开的地方一个都不放过。"

唐明收拢下巴："已经布置了，也从大埔区警署增调了人手。"

骆承文拍部下的肩膀，说："干得不错，不过以后不准卖关子，你的坏习惯要改。"

唐明笑了笑，但笑得有点不自在。

"骆督，其实还有一件事……你到之前，机油的鉴定结果刚发过来，油品是CC级。"

"CC？"骆承文有点愕然，"C打头，柴油的？"

"嗯，用于柴油发动机的高黏度机油。"

"那更好，车型范围可以缩窄，货车、皮卡、工业车，香港的家用轿车应该很少用柴油。"

"是的，非常少……"唐明习惯性地停顿，然后把他不自在的理由说完，"其实我查了一下，CC级是面临淘汰的低级机油，目前全港登记在册的汽车里，没有一类适用。"

骆承文闻言蹙起眉头。

"非法车吗?"

"不好说,如果是非法车,找起来会棘手一些。不过,用低级机油的车,型号特征肯定会很明显。"

"嗯,这点先不管,也不排除机油可能有其他用途。你们抓紧找车痕,找到车痕,车型跑不了!"

唐明挺直身体,朗声领了命令。

三个警察又在山边转了一圈,然后往回走。骆承文看了看手表,唐明说:"骆督你赶下一个点吧,我这头有发现立刻报告。"他的上司点头。

回到原地临分开时,姚盼抬手指了指远处。

"唐警长,你熟悉附近的河流吗?知不知道那条是什么河?"

唐明愣了一下,全程他没有和这个外来的女警搭话,对方则是第一次提问。

"算不上河,是沙田城门河道接过来的一段明渠。"他答道。

"城门河道通向哪里?"

"往东能流到吐露港,汇入大鹏湾。"

女警微微点头。

唐明干练而敏捷,开口问:"姚警官为什么这么问?"

姚盼笑了笑:"是唐警长你提醒了我,我刚想到一件事。"

骆承文望向姚盼,神情突然严肃,问:"你不是刚想到的吧?什么事?"

姚盼平平地说:"CC级的机油,可能适用于旧式的柴油船。"

· 5 ·

"要不要坐船?"

涂妹在更衣室靠近尤利娅,从身后挠她的胳肢窝。

俄罗斯女人光着身子,被吓了一跳,然后扭腰"咯咯"笑起来。

"涂,好,你说什么?"

尤利娅的中文咬字算准,努力用平舌,但句子还是说得不连贯。她到中国以后一直下苦功学习,涂妹把她当作自己的榜样。

"我说,我们可以一起坐船去香港!"

涂妹一屁股坐在木板凳上,两只脚交叉踢,饶有兴致地看别人换衣服。面对尤利娅时,涂妹会流露小女孩的样子。那个女人四十多岁了,皮肤渐渐粗糙而松弛,她的小腹共有两段深深的疤痕,这让她穿人鱼服要比别人的提腰高,裴青城每次都说不好看。她是涂妹见过的性格最善良的人,人畜无害,像个姐姐。

"噢,船到香港吗?"

"嗯!坐船舒服,还能出海。我们可以坐到港澳码头,然后坐公交车去海洋公园。"

俄罗斯女人露出为难的神情。

"可能……不去,我。"

"尤利娅你不能去了?"涂姝身体不摇晃了。

俄罗斯女人披上衣服,点点头,脸上都是歉意。

"是有事吗?"

"有事。我的儿子,有了病。"

"啊,伊凡生病了? 不严重吧?"涂姝从凳子上站起来。

尤利娅连连摆手,说"病不重"。

她想比画着说明情况,但意思复杂的语句对她还太难,她从外衣口袋里掏出本子和笔。涂姝走过去拉她坐下,她坐在凳子上弯着身,一半英文、一半中文地写。

涂姝把意思看明白了:尤利娅六岁半的儿子伊凡昨天吃了不好的东西,急性肠胃炎,今天一直在发烧。

涂姝问:"伊凡吃了什么?"

尤利娅在本子上写:棒棒糖。不干净,可能。公园玩,有人给他吃。

涂姝皱眉问:"怎么能这样,是什么人啊?"

尤利娅先是摇头,表示不知道。随后她开口说:"男人。"

涂姝没说"那真可惜,下次有好机会我们再一起去"。

涂姝知道没什么好"可惜"的,也不存在什么"好机会"。她在网上看到香港海洋公园有招水族演员的广告,当即就想去,但她知道去了也是奢想。海洋公园多好啊! 她想了许久,还是想找个人同行,于是偷偷邀请尤利娅一起去。尤利娅说"好啊,好机会",结果她还是去不成。

涂姝安慰了尤利娅,让她留在家里好好照顾伊凡,说完觉得全是废话。涂姝听说尤利娅有过两个孩子,一个很早就死了,她带着小的那个只身来到中国。涂姝原本想说"下班以后我去看看小伊凡",又觉得假,犹豫了一下,什么都没说。但事后她觉得没说是好的,她想起有一次和尤利娅在街边小酌了几杯,她说上尤利娅的家坐坐,尤利娅摆手说"不"。她说她的"家小,很小"。后来涂姝听人说,尤利娅租的房子里,不时会有男人进出,一天好几个。

涂姝有时会想起自己犯了禁忌,譬如交友。

涂姝也想起章洁告诫她的话,"在这里,别问别人的明天"。

离开更衣室前,尤利娅仍怀着抱歉,努努脖子问:"涂,一个人……什么时候去?"

涂姝笑笑说:"明天。"

边想边走,快到裴青城办公室的时候,涂姝看见一个女人从里面出来,走得很急,几乎是甩门走的。天气刚刚转凉,那女人穿着宽宽的长衣长裤,戴一顶帽子。虽然是匆匆瞥见,装束也不是她惯常的背心热裤,看不见靓丽的长腿和胸脯,但涂姝不会认不出一个月前辞职不干的卞思洛。

涂姝连忙躲进墙后,心里莫名有些发慌。

等到卞思洛高跟鞋的笃笃声远去,涂姝在墙根杵了良久,最后还是硬着头皮敲了敲裴青城办公室的门。推门进去后,涂姝又自觉地把门关上。

涂姝向裴青城请假，说出几天门。

"想去短途旅行，两天……明天也是星期六。"

涂姝低低头，她看见裴青城稳坐在办公桌后面，看来今天没打算动手动脚。

"你慌什么？"

"呃？"

"我这里又不是牢房，你还有假你就请，有几天你请几天，我也不会问你要去哪儿。"

"嗯……"涂姝感觉松了口气，"两天就够了，我周一上班，谢谢裴老师。"

"到下周，场子的水族箱都要扩建，加设备，加鱼，表演暂停，这你都知道。"

涂姝低头说："嗯……"

"所以你多走几天也无所谓，我也不在。明天我去香港买鱼，坐船去，买一大批。"

涂姝心里猛地一阵发凉，感觉颈后的汗毛都竖了起来，但不敢吭声。

"想走没这么容易，你哪儿都去不了。"

涂姝惊愕抬头，看见裴青城坐在阳光不及的座位上，神态模糊而可怖。涂姝僵立不动。她想起裴青城看穿了她，说她是个爱表演的人。这意味着只要他想，就能让她原地不动……

"你哪儿都去不了——"裴青城向前坐，脸从阴暗里露出来，嘴角带着看戏的笑，"这句话不是我说的，是刚才卞思洛说的。"

在水族馆后台,涂姝走得摇摇晃晃,差点和章洁撞上。章洁把她拦下来,问她:"不是下班了吗,怎么又回来了?"

"没什么,漏了点东西,回来拿。"涂姝站定,笑着摇头。

"是准备带出门的东西吗,明天你还是打算去香港?"

"嗯……"

章洁看涂姝的脸,发现是白的。

"喂,刚才卞思洛回来了。"章洁的声调冷冰冰的。

"哦……"涂姝低头点了点,她本想结束对话,但心里还是忍不住,问了一句,"她……回来有事吗?"

"能有什么事,找裴青城闹了一场,裴青城没理她。"章洁停顿了一下,补充说,"你也不用理她。"

涂姝说:"嗯……"

"这一个月她都没有找到工作,想回来,但这种事在裴青城这里没门。"章洁冷冷说着,又瞥了涂姝一眼,"她就是再扯其他事也没用。"

涂姝没说话。

章洁把手插进裤袋,眼睛向斜上方飘开。这是他装出不在意的样子。

"有个事,想想还是告诉你一声。"

涂姝心里抖了抖,问:"……什么事?"

"上星期弄你的那两个流氓,是卞思洛找的。"

涂姝睁大眼睛。

"我找人查了一下,那两个流氓在拆迁棚混过,有人听他们喝完酒以后骂,说是有个女人托他们办事,办完也没给钱。"

涂妹呆呆站着,感到浑身冰冷。

章洁不自在地抽抽嘴角,但语气温和起来:"你不用怕,已经没事了。那两个是软蛋,装个样子,现在脚都断了。"

涂妹惊慌抬头,然后又木木地点头。

"早点回家吧。"章洁面无表情地说,"卞思洛刚才也喊着要找你,我懒得和她费话,说你不在,出国旅游去了。你不用怕她,她干不出什么。"

涂妹问:"她说了什么?"

"她就是叫得凶,说你哪儿都去不了。"停顿了一秒,章洁问,"要不要我送你回家?"

涂妹摇摇头,说:"不用。"

支走章洁以后,涂妹急急走进后台的演员休息室,她看到自己的储物柜有被人撬开的痕迹。

有个跳完丛林舞的女演员坐在一角卸妆,涂妹问她卞思洛是不是来过。

"好像是吧,我进来时看见她出去。"女演员说话冷冰冰,这里的人相互说话大多冷冰冰。

涂妹打开储物柜,查找了一下。她在储物柜里放着一盒进口减肥药,里面有五瓶,现在有一瓶开封的不见了。

涂妹离开水族馆,走出商城,太阳又已西沉。

她在想卞思洛偷走她的东西是要干什么。走着走着,她就奔跑起来。

裴青城从来不理会团员之间的争斗,他反而喜欢看。卞思洛跑到裴青城办公室发狠说:"她哪儿都去不了——"涂姝想,卞思洛会做的事是报警。

哪怕没有证据,她也会弄些无中生有的证据,涂姝知道卞思洛会这么做。

而药瓶上有她的指纹。她哪儿都去不了。

涂姝发慌地奔跑。

她一口气跑到卞思洛住的地方。水族馆的演职人员都住在附近,涂姝租的房子也在附近,但卞思洛租的是小区房,一房一厅,租金是涂姝的三倍。卞思洛还是美人鱼主演的时候,工资是作为替补的涂姝的三倍。

房间里没人。

涂姝跑出小区,突然想起小区旁边就有个派出所,她又向那边跑过去。跑着跑着,她不由得放慢脚步,犹豫之间,她望见卞思洛从派出所正门走了进去。

涂姝觉得腿脚发软,一路奔跑的疲惫涌上来,她几乎就地坐下。

一个男人走到她旁边,探头探脑地向前看。

涂姝向对方看去,发现是一个有些谢顶的中年男人,穿着大裤衩和拖鞋。

男人见涂姝在看他,露出一口黄牙。

"喏,那个女的——"男人向派出所的方向挑下巴,有点兴致勃勃,"原来租我房子的。"

涂姝站直身体,嗫嚅问:"她,干吗了……"

"抓了——"男人哼哼说,"聚众吸毒,搞得我的房子里乌烟瘴气!"

涂姝一阵失神。她才想起卞思洛刚才走进派出所时,身后还跟着两个警察。

男人接着说:"本来就拖了半个月不交租金,赖着不走,原来以为就是个卖货的,结果还吸毒,这下总算赶走了!"

房东谈兴浓浓,语气很开心,看上去把涂姝当作小区住户。

涂姝呆呆问:"你……举报了?"

"哎哎,是别人和我说那个女的有问题——都有人这么说了,我是房东,知情不报有责任,对不对?"

"别人?"

"附近一个业主,晚上经常出来跑步。"

涂姝走开了,她看见房东在派出所门口张望,一会儿离开。没人以后,涂姝又走回来,徘徊着,不知道自己在想什么,想看什么。

到了路灯明亮的时候,涂姝看见卞思洛被两个民警带出来,手上戴着手铐。涂姝躲到柱子后面,听到民警说:转看守所。

卞思洛没戴帽子,这时涂姝才发现卞思洛原有的一头乌黑长发已经剪掉不见,可能卖了,剩下的短发在路灯里像深冬的稻草。不过一个月,涂姝发现自己已经几乎认不出卞思洛。她满脸浓妆,眼窝深陷。她还穿着漂亮的高跟鞋,但这时缩着肩膀,佝偻着背,笃笃地走得艰难。涂姝明白她为什么要穿长衣长裤,而不再性感如昔。

民警问:"你住哪儿,有没有人给你带衣服?"

卞思洛口角有稠白的泡沫,迷糊说:"没,没住的地方了……"

涂姝躲到没人看见的地方,捂住嘴,后来还是恶心干呕起来。

她想起一个月前,自己往卞思洛的茶杯里倒入过量的减肥冲剂,卞思洛在往后的一个小时里上了三次厕所。裴青城让演员们把双腿用绳子绑紧,卞思洛下水没一会儿就游不动了,水呛进喉咙,在水里抵死挣扎。被人捞起来以后,她的长腿上全是横七竖八的淤青。她扯下绳子和胸罩,丢到裴青城脸上。

那以后,涂姝就从替补成为主演,工资多了两倍。

那以后,涂姝仍旧在储物柜里放减肥药,随时准备。她早已想好,如果以后还有一样的竞争,她还是会做一样的事情。

·6·

车一路向新界西北端开的时候,电话响起来,骆承文看了一眼是大井围那边的搜索队,知道情况反馈来了,于是开了外放。

"骆督,抛尸地点附近湿地比较多,最近大约一公里就有通船的水道,离山贝河和天水围明渠都不远,往北延伸的话能一直到达深圳湾。"

骆承文指示加强沿水体搜索痕迹,并全力收集有关船运的情报,然后挂上电话。

"你是怎么猜到凶手使用水路的?"骆承文转向坐副驾驶座的姚盼问。

姚盼沉着下巴摇了摇头,说:"我没有猜到什么,只是线索有一定的指向性。我们都分析过,凶手选择抛尸的地点理应有些共性,现在来看,靠近水路算是其中一个。这是我们一起找到的线索。"

骆承文知道姚盼话里有保留,主要是给他留面子。刚才在牛牯岭搜查的时候,她一上来就问河道的问题,说明她心里早有预判。后来唐明发现老式机油的痕迹,她也应该立刻有联想,只是没有当场说出来,而是转了一圈以后才说。原因是骆承文正在向部下下达全力找车的指示，直接提异议显得不给面子。他对姚盼的好感越发加深。

"是我们先入为主了。"骆承文边开车边坦承道，"犯罪嫌疑人要运输尸体，我们下意识认为只有汽车一类交通工具，一直闷头找车的痕迹——也因此想不出几个抛尸地点之间有什么共性。"

骆承文停顿一下，低沉道："其实犯罪嫌疑人每次都抛尸在水里，我们从这点就应该想到水路的可能性。"

姚盼微微颔首。

"这里也引申出一个问题。"骆承文接着说，"如果犯罪嫌疑人是通过水路运输尸体，完全可以把尸体深深地沉到江河中央，这样我们根本没法找。"

姚盼说："是的，所以犯罪嫌疑人想让我们找到尸体的目的是明确的。他在视频里用经纬度坐标披露尸体的位置，也是一样的目的。骆督察认为犯罪嫌疑人这么做的理由是什么？"

骆承文沉思片刻，答道："我想过几个方面。第一，是要让他的表演更完整。网络上的东西真真假假，如果最后没有真的尸体展示出来，观众免不了要说那些受害者及其表演全是假的，这是他无法接受的事情。

"第二，是为了分散警力。如果没有具体线索，警方想发动人力找，也无从找起，但是犯罪嫌疑人把抛尸地点给出来，我们就没法不行动了。用经纬度提示地点这一手也非常狡猾，经纬度坐标既精准又不精准，我们不得不出动大量警力搜查。而且几次的抛尸地点都分散，搜查半径相当大……再加上关于时间的心理压力，我承认我们疲于奔命，被牵着鼻子跑。"

姚盼笑笑说："但犯罪嫌疑人小瞧了香港警方的调动能力，以及决心。"

骆承文有点自嘲说:"我们是全球警民比最高的地方嘛,要人还是有的。"他的潜台词是:人多未必有用,人家一个外援看见的东西都比他们多。

姚盼说:"骆督察分析的几点,我都赞同。"

"姚警官的看法呢?你不要有保留,我们现在是搭档。"

看到骆承文扭头盯住她,姚盼微笑了一下,很快笑容又敛去。

"我的想法差不多。"她说,"最早猜想水路的可能性,也是从犯罪嫌疑人对受害者的谋害方式而来。"

骆承文愣了一下,问:"你是指……犯罪嫌疑人让受害者失水渴死?"

"嗯。"姚盼点头,"犯罪嫌疑人连续多天囚禁受害者,最后导致她们饥渴而死。这是残忍的手段,但是从视觉冲击力来说,其实不算强。事实上,受害人被困一两天以后,因为身体衰弱,活动很少,视频画面是沉闷单调的。犯罪嫌疑人无疑有强烈的表演欲,但为什么要选择这种'看点有限'的谋害方式,我一直在想这个问题。"

骆承文从未想过"犯罪嫌疑人的表演看点有限",这是一个反方向的问题。因为身在局中又身心受挫,骆承文在潜意识里认定这个案件的犯罪嫌疑人行径高调,猖狂不已,但支援而来的女警一针见血,指出犯罪嫌疑人远没有想象中猖狂,而不过是装腔作势,藏头露尾。现在骆承文越发感到对方说的是对的。他在心里直叫惭愧,整个案件必须跳出来看。

骆承文握住方向盘想了一会儿,问:"犯罪嫌疑人选择这种谋害方式,会不会是为了和抛尸的方式建立对应性?受害人失水而死,死后则投入水中,犯罪嫌疑人用这种表演效果让抛尸水中的行为具有说服力,警方也很难往水路运输的方向上想。但姚警官你反着思考了!"

姚盼说:"我是想过这种可能性。"

"这是一种障眼法吗?犯罪嫌疑人会不会还有其他原因需要把尸体投进水里?"

"目前不好说,也不排除犯罪嫌疑人对饥渴失水一类事情有特殊情结。"

骆承文说:"你说得对,我们不能先入为主,但这是个调查方向。"顿了顿,又道:"这个人花招很多,但也因此留下很多疑点——"香港督察望向身旁的女刑警,问:"他刻意让警方找到受害者的尸体,无论如何都会增加暴露的风险,是不是也另有目的?"

姚盼平静地说:"嗯,犯罪嫌疑人肯定有一些有恃无恐的东西。找到这些东西,就能抓住他。"

到达位于新界元朗区的大井围后,骆承文向当地的搜索队进一步部署了搜索方向。那是发现第一具尸体的地方,大批警员看到指挥官突然亲临现场督战,士气高昂起来,各自领命执行。随后骆承文和姚盼一同坐上水警的巡逻船,沿水路察看。但那一片水道和湿地广密,纵横复杂,直到下午也无收获。

其间,骆承文也持续和西九龙重案组通信,那头正在调查当前受困的第五名受害人,也就是湖南籍女子的在港行踪,但反馈回来的信息依旧有限。

那女子叫曹玉兰,湖南郴州人,二十三岁,没有合法的入港记录。两个月前,西九龙重案组曾在油尖旺协办过一场扫毒行动,其中,在油麻地的一家酒吧里扣了几个正在吸毒的男女,但混乱中也有几个跑脱了。其后一审,其中一个女人湖南籍,是从内地偷渡去的,遣返前录了口供,说当天逃掉的人里有一个是自己的老乡,在港化名曹唐唐,真名叫曹玉兰。今天早晨情报科检索档案时把这个名字抓了出来,立刻指派西九龙重案组全力往那边扑,重案组联合扫毒组的警员一大早就去闯场子,弄得鸡飞狗跳,但到中午时分才查清,人搞错了,同名同姓,也都是湖南籍,但相貌差得老远。

骆承文隔一会儿和西九龙重案组打一个电话的时候,姚盼带着歉意道:"抱歉,骆督察应该过去督战的,而不是陪着我在郊外跑。"骆承文摆手说:"我有责任配合你的工作,我们都想救人。"后来发现情报有误,是个乌龙,骆承文心里不由得一半叹气,一半坦然。他对姚盼点头说:"你是对的,要缩短和犯罪嫌疑人的距离,我们必须绕道。"

上船以后,骆承文看见姚盼也接了几次电话,知道她也在同步查曹玉兰在内地的过往行踪。她一早赶过来,想来手头还没有充分的情报,骆承文没多问,知道他的新搭档该说的时候就会说。

"曹玉兰,你多说说你在香港还去了哪里,还干了什么行不行!"站在船舱的电脑屏幕前,骆承文用拳头捶救生圈,喟叹了几次。

一路上,骆承文也密切关注视频里的动态,但手机网络无法支持,直到登上水警巡逻船,才通过警用网络打开视频。画面里的白衣女子在午后一点左右醒了一次,又呼救了许久,但在慌乱中语无伦次,只是重复说她来了香港,两天前在九龙被人迷晕,醒来就被困在一个灰色房间里,有谁看见了快来救她。其后她又尝试自救,在房间里四处找出口,用木凳子砸墙。挣扎两三个小时后,又昏睡过去。

尽管受害人说出了九龙这个地名,九龙区说大也不大,但仍旧无从查起。而受害人说的两天前,到底是什么日期,也含糊不清。

"她根本想不到有无数的人看见她,在等她提供更准确的信息。"骆承文叹气说,停了几秒,又多叹了一口气,"或者是,她从心底不想说她在香港去了哪里,干了什么。"

姚盼站在旁边,默默点头。

某个瞬间,骆承文心头涌起一种无以名状的不协调,但无法捕捉。当视频里的女子再次陷入昏睡的时候,他只得和姚盼并肩走出船舱,回到甲板上。

这时,巡逻船已经绕过西面的湿地公园,水警队长询问接下来去哪儿。

骆承文望姚盼。

"我们往北开吧。"姚盼平淡地说。

骆承文看着对方,说:"你好像一直提到北边。"

姚盼没回答,站在船头远眺,神情有些严肃。天气闷热不堪,河上没有一丝风。骆承文知道自己的神情也一样严肃。受害者挣扎求生的画面仍在脑海中回旋,无论是不是直播,都足以让人心情沉重。

两个警察在白浪飞溅的船头伫立良久,河道一阵宽一阵窄,两岸偶然能看见简朴的棚房。渔民皮肤黝黑,赤裸上身蹲在屋前,木然地向驶过的警船行注目礼。有几只灰色的水鸟从远方掠过。风景看不出和内地的区别。

骆承文开口问:"你在想什么?"

姚盼答道:"我在想直播的问题。"

"应该是假的直播,对吧,其实是早已录好的视频。所以,受害人虽然说是两天前,其实……"

骆承文没往下说。姚盼思索了一下,开口道:"我在想的是,犯罪嫌疑人为了把录播伪造成直播,所以才会让视频连续播放。"

"嗯,我明白你的意思。如果视频中途出现停顿和剪辑,谁都不会认为那是现场直播。所以,虽然越往后受害人沉睡不动的时间越多,表演'看点有限',但犯罪嫌疑人也必须让视频一直挂在那里播放。"

"是的。贵方的情报科也做过这方面的校验吧?"

"嗯,视频从开始到结束一直连续,没有剪辑的痕迹。但是犯罪嫌疑人还做得不彻底。"

骆承文愣了一下,用注视的眼神代替疑问句。

姚盼说:"每隔二十四小时,视频实际上会中断一次。"

骆承文愕然:"你是指幕间帧?"

"嗯。每过完二十四小时,犯罪嫌疑人会在视频里加入一幕黑底白字,上面显示时分秒。看上去是为了提醒观众,表演已经又持续了一天。"

骆承文吸了口气,感觉从水面扑来的风一阵腥凉。

"你是说,犯罪嫌疑人这么做另有目的?这也是一个障眼法?"

"我不确定。"姚盼平平道,"我只是觉得,如果犯罪嫌疑人一心想让观众以为视频是实时直播,理应做得更彻底些。加入一幕黑底白字,无论如何都会影响播放的连续性,这显得多此一举。"

骆承文低头沉思,片刻道:"我只想到一种可能性。犯罪嫌疑人知道警方会校验视频,不敢对视频连续播放的部分做手脚,所以找了个'提醒观众'的噱头加入幕间帧——犯罪嫌疑人想用这种方法掩盖一个事实:视频实际上被剪辑过。"

他转头望着姚盼,说:"我们看到的画面是不完整的,犯罪嫌疑人中断过视频。"

姚盼点点头:"我想是的。因为某个理由,犯罪嫌疑人必须这么做。"

骆承文看着对方,心想她一定早已知道这个理由是什么。

接近傍晚时分,搜索队报来一个好消息:找到目击证人了。

那时,骆承文和姚盼乘船一路往北,已经快开到深圳湾的出海口。船头倾斜方向,划开已经荡漾着金黄的水波,十多分钟后在河流汇聚的一条小支流停下。原来他们距离目击地点已经不远。

一个老渔民蹲在岸边敲老烟斗,告诉警察有时在万籁俱寂的深宵凌晨,会听见河道上传来机动船的马达声。

"你看到是什么船吗?"警员问。

"不用看。"老渔民满脸皱纹,声调淡漠地说,"听声音就知道是一百匹左右的老机帆。大半夜,从海的那头来,还能是什么船?白天这里基本不走机动船。"

"您最近一次在半夜里听见有船开过,是什么时候?"

"大约半个月前。"

返程途中,骆承文不停地打电话,和水警总区交换意见。后来他眉头蹙起对姚盼说:"看来不像是偷渡船,目前水警掌握的几条蛇头惯用的路线,都不靠近这边,人上岸不方便。"他心里一直联想着受害人偷渡入港的问题。

在旁陪同的一个水警督察补充:"不过大概率是走私船没错,这边走货有已知渠道。"

骆承文眉头还是没松,沉闷地说:"但那个渔民说,是从海那边来……"

姚盼微微点头,又表情模糊地望向水面的远方。

水警督察笑道:"谁说从内地走私过来的只有人?还有很多东西会走过来,比如黄金、古玩,有时还有动物。"

太阳西沉以后,骆承文和姚盼在宁静的河道上岸,这时唐明打来了电话。

"骆督,往柴油船专用机油的方向查,有一类机帆船能对应。这类机帆船用老式柴油发动机,但功率比较足。"

骆承文问:"船的航速很快吗?"

"不是,船速不快,动力要用在其他地方。"

"别卖关子!"

"这类船通常会配备冷库。"

骆承文挂上电话后,姚盼又望了河流良久,然后收回目光。

"骆督察,麻烦请法医部门重点检查一件事。尽管尸体在水里浸泡已久,但总会留下痕迹。"

·7·

星期六早上,涂姝背着背包离开出租屋。卞思洛的事让她内心挣扎,辗转了一晚没睡好,但到清晨时分,她还是决定按计划去香港。她找不到止步不走的理由。

她没带拉杆箱,背包里只放了一套裙装、一双高跟鞋,还有一套叠好的泳衣。她也不确定有没有机会派上用场。

涂姝坐早班公交车到客运港口,排队等开门,递上几天前买好的船票,出关。她登上渡轮,靠窗坐下,开始一直望海,岸边的高楼、白白的地平线、巨大的跨海桥梁……后来景色单调起来,只剩下灰色的波浪,她就渐渐眯上眼睛。后来她又睁开眼,看见海天的边缘天气阴沉,浓云压顶,有各式各样的船从旁驶过,朝前方的陆地聚拢。不少船还有高高的桅杆,撑着白色的帆,通红木质的龙骨弯如新月。涂姝感到一种异样的古朴,仿佛倒流了时光,正要前往的不是一个灯火辉煌的国际都市,而是旧日的渔港。

船在香港岛的港澳码头靠岸,涂姝在码头的入境大厅通关,出来时已将近十一点。涂姝计算了一下时间,觉得还是应该把该办的事情先办了。她按照网上的电话给海洋公园打电话,那边回答:

欢迎你来应聘,中午一点钟以后可以到接待处咨询。涂姝心想时间刚好,于是到便利店买了八达通,迎着海风步行到干诺道中站,乘坐公交车到金钟站,然后转乘629号专线前往海洋公园。

来之前,她考虑过几条路线,譬如可以转船到中环码头,也可以在上环站坐地铁到金钟,但她还是更愿意多坐公交车,沿途看城市的风景。一路都是阴天,涂姝看久了石屎森林,觉得都是灰色。

到达海洋公园刚过午后,已经过了入场的高峰时段,但还有不少游客在排队检票。还有点时间,涂姝打算到旁边搭着红色棚子的便捷餐厅吃点东西,一看价格又有些心疼,不禁后悔坐公交车前没有在便利店买份三明治。

后来她想,吃得太饱,肚子会鼓起来,等会面试说不定需要穿泳衣,还是晚些再吃喝好了。于是在餐厅服务员问她需要什么套餐时,她摆摆手走开了。她走到检票口,询问接待处怎么走,检票员说,请出示门票。涂姝说,她不是来玩的,是来应聘海洋剧场的表演的。检票员没有皱眉头,用普通话礼貌地说,但是接待处在园区里,没有门票是不能进的。涂姝也想过买票进园,好好游玩一次,但不知道面试需要多长时间。海洋公园晚上六点闭园,如果剩下时间不多,几百元的门票就会浪费。检票员说:"你也可以购买我们和部分精选酒店合作的两日票,明天也能用。"涂姝笑笑说不用了。她本想转身去买票,但检票员贴心地说"你等一下",拿起对讲机沟通了半分钟,然后让涂姝从旁边的通道进去,手指了指接待处的方向。涂姝连说"谢谢",快步迈进去,心里开心而温暖,觉得人家素质真高。

涂姝在接待处等了三个小时。接待处的工作人员指指角落的白色椅子,说"请你等一会儿",涂姝就一直坐在那张不能移动的椅子上。接待处的大厅不时有成群的游客走进来,很多孩子手中扯住飘扬的彩色气球,没有一个人看向她。在大厅的对角线那头,有一台饮水机,涂妹咽了几次唾液,最后还是没鼓起勇气问工作人员她能不能喝一杯水。涂妹知道自己被遗忘了。

到了下午快四点半的时候,有个穿西装的男人走了过来,涂妹站起来。男人和她对站着,问了她几个问题,然后问她有没有带简历。涂妹连忙从背包里拿出自己的资料和简历,都夹在崭新的文件夹里。男人收下,说"好的"。涂妹问:需要面试吗?男人说:嗯,我们看一下资料,有需要的话会通知你。涂妹问:一般要多长时间?男人侧侧头问:什么?涂妹说:一般什么时候会通知?男人说:有需要的时候会通知。

涂妹向接待处门外走的时候,穿西装的男人又赶上来,递给她一张地图和一张画着海狮头像的卡票,说:"辛苦你过来了,我们送你免费游玩一天,还可以免费拍一张照片。"涂妹笑笑,低头说"谢谢"。

幸好是阴天,涂妹看不见天色是否已经暗下。她手持地图,独自在欢乐的海洋里转、奔跑,很多项目都排着长队。后来她坐上了黄色的海盗船,选了最边缘也最刺激的座位,在俯冲的时候自己对着自己尖叫。后来她又坐上了巨大的摩天轮,游客已在退园,她一个人占据了一个厢。在二十四米的高空,她俯瞰山顶的高峰乐园,扭曲的过山车轨道盘满山坡,夕阳突然从云层里探出来,她望见南边的海湾一半蔚蓝,一半暖黄。

七点钟在海洋公园入口处有喷泉和烟火表演,涂妹没去看,坐车回到了市区。

她到了九龙,沿着尖沙嘴的大道向前走。她又逛了油麻地的庙街，抬头看从夜空里插出来，密密麻麻，花花绿绿，写着大大繁体字的霓虹广告牌。后来她跑到旺角的西洋菜街，在人潮涌动的空间里寻找被撞来撞去的感觉。

过了十点钟，她转入油尖旺的阴暗街巷，看见在贴满小广告的卷帘门旁边，靠站着浓妆艳抹的女人。她们大多穿连衣裙和高跟鞋，胸脯都好看。有时也有敞着皮夹克的，三五几个挤拥着，迎面走过来。

涂妹找了个厕所，从背包里拿出紫色裙子换上，勒紧身体，还把缀满闪片的裙底向上拔。涂妹觉得自己的胸部不够大，只能把腿更多地露出来。她又涂上口红，把头发披下来，穿上高跟鞋。

涂妹站在街巷的尾巴，看见路中间有破报纸被风吹动，轻轻浮起又跌落。她离开很远，在灯影下偷瞄其他的站街女人，觉得有人会看向她，结果没有。她有时一阵胆战心惊，好一会儿才平静下来。

后来有经过的男人看她，有一两个走过去了，又走回来。涂妹用最大的极限隐藏自己的紧张，其中有一个男人走回来时，她甚至让自己抬起头，直直地和对方对望。那男人看了她一会儿，目光又下移到她脚边，那里放着她的背包。涂妹不自觉用脚尖把背包向旁边踢了踢，那个男人就走了。

站累了以后，她又蹲下来，双腿向前平直地叉开。她远远地看见其他女人有时也是一样的姿势。这时突然有人跑起来，街口传来混乱的叫骂声。涂妹吓得魂飞魄散，跟着别人拔腿跑，但不知道应该往哪个方向。她看见几个年轻的男人跑进街巷，跑在前面的一个穿着背心，戴着链子，后面有五六个在追。被追上以后，穿背心的男人像保龄球一样滚倒，接着像垃圾一样在地上被扫来扫去，有个头发火红的男人很快地捅了他一刀。

涂姝横穿了不知道多少条巷子,心跳猛烈得失去控制,带动全身都在跳,她很担心那团肌肉会过劳,以后再也跳不动。她总觉得身后全是古怪的影子,一直在追,停下来才发现那影子是她自己的。她扶住墙壁喘息,低头一看,很幸运,高跟鞋没有在奔跑中掉落。然后她想起来,自己的背包落在原地了。

涂姝脸色白如纸,在原地打转,低着头失去方向地走。突然听见"小心"——她猛抬起头,但还是和对方轻撞了一下,向后倒退。

"你没事吧?"那人问,又说,"咦?"

两个人打了照面,都愕然。

对方先打招呼,笑容干净:"涂小姐,你来香港了。"

"你,你……梁先生?"

涂姝盯着那个说不上熟悉的男人的脸,看见他尖细的脸颊和柔和的雀斑,进而又看见他手里抱着的纸箱子。

"真巧。"梁夏说,抱着纸箱,下巴向前抬了抬,"我过来提货。"

涂姝望过去,是一个拉起了卷帘门的小仓库,里面堆了些箱子,没有门牌也没有招牌。这时她发现自己身处的街道仍旧僻静而窄,但路灯已经明亮许多。不远处,三三两两有人在卸货、搬货。

涂姝想起对方以前告诉过她,他做香港的贸易生意。涂姝觉得心里安了。

"真巧……"涂姝镇定地说,"这是梁先生的店吗?"

"就是个备货的地方。叫我梁夏吧,在这都能碰上,我们真有缘。"

涂姝说:"嗯……"

梁夏把纸箱搬进仓库,放在地上,蹲着身转头问:"涂小姐周末过来旅游吗?"

涂姝突然一阵惶然,她想起自己身上的装扮,算不上一个旅客。她不知道该不该把裙角往下拉。

"我刚去了一个聚会,朋友的……"

"怎么现在一个人?"

"刚才和朋友分开了……"

梁夏从仓库里走出来,步子似乎故意迈得比较大。他在涂姝面前停步,微笑:"我说,你该不会是迷路了吧?"

涂姝脸有点发胀,但仍旧点点头,说"是"。

"不知道怎么就走到这了……"

"你住在哪里——这次要不要我送你回去?"

在下意识想拒绝的瞬间,涂姝把话吞了回去。她心里犹豫着,表情也浮现出来。

"这边还挺乱的。"他抬表看了看,"主要是这个点。"

涂姝呆呆地望着变得冷清的街,蓦然想起已到凌晨,这一天已经过去了。而这个叫梁夏的男人比上一次更坚持了。上一次,他说:需要我送你回家吗?涂姝说:不用,我家离得不远。他说:那就好。这一次,从他眼睛里能看到坚持,他就差说:你一个人,不安全。

涂姝心里觉得感激。

"其实……"涂姝说,"刚才有人在那边打架……我的背包弄丢了。"

梁夏张了张嘴,惊讶道:"你怎么不早说?难怪——你是不是因为跑得太急,所以找不到路了?"

涂姝点点头,说:"嗯,是的。"

梁夏说："你等我一下。"他转身走进仓库关了灯,把卷帘门拉上。

涂姝微微探头,看里面的一个个纸箱归于黑暗,似乎都有点湿,便问:"梁夏,你是做什么生意的?"

梁夏没回头,说:"什么都有,杂七杂八的货。"

两人在忽明忽暗的街巷里并肩走,涂姝凭着记忆穿行了几次,终于回到原地。那冰冰凉凉的街道已空无一人,涂姝没敢看地上有没有血迹。她快步跑到没有路灯的街尾,背包还好好地靠在墙角。

涂姝把包背回肩上,对梁夏点头,由衷地说:"谢谢你!"

梁夏打量她,但眼神一掠而过,笑道:"你现在比较像旅客了。"

涂姝闻言,缩了缩肩膀,她再次想起自己一身扎眼的短装,犹豫着要不要从背包里拿出外套,但又觉得这样更显心虚。

梁夏转身向前走,说:"有没有带外套?夜里还有点凉。"

涂姝忙说"带了",她从背包里抽出外套,给自己穿上,感觉一阵暖意裹挟了身体。

梁夏没回头地说:"你这条紫色裙子也好看,不过我更喜欢你穿白裙子。"

涂姝跟上前说:"带了,明天穿。"

两人并肩往回走,有一阵各自沉默,梁夏突然问:"涂小姐是不是第一次来香港?"

涂姝想了半秒钟,转过脸,点点头:"嗯,第一次来,明天就回去了……你也叫我名字吧。"

"涂姝还有什么地方想去但还没去的吗?"

涂姝笑问:"你要带我去吗?现在?"

"可以啊,我有车。"

"你说真的?"

"怎么不是真的?不过明天我走不开,现在倒是可以。"

语气多少有点怪,但涂妹还是静静地吸了口气,又让自己缓缓地呼出来。

"如果可以……我想去看看夜景,明天就看不了了。"

"在香港看夜景一般有两个推荐,一个是太平山,一个是维多利亚港。一个山,一个水,你可以选。"

"去有水的地方吧。"

梁夏笑道:"我猜你会这么选。"

两人走回仓库街,梁夏走到一辆小货车旁边,插进钥匙开锁。

"如果不嫌弃车破,请上车。"梁夏拉开车门。

涂妹望了黑黑的车厢一秒钟,然后迈开脚,走进去。

涂妹如愿在宁静的海港跳了个舞。

阴沉了整个白天的云自太阳沉没就消散了,夜晚月朗星稀。虽然对岸都市的灯火已熄灭一半,但仍有华美明亮的轮廓。它们也包围着海浪的轮廓,抖抖的,不像水,像一块撒满金粉的黑色果冻。空气里没有腥味,堤路上也一个人都没有。涂妹有点陶醉,穿着高跟鞋旋转身体,然后在跌倒之前扶住栏杆,呼呼地喘气。

她觉得心满意足了。

凌晨三点钟,梁夏从后面安静地走上来,来到涂妹身边。

"你会不会觉得饿?"他问。

奇怪而生硬的问法。但涂姝想起从早到晚,她确实已经整整一天没有进食,连水也喝得少。她强烈地感受着饥和渴,在心里告诉自己挺好的。

于是她摇了摇头。

"那现在想回去吗?我送你回去。"

涂姝转头,笑笑,说:"好。"

·8·

一旦有了方向，香港警方卓越的调动能力就体现出来了。

第二天早晨，法医部门的最新检验报告用邮件发送到西九龙区高级督察骆承文的电脑里，骆承文到宿舍叫醒从内地来支援的女刑警姚盼。前一天夜里，姚盼没入住酒店，就在警队的值班宿舍里睡，骆承文的房间和她打对门。

法医连夜对三具被害人尸体的皮下组织再次取样鉴定，并进行二次解剖，最后得到对应性的结果。

根据之前的尸检，三名被害女性生前曾严重脱水休克，死于心脏衰竭。死后尸体在复杂的水体环境浸泡，膨胀如皮球，差不多能呈仰卧状浮出水面。从体内充盈的腐败气体量估算，死者被抛尸水中的时间是两三天，和死亡直播的时间间隔吻合。

尽管尸体的体表组织瓦解，体内也已高度腐败，但经过更具指向性的鉴定，法医发现尸斑的坠积期和扩散期存在不合理的时间差，并且有轻微的血液外溢现象，说明血液的凝固速度曾受到外部环境变化的影响。针对这点再做进一步解剖，法医发现尸体颅底的确形成了枕骨大孔疝。这是脑组织出现水分冻结，造成体积膨胀的痕迹。

法医报告上书：不排除死者死后尸体曾在低温环境保存。

"犯罪嫌疑人抛尸到水里，是为了掩藏冷藏过尸体这件事，对吧？"骆承文手持报告问姚盼，"先冷藏，然后投进水里，归根结底是扰乱我们对死亡时间的判断。"

姚盼没有直接回答，只是沉默点头。她着装整齐，看不出是刚睡醒还是一夜没睡，但她的神情告诉骆承文，她已经得到她想要的答案。之前不说，是因为证据不足。

骆承文说："从鉴定结果看，几名受害者的死亡时间都可以向前延伸半个月。这样看来，犯罪嫌疑人很可能在上挂视频之前，就已经把所有事情准备好。然后按时间进度分散抛尸，由此把录播的视频伪造成直播。比如第二次视频，犯罪嫌疑人让两个受害者同步出现在镜头前，其实是相隔了数天，但因为尸体经过冷藏，我们难以通过死亡时间找到破绽。"

姚盼说："你举的例子是对的。"

"但犯罪嫌疑人真正想掩藏的，是曾用带冷冻仓的交通工具搬运过尸体吧？"在新界北总警区的办公室里，骆承文笔直地望向他的新搭档，"姚警官，可以告诉我你的全部推想了吗？你已经知道犯罪嫌疑人有恃无恐的东西是什么了，对吧？"

姚盼平静地点头，说："是的，所有疑点都已连接起来。"

骆承文委托水警总区，结合走私情报全面排查带冷冻仓的机帆船。

冷链走私的货物主要是生鲜食材,不排除还有海洋鱼类等活体动物,但排查范围已大大收窄。一个白天,骆承文和姚盼也联同水警的警员走访调查。另一边的受害者视频已经播放到第二天,名叫曹玉兰的湖南籍女子身上汗水湿了又干,白色连衣裙污灰而皱巴,她如冬眠的动物般睡得多醒得少,已经很久没有开口说过话。

骆承文克制自己少去看视频,避免多去想画面中的女孩也许在半个月前就已死去。

但在此之前,骆承文还是抱着电脑屏幕,瞪大眼睛看了许久。之前几名受害人的视频,他也瞪大眼睛看了许久,直至双眼布满血丝。

骆承文的内心感到异常沉重。

"骆督察举的例子很准确。"姚盼对他说,"我们最早怀疑这些视频有问题,思路就是来自第二次视频。"

"这个我知道——贵方是发现第二次视频里的两个受害者,其实身处同一个房间,所以判断犯罪嫌疑人挂在网上的视频并非直播,而是提前录制的。"

姚盼点头:"是的,这是一个切入点。"

骆承文的眉头莫名皱起,问:"难道还有其他问题?"

"其实你刚才已经把问题说出来了。犯罪嫌疑人把两个实际上相隔数天受害的受害人视频同步播放,伪造成同时直播。犯罪嫌疑人通过混淆死亡时间的方法,让观众和警方抓不住破绽。"

骆承文愣了一下,心脏猛然一阵抽紧——他想起一直以来,每当他看着那些视频时,总有一种古怪的不协调萦绕在心头,却无以名状。

"但是……还不够吗?"

"是的,仅仅混淆死亡时间还不够,露馅的风险会非常高。"姚盼冷冷地说,"只要两个受害人在视频里提到时间,观众就会发现对不上。"

骆承文在警署的走廊上跑起来。他冲进办公室,打开电脑,把备份的视频全部调出,抱着屏幕睁大眼睛看。第二次视频的两个受害人,说了几次她们现在香港,但是从头到尾都没有说出具体的日期。

另外几个受害人的视频也一样,时间、地点、经过全都模糊而不具体——正如骆承文此前的心感不甘——从自救的角度看,她们披露的信息都太少了!

"因为受害人不知道悬在头顶的监控摄像会被无数观众看见,所以缺乏对外提供更准确信息的意识——"骆承文用拳头猛砸在电脑键盘上,"我们一直都这么以为,以为这是一个无可奈何的情况,只能面对屏幕干着急!"

"是的,很容易产生这种错觉,以为这是人之常情。"

"但犯罪嫌疑人不可能冒这种风险!"

"是的,即便被囚禁的受害人缺乏自救的意识,但犯罪嫌疑人不会单凭这一点就放心。尤其是第二次视频,他把两个受害人的视频伪装成同时发生,他一定有充分的信心,两个受害人不会说出相互矛盾的信息。"

骆承文用力抬起头,眼睛里布满血丝,他虎声说:"犯罪嫌疑人一定剪辑过视频——他把受害人提供的有效信息删除了!"

姚盼轻轻摇头。

"你知道这是不可能的。"她淡淡地说,"贵方和我们都反复检验过那些视频,除了每过二十四小时出现一次黑幕画面,其他时段的视频画面均连续,没有一处剪辑的痕迹。"

"那到底是怎么回事?"

"犯罪嫌疑人能确保受害人不说出对他不利的信息,想来想去只有一种可能性。"姚盼平静地把推想说出来,"犯罪嫌疑人和受害人存在合作关系,那些视频都是表演。"

骆承文感到震惊而无法相信,但很快心情又变得异常沉重——这个推想,让每一个疑点都连接起来。

为什么犯罪嫌疑人会如此猖狂大胆,任由受害人对着无数的电脑屏幕自报家门,自由地自我陈述,而连续播放数十小时从不打断?为什么即便如此,警方追查受害人的身份和行踪,仍旧极其艰难?这是因为受害人从来没有提供过真正有效的信息。她们说的每一句话,都经过精心筛选,甚至有编写好的剧本——关于遭到囚禁的时间、地点、经过等关键信息,口径都模糊,从而保证不会和警方事后的核查相矛盾。

在这个推想下,事情就说得通了。

视频刚开始传播的时候,很多观众嗤之以鼻,说一看就知道是表演——因为那真的是表演。

"有一个地方的表演痕迹最重,也是证据。"姚盼指引骆承文看一段视频,"几个受害人都曾满房间地寻找逃生的出口,甚至用手指在四面墙壁上拼命抓,但这些行为显然徒劳无功。"

骆承文浓眉扭结,想了一会儿,沉声说:"其实房间本身就有出口。"

"是的,别忘了有一个疑似犯罪嫌疑人的蒙面人曾进入房间。视频没有覆盖完整的房间,犯罪嫌疑人从画面以外走进来,说明那个位置有出入口。那么,难道受害人对此一无所觉吗?哪怕是隐藏门,也不会完全看不出痕迹吧?事实上,几个受害人都基本没有在视频画面以外的地方逗留——她们曾经满房间地拼命找出口,却偏偏找漏了真正的位置,这太不合情理了。"

骆承文沉默许久,自嘲而又苦涩地说:"这些明明都是不协调的疑点,但后来烟消云散了。"

姚盼沉沉点头,说:"是的,疑点很容易烟消云散。当受害人的尸体被确切地发现时,还有谁会怀疑那些只是表演呢?"

骆承文紧望着姚盼,声调沉重:"我不相信受害人是自愿的!没有人会用生命表演!"

"嗯。"姚盼平淡回答,"我想她们是被骗了。"

骆承文悲愤地问道:"这就是犯罪嫌疑人刻意让我们找到尸体的原因吗?受害人配合他表演,这就是他有恃无恐的地方!"

而姚盼却告诉他,犯罪嫌疑人真正的有恃无恐,在别的地方。

到中午的时候,水警总区已经追查了十三条冷链走私渠道。其中十一条是从境外走私水产和野生保护动物肉品到内地,另外两条是从内地反向向香港走私。

骆承文问姚盼的意见,要不要集中查从内地向香港运的那两条。但姚盼略微犹豫:"不好说。走私要往返,船也两头跑,目前我们只是猜测犯罪嫌疑人可能对走私路线熟悉,曾经开船入港,但还无法继续收窄排查范围。"

骆承文说:"但船是过来的,对吧?那个目击的渔民也说过,船从海的那头开过来。"

姚盼点点头。

"那么船可能还停在香港,我们会把它挖出来的!"

姚盼说:"剩下要靠骆督察和其他部门的伙计了,这次需要支援的是我。"

骆承文说:"姚警官你放心,到这个份上还拿不出看家本事,是我们丢不起人!"

在离开新界北总警区,前往水警总区开部署会之前,姚盼把已知的全部推想和情报告诉了骆承文。

姚盼对骆承文说,受害人在她们的表演里,绝非自愿求死,而是受到了蒙骗。

"我明白。"骆承文回答,"证据就是幕间帧。"

姚盼点点头。

"犯罪嫌疑人每过二十四小时加入一次报时的黑幕,目的是从那个位置开始剪辑视频。"

骆承文低沉下巴,表示明白,说道:"后面的部分被剪辑了。最初的一两天,受害人是在犯罪嫌疑人的教唆下表演,但后来遭受了真正的虐待。犯罪嫌疑人把两部分视频拼接在一起,让观众以为时间是连续的。这是移花接木!"

"嗯,因为视频是事后制作的,犯罪嫌疑人可以把受害人摆布成和前一段视频一样的姿势,让人难辨真假。"

"那时,受害人已经动不了了,对吗?也说不出话……"

"是的。受害人可能经受了比我们看到的视频更长时间的饥渴,到后来已经基本丧失活动能力,因为舌头肿胀,也无法发声。直到这时,犯罪嫌疑人才把视频拼接起来,以确保受害人无法反抗,也无法再对外提供信息。"

骆承文用力甩拳头,说:"难怪受害人死亡的时间比预期短,她们其实遭受了更长时间的折磨……"

隔了一会儿,骆承文叹了口气,望向姚盼。

"在前一两天的表演里,受害人也是真的忍受着饥饿,对吗?"

姚盼道:"我想是的,视频起码每二十四小时不间断,而且为了表演效果的真实和连贯,犯罪嫌疑人应该向受害人提出了不得进食的要求。"

骆承文说:"现在我明白犯罪嫌疑人为什么选择这种'看点有限'的表演了。因为如果条件更苛刻一些,受害人肯定不会接受。比如在房间里加热,让受害人更快地脱水……"

骆承文停下来,他意识到这样的话太冷漠——他瞥了身旁的女警一眼,咳了一声,续道:"姚警官你提出的疑点,现在都有了答案。"

姚盼默默地点头。

看到对方的神情,骆承文突然涌起一阵难受,他立刻想起了另一件事。

"等等,有的受害人曾经喝下尿液,吃下金鱼……还有用玻璃碎片割腕……这些都是她们的表演吗?"

姚盼淡淡地说:"我想,喝尿液和吃金鱼是表演,这些发生在四十八小时之内。但用玻璃碎片自残发生在四十八小时之后,那应该是犯罪嫌疑人拼接的视频——那时受害人已经濒临死亡,也失去了理智。"

骆承文只觉得胃部抽搐,于是又想到一件事,艰难问道:"那么……那个吃下金鱼以后,在半夜因为呕吐而窒息致死的受害者,她是……?"

"那时候还没到四十八小时,视频是连续不断的。所以,我想她还处于表演阶段,但夜里的呕吐是一种无意识的反应。"

骆承文胃部扭结在一起。

姚盼平静地说:"即便是观众觉得'看点有限'的表演,但加在表演者身上的残酷我们无法想象——她们甚至已经用上生命的代价。"

骆承文在心中大口喘气,受害人所受的折磨原来是她们自愿的表演,这相比被犯罪嫌疑人暴力拘禁,更让人心情沉重。

"可是受害人为什么愿意,犯罪嫌疑人到底用了什么方法诱骗她们……?"

姚盼摇头说:"我想没什么特别的方法,犯罪嫌疑人只要许诺给一笔酬劳就够了。他对她们说,这里有一个表演,直播,有无数观众,有丰厚奖金,你来不来?四十八小时,坚持住了有钱,坚持不住没钱。她们就来了。忍受饥饿,喝尿液,吃金鱼,这些对她们来说都不算什么。偷渡客,无家人,她们本来就挣扎在边缘。犯罪嫌疑人找的就是这样的对象。"

骆承文难受不已,心里悲愤交集。过了良久,他勉力让自己冷静,但声音仍然愤怒。

"犯罪嫌疑人的目的到底是什么?他有恃无恐的是什么?"

姚盼沉默下来。她轻叹了口气,走到警署办公室的窗边,和昨天她刚到的时候一样,眺望朝北的海湾。

"犯罪嫌疑人确实另有目的。他诱骗受害人在摄像头前面表演,呼救,是为了让她们从嘴里说出一句话。这句话可以让他有恃无恐。"

骆承文大声问:"什么话?"

"说她们身在香港。"

骆承文一瞬间目瞪口呆,窒息得说不出话来。

姚盼续道:"每一个受害者,在呼救时表述都颠来倒去,信息模糊不清,但她们都清晰地披露了一件事:她们现在在香港。"

骆承文觉得心脏猛跳,一种巨大的震惊让他身体发抖。

"你是说……她们实际上不在香港……"

姚盼淡淡地说:"她们都是偷渡客,也许真的来过香港,后来走了;也许从没来过,而是去了别的地方。这都了无痕迹。"

骆承文开口,问:"那她们的尸体,是……走私?"

姚盼回答:"是的,犯罪嫌疑人通过走私的方式运过来。"

各种疑点在脑海里组合,像拼图一般,骆承文终于明白犯罪嫌疑人有恃无恐的是什么。

命案的发生地,根本不在香港。

那个囚禁受害人的房间,那些现场直播的表演,地点都不在香港。受害人在别的地方遇害,但受害人受到犯罪嫌疑人的诱骗,面对观众声称自己就在香港,这个巨大的干扰信息根深蒂固。而当受害人的尸体在香港的河道、水库、池塘一一被打捞起来时,这个干扰信息最终变成确切无误的事实。

这是一个难以识破的骗局。受害人言之凿凿地说自己在这里,其后尸体又在这里被发现,谁还会怀疑命案并非发生在此?

犯罪嫌疑人利用这个骗局,有恃无恐。

香港警方倾尽全力追查受害人在香港的行踪，以及上挂视频的香港网络终端，终将一无所获。地点错了，路径就错了，如果不能穿透迷雾，调查只会进入死胡同。

骆承文事后回想，发现他们错在一种过时的盲信——受害人偷渡来到香港，所以肯定还在香港，她们没有理由会离开。

骆承文抬头问姚盼："那她们会去哪里……"话问到一半，骤然停住，他嘴巴张开，已经知道了答案，"你们那里吗……"

姚盼平静点头。

"我们追查了几名受害人在内地的行踪。虽然情报也不多，但越南籍和阿尔巴尼亚籍的受害人已经找到吻合的信息。一两个月以前，她们在我任职的城市出现过。"

骆承文全部明白过来，这位来支援的女刑警一直联络通信，她同步在查的不仅仅是湖南籍受害人曹玉兰的行踪，而是每一名受害人的行踪。受害人生前选择的谋生地不是香港，而是海的那头；她们只是在死后被人运送过来的。犯罪嫌疑人真正利用的，是香港这座城市的特殊地缘构建的特殊壁垒。本来不过是一水之隔，犯罪嫌疑人运送尸体并非难事，调查却轻易地陷入盲区。那里有一种"你们和我们"的泾渭分明，这种认识上的壁垒犹如置身孤岛。

骆承文也明白了姚盼为什么朝向北面的海湾凝望，有时会叹息一声。直到惊人的推想被逐一验证，她才把全部说出来。因为责任太过重大。

"犯罪嫌疑人在香港抛尸，但真正的命案发生地在我们那里。"姚盼望着骆承文，苦笑了一声，"其实不是我来支援，而是你们支援我们。"

骆承文心情复杂，一瞬间不知道是喜还是忧。隔了好一阵，他才沉沉地说:"犯罪嫌疑人是利用了我们的自以为是,如果没有贵方看穿骗局,这个案件只会成为悬案——谢谢你们!"

姚盼说:"一家人不说两家话。"

"这个推想是姚警官提出来的吧,你看穿骗局的能力比骗局本身更惊人!"

姚盼嘴角微弯,笑起来。

"不是我。我说过,最早发现视频破绽的是一个编外的同行,我只是代替他来验证。"

"不是警察的那位?"

"嗯,目前还不是。"

骆承文点头说:"很厉害!我想认识他。"

姚盼甜笑道:"一定会有机会。"

下午,水警总区传来消息。以深圳湾为进口,深入大井围、公主山、牛牯岭三个抛尸地点的附近水道,经过对所有路径的沿线排查,收集到指向统一的情报:在上述各地,都有一艘灰色的柴油机帆船曾被目击。船型和外观明确后,水警总区搜遍全港每一个港口,最后在葵涌一个旧湾头找到了一艘非常近似的改装渔船。那艘船没有登记,没有属主,不知从什么时候开始停泊,混在老旧的渔船堆里。

船底有暗格,配置有冷藏仓,在里面发现了几名受害人的毛发痕迹。

香港海关和水警联合督查,查到这艘改装船曾经走私贩运过海洋动物,收缴后被拍卖给一个做二手船生意的私人老板。那老板以前在道上混过,公司开在九龙和观塘交界的一个码头上。十多辆警车开着警笛,在城市里全速穿行,最后在尘土飞扬中冲进码头侧面的一片荒地,那里有一个很小的维修坞。荒地沿途堆满船的零件,有些大如公交车,但全都锈迹斑斑。

船厂里的几个员工四散跑,混过黑道的老板从厂房后面逃窜,警察朝天开了枪。那老板慌不择路,被一根手臂粗的锚链绊倒,摔在一堆铁疙瘩里,差点被船锚的尖钩扎穿脑袋。

因为在鬼门关走了一趟,那老板吓破了胆,露出往日当小混混的真容。警察喝问他"跑什么",他耍赖说:我就是怕嘛。警察把机帆船的照片递给他看。

"警官,我想起来了……"二手船老板眼睛眨了半天,后来服软点头,"这艘船是我这卖的,一个月之前。"

骆承文和姚盼押着老板走进船厂办公室,老板从抽屉底下拿出交易账本。

警察找到了一个月前买下船的人。

船老板说:"我什么都不知道,那个人只说他在内地跑货,不过长得很丑……"

骆承文肃容伫立,转头望姚盼,问:"姚警官现在回内地吗?"

姚盼点头,说:"嗯,现在就走。"

"我陪你!"

姚盼微笑说:"好。如果方便,也带上唐明警长。请你们继续支援我。"

当两个警察联袂走出厂房时,西九龙总警区打来电话,说有一个待核实的情报,但还是向他们通传一声为好。

"尖沙嘴警署接到举报电话,有人昨晚在维多利亚港附近,看见一个女人被人推进一辆货车,凌晨的事情。目击人称,那个女人穿着白色连衣裙。"

·9·

星期天下午,涂妹从香港回了家。

白天她在香港坐了轻轨和地铁,从东到西,觉得城市不大。她想,也许好些年前会不一样,但现在这个城市已没有惊喜。于是她回到九龙,坐上往北的火车。

离开前,涂妹给梁夏发了一条信息,说:我走了,昨天谢谢你,回来见。

梁夏回复说:好,回来见。

前夜凌晨,梁夏开着小货车,把涂妹送回下榻的旅店,然后道别。他早就说过白天还有事,没有再陪同。

到家刚过七点,出租屋的小窗外已经没有阳光。涂妹没开灯,在昏暗的房间里脱下背包,和衣躺倒在薄薄的床垫上,鼻子里钻进熟悉的灰尘。她侧转身体掏出手机,看见发光的屏幕上有章洁发来的一条信息:回来了吗?

涂妹也不知道为什么,有点不想回复。

手机落在枕边,涂妹背过身,把头埋进被子里。她觉得身体燥热。昨晚她一夜没睡,分不清是神经亢奋带来的热,还是因为其他。香港之旅的一幕幕从眼前掠过,在脑海里翻滚,思绪一阵汹涌如潮水,一阵又平静如旧殇。

在疲惫和黑暗里,涂姝渐渐入睡。入睡前,她以为自己会做噩梦,后来却一个梦也没记住。

不知时辰,涂姝在漆黑中醒了一回。她莫名感到一丝亮光,于是缓缓拉开眼帘。枕边手机屏幕的光芒停驻了几秒钟。涂姝把手机举起来,又一次点亮它,屏幕上有一条梁夏发来的信息。

"我也回来了。你现在在家吗?"

涂姝莫名生出巨大的思念,她回复:早就到家了,比你快。

半眯着眼睛等了许久,屏幕再度亮起。

"那就好。请好好休息,晚安。"

涂姝既感失望,又感安心。她感到强烈的饥饿,又觉得可以忍受。她轻声说:晚安。

手机放下后,漆黑的梦又笼罩而来。

涂姝睡了很久,睡得平稳,那长长的一夜什么都没有发生。

·10·

刑警薄文星在夜幕里猫着腰,穿过杂草小跑回来。

"地形都勘察过了,两层楼,能建等大的地下室,正门、后门两个出口,应该没有暗道。热探测显示屋里有一个人,但地下室有没有人看不清。"

他的上司姚盼点点头。

"有没有监控?"蹲在后方的香港警长唐明发问。

骆承文皱眉瞪了他的下属一眼,怪他多嘴。但汇报情况的刑警没有任何不悦,回答的声音清晰而干脆。

"有。前后门都装了摄像头,覆盖距离起码有五十米,所以我们也不敢太靠近。"

姚盼问:"还有呢?"

"还监测到狗吠声,屋里养了狗,可能是大型犬。"

围拢在漆黑疏树林里的几个警察,脸色都有些沉。

姚盼笑了笑:"阿星,你和唐警长可以组个队,你们都爱卖关子。"

这句话缓和了气氛,几个刑警都笑了起来。

薄文星主动拍了拍唐明的肩膀,说:"等一下我们俩负责狗,怎么样?"

唐明正容说:"没问题!"

姚盼说:"别扯,这事安排给有经验的突击队员。"

骆承文向四围望望,在安静的黑色里还有更多警员。他明白到姚盼为什么让他带唐明同来——不仅因为他的这位部下能力不赖,更重要的是,他不至于是一个外来的光杆司令。骆承文望着在前方伏身的姚盼,再次感受到这个女刑警过人的大气和细腻。

这时,姚盼回过头,也平定地望向他。

"骆警官,等你发令。"

"我发令吗?"

"嗯,直到目前,你都是这个案件的行动指挥官。"

骆承文在心里深吸一口气,冷冷道:"既然有监控,那就发干扰信号,我们一鼓作气冲进去。"

在他们面前,星月暗淡无光,只有一座灰色的房屋坐落在夜幕里。

骆承文和唐明陪同姚盼,在日落后返回这个濒临香港的城市。这里有出海口,距离深圳湾三十海里。

抵达的时候,情报工作已完成得差不多。

犯罪嫌疑人在香港花了五万港币购买二手机帆船,虽然没有通过合法途径,也没留下真实姓名和实名电话,但此人和走私团伙有关联,电话号码和资金支付也终究有迹可循,两地警方一合力,身份就查出来了。

这个人几年前移居本市，一开始在海产批发市场打工，后来因为手脚不干净被辞退，其后很长时间没有固定职业。但根据线人情报，这个人确实涉足过走私生意，深夜里给别人搬货，也走过船，但因为地位微不足道，警方也没找过他。

姚盼要求再往前查，得知这个人在搬到本市之前，原本在一家主题游乐园干活。那家游乐园中外合资，规模可观，以大型动物表演剧场而享负盛名，有陆上马戏，也有海底奇观。这个人负责保养海洋剧场的维生系统，注水、沙滤、杀菌、控温、增氧、维修管道，有时也喂鱼。

这个人叫万有光。他几年前从游乐园离职，是因为一宗意外事故。

游乐园海洋剧场有一个露天的深水池，每天上演五场人和虎鲸、海豚、海狮，以及成群鱼类的互动节目，环形的观众席能容纳上万人。水池初建的时候，在池壁中部预留了一个瞭望口，用于观察水下情况，突出部分是耐压玻璃，后面连接一个几平米的小房间。但因为功能有限，建成以后基本荒弃，渐渐没人记得有这么个地方。

直到事故结束以后人们才知道，身材矮小的维修工万有光，有时会钻进那个藏在地下的房间，在半圆形的玻璃仓里探头，瞭望着在他面前游过的鱼，以及高高环绕的观众席上数以万计尖声欢笑的人。

随着水池使用年份渐久，园方发现后台一侧的池壁有个别地方渗水。工程队查勘后给了一个方案，往地下通道的尾端灌注水泥，封掉拉倒。万有光知道这件事，也知道填满水泥砂浆以后，那个小房间的门会从此堵上。那天他想最后一次瞭望,下班以后钻进房间,但他不知道工程提前了。本来约好第二天来的工程队决定在当天歇业后开工,万有光听见了高压灌浆机的可怕轰鸣声,他把头从瞭望口缩回来,在狭小的房间里转身,但在急忙中后脑磕中突出的梁柱,当即昏迷过去。当他转醒的时候,四围只剩下寂静和漆黑,房间的门已经打不开。手机也在水泥墙深处失去信号。

到了白天,明亮的阳光洒满剧场,然后穿越深深的水池,留下一缕光从圆圆的玻璃窗透进来,房间从黑色变成灰色。万有光用眼睛追着那缕光,向外界瞭望,看见数不尽的熟悉的鱼和人。他也用耳朵听见微弱而又洪大的欢呼和尖叫。

他在那个只能缩身而居的房间里每天瞭望和倾听,有时也拍打窗户,自言自语,一共待了三天。有时他明明觉得有许多人望见了他,像观戏一样指着他看,但事实上人们看的根本不是他。他每天看见碧波荡漾的广阔的海水,口中干渴不已。

三天后的傍晚,一个下水训练的女演员偶然潜游到瞭望口旁边,终于看见了里头那个奄奄一息的人。救援队花了整整一晚凿开半干透的水泥,发现房间的门被封了三分之二,如果完全密封,困在里面的人可能活不过半天。尽管如此,数天不吃不喝,已经让他命悬一线。

万有光被救出来以后,由于严重脱水引发了肾脏损伤和神经系统的并发症,时常头疼发狂,出院以后仍需要长期服用药物。乐园赔了他一笔钱,同时把他解雇。其后他来到本市谋生。

当这段经历被披露以后,警察都知道他们找对人了。

后来,更进一步核查到的病历报告发过来,上面写着:慢性肾衰竭四期,存在性功能障碍。骆承文叹了口气,对姚盼说:"你说得对,犯罪嫌疑人对囚困和缺水有扭曲的情结,而身体缺陷则让他对女性怀有恨意,他把自己受过的罪加诸受害人身上。"

骆承文举起手,停隔一秒后,朝前方的灰色房屋骤然落下。

锁定犯罪嫌疑人身份后,目标地也得到确定。

本市警方查到万有光在郊外买了一套旧农房,占地二百平米,地面两层楼,下面带等大的地窖。周边都是荒林,但水电、网络能通。技术刑警薄文星联合网警核查了网络基站,发现网段和犯罪视频上挂的路径吻合。本地警员拿着万有光的照片进行了周边查访,村头杂货店的老板点头说,这个人下午还来买过东西,就住在那间旧屋里;香港警方则把照片给二手船老板看,后者撇嘴看一眼就别过头说"没错,就是他买的船"。至此,人和地点都已确凿。

入夜后,林中的孤零房屋亮起了灯。两地警方的高层都指示必须周详部署,务求万无一失,行动组织花了不少时间。骆承文知道之所以有这个指示,是因为经过两地的情报共享,警方判断视频中的受害人生还的可能性已经微乎其微,抓人的优先级实质上已高于救人;而且这件跨越两地的案件,性质实在太特殊,与其求快,不如求稳。指示下达后,姚盼对骆承文低声说"抱歉",骆承文摇摇头,说:"我们都做了该做的事。"

时近夜晚十点,包围圈完成。漆黑的树林里只能听见虫鸣。骆承文望见夜空中有两架无人机徐徐划过,这是最后一次确认查勘。年轻刑警薄文星用手指按住耳机,然后稳稳报告:"屋内外都没有异常,但有几个人还是难判断。"

骆承文转头对姚盼说:"九龙那边说货车找到了,就停在葵涌的码头,也就是我们找到柴油机帆船的那个码头。在车里找到女性的毛发痕迹,但不属于前面几名受害人。"

九龙尖沙嘴警署接到举报电话,前夜在维多利亚港附近,一个身穿白裙的女子被人用一辆货车暴力带走。香港警方调阅了附近的监控录像,很快找到了疑似的货车,并开展紧急追踪,最终在葵涌的一个码头找到了这辆货车——警方也正是在这个码头找到了有运输受害人痕迹的走私机帆船。

因此不排除这辆货车就是属于嫌疑人的。

骆承文沉声说:"希望没有新的受害人。"

姚盼点点头:"现在,我们只能专心做眼前的事。骆督察请下令。"

骆承文于是举起手,朝向前方的房屋。

树林里的夜鸟腾空而飞。

两个突破组采取钳形行动,分别从房屋的前后门方向合围,伴随干扰监控摄像头的信号波,横穿屋前的林地,然后毫不停留地破门而入。

整个过程不过半分钟。

轰然过后,老旧的房屋里安静无声。只有沉重的破门槌震动门梁的余波,让客厅中间的一盏吊灯"吱呀"摇晃,灯影在四面墙壁上飞来飞去。

突破组有警员配备了专门应对猛犬的护臂、警棍、喷雾和枪,他们很快看见两只通体乌黑的狼犬,但那两只大型犬尖长的耳朵低垂,只是一动不动地趴在墙角。

骆承文、姚盼、唐明和薄文星四个刑警紧随而进,一个突击队员蹲在黑狼犬旁边,打手势说:"睡着了,应该喂了安眠药。"

每个刑警心头都有一阵剧烈的不祥感。

姚盼下令道:"外面守死了……"

语音未落,楼上传来玻璃摔碎在地的声音。

警察持枪冲上二楼,突入最尽头的一个房间。一个男人坐在其中,笑盈盈地看着一屋子警察。突击警员喊:"举起手!"对方静止不动,笑容只维持了一秒钟,很快面容扭曲起来,身体也扭曲起来。警察看见那人脚边有一只破碎的酒杯,剩余的金黄液体沿着地板的纹理聚成小洼。

警长唐明一个箭步冲上前,大喝:"吐出来!"

男人已经从高背椅子上滑坐下来,扭紧的肌肉开始松弛。唐明想伸手抠喉咙,但闻到一股浓烈的杏仁味,只得把手收回。氰化物沾到皮肤很危险,而且也来不及了。那个人从嘴角慢慢涎出白沫。

骆承文蹲下来直视对方的眼睛,急切地问:"受害人在哪里,说!"

那个人眼帘合垂,勉强一睁,盯住前方的警察,一边脸抬起来笑:"我没输……"随后头倒在肩膀上,不再动。

唐明摸了脉搏,向众人摇头。

姚盼俯视着,沉沉问道:"人对不对?"

负责搜集情报的薄文星点点头。其实这个问题无须问。

那个男人长相奇丑,凸额头,鱼白眼,嘴唇开裂,身高矮小,介乎正常人和侏儒之间,弯着背,像被打桩机捣过。那扭曲的模样没人会认错。

一屋子警察缓缓放下枪。

房间里有连通网络的电脑,几个监控屏幕,以及布满墙壁的照片。照片里是那几个被杀害的女人,有的穿着整洁,面向镜头,露出笑容;有的披头散发,佝偻身体,趴在地上。

房间的主人万有光斜斜地坐在照片下面,死去了。

骆承文甩拳头说:"我们还是慢了——"他又急切四顾,"快找受害人!"

其后警方又在房屋的地下室找到两个房间。一个四壁围了隔音棉,像个牢房,里面什么都没有。另一个墙壁刷了乳胶漆,中间放着一张木椅子,横梁两边各有一个摄像头——这就是视频里的灰色房间。

网络上的直播还在继续,但眼前的房间里已空无一人。

警方在犯罪嫌疑人的电脑上寻找最后一段视频录像,但文件被加密隐藏,需要检索和破解。到了凌晨两点,视频已经播过四十八小时的黑色报幕,而技术人员还在持续攻关,播放却戛然而止。

刑警薄文星长身而起,问:"哪个把网上的视频掐断了?"一个坐在电脑前的技术组警员抬起头,回答说"没有"。

"视频没有中断,是播放完了。"

电脑里的视频被调取出来,刑警们急急回放最后的片段,看见房间里的白裙女孩一度转醒,然后艰难地向前爬行。她刚刚爬到画面的边缘,视频就结束了。

骆承文浑身一抖,说:"受害人还有体力,在尝试逃生——犯罪嫌疑人把视频剪断,难道她……逃出来了?"

姚盼厉声下令:"整个山林都搜!"

天亮的时候,警方在一公里以外的山涧里,发现名叫曹玉兰的第五名受害人静躺在一条浅浅的小溪旁边。她也已经死去。

死者并非溺亡,而是死于低钠血症引起的脑水肿,也就是水中毒。受害人曾在生命的最后时刻拼命寻找水,然后喝下了过量的水。

而她死去不过一天。

"怎么会这样?"拿到尸检报告时,骆承文双眼布满血丝地望向姚盼,"受害人不是很早以前,而是刚刚遇害吗?她面对镜头说,她在两天前被迷晕绑架,是真的两天前吗?……我们还是慢了一步吗?"

在万有光的电脑里获取的最后一段视频录像,相比网上播放的戛然而止,末尾还多了一句报幕音。那里有他对警察没说完的后半句话。

"我没有输,表演没有结束。"

一语成谶,骆承文面色凝重地问姚盼:"是同党吗,还是模拟犯?"

姚盼低叹说:"我不知道。"

连续杀人犯在屋中服毒死亡的一周后,第六名受害人出现。一个身穿白裙的女子被囚禁在灰色的房间中,失水挣扎,视频再次在网络上传播。

第二回
之后,我来到你的身边——

星期一早晨,涂妹推开家门,看见阳光很好,气温却猛然跌坠。她搓搓手,犹豫着要不要反身添衣,这时感觉脚下踩住一个扁扁的东西。她低头一看,发现是一只死去的乌鸦,脖子后折,反光的羽毛像黑色垃圾袋兜住身体,已经通体干透,但踩的那一脚让灰色的眼珠流出来。涂妹举头望向湛蓝的天空,用手背挡住眼睛——那里刺眼明晃,一尘不染,什么都没有。

傍晚回到家的时候,她在床垫上找到干扁的老鼠的尸体,后来还有死去的鱼。

有些能预期,有些无法预期,从香港回来后的一周,涂妹的生活渐渐陷入恐怖之中。

开在商场里头的水族馆游乐场停业了。

涂妹八点半回到上班的地方发现关着门,绕到游乐场的正门,看见正门也拉着铁链,门外贴着"闭馆维修"的告示。涂妹想起这一周游乐场的水族箱和鱼池要改造，排干水后，混凝土造景要做一些添加，还要保养沙滤塔、维生管道和化盐池。听说要新增一批观赏的鱼。这些涂姝知道，她休假前一天，水族区的一部分就已经封闭，人鱼表演也预计取消一周——这也是涂姝决定上周休假去香港的原因。但游乐场里还有其他动物的观赏区，另一层还有游乐设施，涂姝没听说过要全面闭馆的事。

涂姝在员工进出通道徘徊了一下，心想为什么没看到其他人，游乐场少说也有上百工作人员——这时旁边的一扇门打开一角，一个保安模样的男人探头出来，问她是"干什么的"。

"我在这里上班。"涂姝走上前说，"今天不开门吗？"

"你没接到通知吗？停业了。"那人冷漠回答。

涂姝摇摇头，说"没接到通知"。然后又解释她"这两天休假了，所以不知道"。

"反正今天不上班，没事就回去吧。"

"要停业几天？"

"不知道，问你们部门的人。"

涂姝问："今天有人回来吗？我想拿点东西，这边门能进吗？"

保安说："随便你，自己刷卡。"

"刷卡？"

"员工卡啊。"保安指指他挂在胸前的卡牌。

涂姝说："我没有员工卡。"她指指旁边的门，说"平时从那边进"。

保安皱起了眉头。

"你不是员工啊？"

涂姝说，她是剧场的表演演员。

保安说:"像我们这种签派遣合同的,都有门卡!"

涂姝不说话,保安准备把门关上。涂姝说:"我能进去一下吗?不知道要停业几天,所以想拿点东西,很快。"

"这边是员工通道——你是员工吗?"保安冷漠回答,"谁知道你是谁。"

离开的时候,商场正门刚开,涂姝看见游乐场入口前面陆续聚集了一些人,平时负责售票、检票的几个工作人员在解释什么,吵吵闹闹,商场保安在旁边盯着,想来是在处理退票一类的事情。涂姝更感停业停得突然。

涂姝给章洁打了电话。

"回来了吗?"章洁在电话那头问。

涂姝说:"嗯,昨天晚上到的。"

"昨天给你发信息,你也没回。"

"回来有点晚……太累了……"

章洁没揪着这个话题,平淡地"嗯"了一声。

"游乐场今天停业?"涂姝问,"我过来看到没开门。"

"你去上班了? 我以为你今天还休假。"章洁说,"昨天就是想和你说这件事。"

"怎么突然停业了?"

章洁在电话里冷冷地说:"老板跑路了。"

涂姝呆住,说不出话来,她只能在一瞬间分辨,章洁不会把裴青城叫作老板,所以他说的老板应该是游乐场的老板。

"你现在在商场吧?"章洁说,"一楼有家咖啡厅,你等我一下,我现在过去。"

涂姝在商场绕了一圈,在北面门口旁边找到一家星巴克咖啡厅。她已经有好几年没有走进咖啡厅,几十元一杯的饮料让她望而却步。她学会了做这样的比较:五十元够两天的伙食费,够买两本书,也够半天的医院看护费。

涂姝点了两杯热摩卡,想了想,端着走出咖啡厅,选了带遮阳伞的露天座位坐下。她心想,坐在外面,等的人比较好找,也感觉惬意。涂姝突然想重温坐在咖啡厅的露天座位上喝一杯热咖啡的惬意。

章洁十多分钟后到达,他拉开涂姝对面的铁艺椅子,坐下来。男人只穿了件单衣,坐下后略微收缩了一下身体。

"我给你也点了摩卡,不知道你喝不喝得惯?"涂姝把咖啡推过去,"还有点暖。"

章洁插吸管喝了一口,说:"甜的,挺好。"

章洁抬头问涂姝香港之旅怎么样,涂姝回答:"挺好。"

就此当作寒暄过,章洁正容开始说游乐场的事。

"游乐场的老板你应该没见过,东北人,管钱不管事,平时很少过来。"

涂姝摇摇头,她从没机会看见游乐场的管理层,担任总经理的那个香港人,她也只见过照片。

"这个人跑了吗?是因为欠了钱?"涂姝问。

"说了跑路,其实是潜逃。人被通缉了。"

涂姝惶然睁大眼睛。

因为坐在户外,章洁没有刻意压低声音,他告诉涂姝,那个东北人贩毒,他在全国几个地方都搞了中小型的游乐场,不过是为了洗钱。

"因为成本项目可以五花八门,客流量也容易造假。听说他还投资拍电影,顺便睡睡男女演员。"

涂姝听得似懂非懂。章洁说:"我也不懂。"

两人低头喝着变温的咖啡,静了一会儿,章洁继续往下说。

"这个人被警察打掉,听说和我们这边也有关系。"

涂姝讶问:"什么关系?"

"他雇了一个香港人在这边做管理,结果那个香港人借道干了私活。"

"私活?"

"走私动物制品和标本。"章洁说,"游乐场经常要买动物,死了也要运走,这些都是便利条件。"

章洁停了停。"听说我们这里很多动物一旦受伤或者得病,就会被制成标本卖掉。"章洁冷笑了一下,"它们给观众表演了一辈子,死后可以继续表演。这是它们最后的表演。"

涂姝觉得冷而难受,小腹内一阵阵抽痛,刀刮一般。良久问:"然后呢?"

"说是被举报了。因为走私和贩毒渠道有关联,警方趁机申请到对那个东北人的搜查令,顺藤摸瓜,掀了他的老巢,然后就发通缉令了。估计警方一直在等这种机会。"

章洁喝了一口冷掉的咖啡,续道:"那个香港人已经被抓起来了。我想这家游乐场很快也会被查封,总之是开不下去了。"

涂姝咬咬嘴唇,问:"那……裴青城呢?"

"不知道和他是否有关。可能无关,可能跑过腿。"章洁面无表情地说，"不过他昨天从香港回来了，下午和我们说完停业的事，就被警方传讯带走了。"

涂姝沉默不语。

章洁问："你有什么打算？"

涂姝愣了愣，过了片刻，摇摇头，说："不知道。"

"我还有些东西放在游乐场，不知道什么时候能拿……不过也没什么非带走不可。"

章洁淡淡地说："没事，肯定能回去拿，这么大个游乐场也不会说关门就关门。"

涂姝默默点头。她想章洁察觉了她刚才进不去门的窘况。

过了一会儿，她见章洁没作声，便抬起头，看见对方正定定地望着她。

"怎么了？"

"你知道前两天裴青城也去了香港吧？他陪香港人过去买一批鱼，原本准备在水族箱改造好后投放。"

"哦……嗯，听说过的……"

"裴青城说他告诉了你。"

涂姝讶然仰头，她不知道这句话是什么意思，但心里莫名地慌乱。

"他们就是在香港买鱼的时候被警方截住的。那批鱼渠道合法，倒没被查扣，但香港人当场被上了手铐。裴青城没被抓，但回来以后也被传讯了。"

涂姝慌乱地说："什么意思……你是说是我举报？"

章洁摇摇头，说："我不是这个意思，他们去买鱼的事情我也知道……"男人莫名地叹了口气，"问题是裴青城对着团里所有人的面,说你知道这件事——就在他被带走前,冷笑着说的。我知道举报的人肯定不是你,但我不知道裴青城是什么意思。"

涂姝手足发冷,脸色一阵白,她问:"他都说了什么?"

"他说,"章洁低沉说,"你们有些人想走,没问题,我让你们走得彻底点。"

涂姝坐公交车进城去了一趟医院,然后怀着沉重的心情在城市里走了一天。傍晚她回到租的房子,发现临街窗户的玻璃碎了。尖利的碎片散落一地,还有一些落在抵住墙角的薄床垫上。涂姝在枕头边找到一只老鼠的尸体,干干扁扁,眼睛通红,像个标本。

入夜后,涂姝感到从窗户的破洞吹入的冷风。天气一阵阵地凉下来了。

涂姝轻轻出门,想到楼后的小卖部买点胶布,快走近时,她的脚步慢了下来。她终于走到小卖部的门前,看见老板娘坐在小店的最里头,有些犯瞌睡。那老板娘五十多岁,祖籍客家,每次遇到涂姝都热情攀谈。

老板娘坐在厨台后面,头一笃,瞥见涂姝,但她冷漠地别过脸,盯着头顶的电视机。

涂姝没有对象地低低头,致意,然后默默地从小卖部门前走了过去。

她绕过陈旧的楼房,靠着黄色的墙壁,有一条静静暗暗的小巷。涂姝走进去,在昏黄的街灯下看见一排打印纸,用胶水粘着,有些被人撕了一半,更多的都完整。纸上打印着黑白的照片。

照片里有一个女人，穿着勒紧身体的短裙，上面缀满闪片。她穿着尖尖的高跟鞋，临街而站，靠在贴满小广告的卷帘门旁边。还有一些照片是，她蹲下来，双腿向前平直叉开。因为是黑白打印，看不清裙子的颜色，但涂姝知道那是紫色的。

脸拍得很清晰，涂姝知道照片里的人就是她。

星期三,涂姝考虑搬家的第三天,在超市里碰见带着小伊凡买东西的尤利娅。

"涂,没看见,很多天。你好吗?香港呢?好不好?"

俄罗斯女人拉住涂姝的手,涂姝觉得那手很暖。

尤利娅喊儿子伊凡叫阿姨,那金发的六岁半小男孩本来全神贯注地在玩具橱窗前流连,闻言立刻跑过来,弯腰点头说:"你好!"

他语音稚气而认真,"你好"的发音比他妈妈更准确一些。

涂姝开心地抚摸小伊凡的头,说:"伊凡真有礼貌!"她用手搓伊凡柔软的金发,以为他会像其他小男孩那样咧着嘴躲开,但这个金发碧眼的外国男孩却站定不动,神情静止,像个任君玩赏的漂亮人偶。

涂姝一阵尴尬,把手收回来。

她转头对尤利娅笑:"你教育得真好。"

尤利娅浅浅地笑,涂姝从里面看出苦的味道。

"需要的。"俄罗斯女人说,她朝地下指了指,"这里,我们,需要的。"

涂妹心里一阵难受一阵酸。原来六岁半的孩子已经知道了生活。

两个女人一同逛了一会儿,尤利娅买了生活用品,涂妹坚持送伊凡一只霸王龙的模型。妈妈点头同意后,小男孩大声说"谢谢",把恐龙紧抱在怀里。

排队结账的时候,小伊凡扯了扯他妈妈的衣角,用俄语说了一句话。尤利娅说:"中文,多说。大家看我们,是好的。"

小男孩摇摇头,望着涂妹,脆声说:"他们说,看阿姨。"

尤利娅脸色白了白,向周围看看,又看向涂妹。涂妹低下头,默然不语地向前走。尤利娅伸手拉住涂妹的手,说:"涂,不管。"

涂妹觉得那手很热,心头又涌起另一种难受和酸。涂妹知道尤利娅什么都不知道。

离开超市要分手的时候,两个女人在商场门口站定手拉手,涂妹犹豫着要不要问尤利娅接下来的打算,这时尤利娅却先开了口。

"涂,明天表演,去吗?"

涂妹一愣,问:"去哪里表演?"

尤利娅也愣了一下,她的愣是因为不知道涂妹不知道。

俄罗斯女人回答:"鱼人的表演,最后的。"

涂妹回到水族游乐场,发现开门营业了,但入口处只有几个游客,检票的长龙一去不返。

涂妹来到员工通道,推了推平日给走穴演员走的门,门没锁,她推门进去。游乐场的水族区开放着,封闭了十天的灰白挡板已撒去无踪。涂妹看见水族箱里多了一座巨大的宫殿造景,有顶天立地的柱子和恢宏的门阶,鱼群在七彩夺目的殿檐斗拱之间穿游,如梦境般魔幻。

但水族剧场的环形观众席没有观众。

涂妹绕到后台,看见章洁站在水族箱的背面,久久入神地望着巨大的鱼池。涂妹喊了他一声,章洁吓了一跳,转过身来。

"你,涂妹……你怎么来了?"

涂妹径直走到章洁面前,仰脸望着他,问:"为什么不告诉我游乐场复业了?"

章洁略微低头,然后眼神移向一边。

"不是复业。"他的声音和平时一样冷淡,"只是最后开几天,善始善终。"

"怎么回事?"

"没怎么回事。虽然警察在查账,但没有要求即时停业……查封也要依法的。"

"你说不说?"

看着涂妹紧盯的目光,章洁沉默了一会儿,叹了口气。

"裴青城跑了些关系,让游乐场再开几天。他去求那个香港人了。那个人现在被扣在香港,但通过律师给游乐场的管理层打了招呼。那个人还算讲情义。"

涂妹问:"警察那边能同意吗?"

"裴青城交了保证金。其实那点钱根本不顶用,但听说查封通知下来要时间,所以警察也没拦他。"

"多少钱?"

"一百万,他昨天去交了钱。可能从地下钱庄借的钱吧,他应该把房子抵押了。"

涂姝有点发呆,说不出话来。沉默了一会儿,她开口问:"明天有水族表演,对吗?"

章洁点点头。

"裴青城就是想办这场表演。水族箱改造好了,有全新的造景,还有一批新的鱼,裴青城想起码演一场。最后一场,善始善终。那个人就是这么偏执。"

涂姝抬头望着章洁,问:"尤利娅和你明天都演出,对吗?"

章洁说:"嗯。"

"是裴青城不让我演吗?"

章洁摇摇头,说:"不是。他有让我通知你,他说你来不来自愿。"

"那你为什么不告诉我?"

章洁看着涂姝的眼睛:"你没必要来,没必要再掺和这些烂事。"

涂姝反盯着对方的眼睛:"那你呢?你为什么要参加表演?"

章洁说:"我和你不一样,你没必要留在这里,这个机会正好,你说过你想走……"

涂姝猛然打断:"谁说我想走?"

章洁愣了愣,一阵语塞。

涂姝冷冷地说:"就算我要走,也不用你给我做决定。"

涂姝敲了办公室的门。

裴青城说"进来"。

涂姝走进办公室,看见裴青城稳坐在办公桌后面,仍然隐在一半明一半暗的地方,面孔模糊不清。但当他探身向前时,涂妹发现不过半周不见,那个如帝王般的人发鬓已经白了一片。

"休完假了吗?"裴青城嘴角挑起,看着涂妹。

涂妹低头收拢下巴,说:"裴老师,我想当明天的人鱼演员。"

"随便你,一个人一条鱼,一个人两条鱼,表演都能演。"

涂妹说:"我要当主演。"

裴青城身体后靠,回到那个半明半暗的地方。但涂妹能看见他眯起眼睛,歪斜的下巴前展着,露出恻恻的笑。

"我就知道——"他说,"人和鱼都离不开水。只有有表演,他们才能活下去。"

涂妹身体微微颤抖。她勒令自己站立不动,隔了片刻便恢复镇定。

"裴老师,明天怎么演?"

裴青城冷冷回答:"你游你的,其他事不用管。"

涂妹知道裴青城喜欢搞突袭,驱赶鲨鱼、接吻,这类安排他从来不提前和演员说。裴青城时常说,人一辈子都在表演,但只有遇到意料之外的情景,演得才最真实;别扭的姿势、混乱的呼吸——那种紧张最真实。涂妹认可这个观点,所以她努力不让别人看破她的紧张。

"没事就出去吧。"

裴青城摆手下了逐客令。涂妹想起裴青城往日很少会匆匆逐客,她意识到自己的微不足道,也意识到这个男人确实百事缠身。涂妹心里涌起一种对抗。

"裴老师未来有什么打算?"

"你说什么?"已经低头伏案的那个帝王又把头抬起来。

"游乐场开不了几天了,裴老师会去哪里?明天是裴老师的最后一场表演吗?"

裴青城的脸色在阴暗中立刻变得铁青,但其后又掠过一种灰白。

"我在哪里都能继续搞表演,"他冷冷地说,"都能继续让观众尖叫。"

涂姝知道她看见了裴青城的内心。没有表演就活不下去的人,他说的是他自己。

星期四下午。

入水的一瞬间,涂姝感到被冰冷裹挟了身体。

涂姝没戴泳镜,透过新注的已然干净通透的池水,看见从另一头下水的尤利娅,身形也有一点紧绷。

天气已凉,但哪怕到了刺骨寒冬,饰演人鱼的演员们也不见得有机会在温暖的水里游。涂姝觉得今天的水温比平日更低,想来是温控系统做了调整。涂姝听说新买的一批鱼生长在千岛寒流,它们习惯寒冷。要和它们共存共舞,就必须习惯寒冷。

但现在水族箱里还看不见鱼。

涂姝穿了新的人鱼服。那人鱼服边缘呈紫红色,靠近肚皮的位置渐变为淡黄,没有了耀目生辉的缀片,显得真实。尾鳍也不再是那种虚假的长长绸带,而是有力地分叉着,展摆着,两侧鳍条延长,形成翅膀一般的鳍裙。在岸边穿人鱼服的时候,涂姝就觉得材质仿生,她莫名联想或许仿的是一种叫丝鳍姬鲷①的鱼。那鱼也叫紫色金兰。第一次听到这个鱼名时,涂姝觉得很美,看到图片以后才发现样子非常普通,是一种食用鱼。

涂姝想这就是真实。

为了追求真实,裴青城也没让人鱼戴泳镜。他对演员们说:"今天的水最干净,你们都能看得见,看得清。"

涂姝在海水里睁眼而看,初时感到刺疼,但渐渐习惯。她初始感到冰冷,也渐渐习惯。她渐渐舒展身体,欢乐地摇摆尾鳍,感觉自己成了一条真实的鱼。如同往日一般,在透明的水缸里,她是一条任人观赏的鱼。

翻转身躯的时候,涂姝望向水缸之外,环形的阶梯上坐着零星的观众。下水前涂姝就数过,不到五十人。水族游乐场昨天为这场专场表演赶制了宣传网页,在商场里也拉了海报,听说是裴青城自掏了腰包。但效果可想而知。现在网上什么事都传得快,没有几个人有兴趣到一家涉黑,也眼看要倒闭的游乐场来玩。

老板出事以后,涂姝才知道游乐场之前一直在发赠票,从而制造虚假的客流和营业收入。这是一个虚假的客如云来。洗钱这种事,涂姝搞不懂,但她明白每天座无虚席的水族剧场也是假象。观众并非为表演吸引,慕名而来。

涂姝有一瞬闭上眼睛,她觉得自己能理解裴青城的不甘。

然后她又把眼睛重新睁开,面对所有观众,用最饱满的姿态在清澈的水里游。她知道所有人都能看见她——她耳边正传来裴青城节奏上扬的报幕音。

---

① 丝鳍姬鲷,又名丝鳍紫鱼、金兰鱼等,为常见的食用鱼和游钓鱼。属肉食性,以鱼类、甲壳类、端足类等为食。

"人鱼忘记了自己的身份,她在游弋,也在潜藏。她是公主,她在寻找安身之地。"

裴青城很多年以前演过舞台剧,他的嗓音很深,咬字带着余音,沉厚而神秘。尽管这个人相貌让人生畏,吊眼薄唇,面肌斜塌,下巴像一个霉烂的陀螺,但涂姝第一次见到他就被那把声音吸引。

现在,这个人站在水族箱和观众席之间的过道上。尽管那里没有舞台,但他身穿宝蓝色的礼服,衣领上夹着麦克风。

以前他从不下场。但今天他走到台前,面朝他的观众,郑重其事地报幕。涂姝心想,这就是最后一场表演了,他想看见观众,也想观众看见他。

"人鱼忘记了自己的身份,她在游弋,也在潜藏。她是公主,她知道她在等什么。"

尤利娅升上水面换气了,剩下涂姝憋着劲在游。海水清澈透明,偌大的鱼缸里只有她一条鱼。她蓦然意识到,留下来的就是主演。

涂姝于是生出一种直觉,她从皮肤的末梢感知到温度的变化。她摆动翅膀般的尾鳍,掠起池底的细沙,向那座巨大的宫殿游过去。

门突然就打开了。一股旋转的暖流从宫殿里喷涌而出,涂姝在预期和无法预期的水流中旋转,她挣扎着挥舞双手,尾鳍搅起灰色的泡沫。涂姝知道此时此刻无须掩饰自己的紧张,这样的表演最真实。

她被鱼群包围了。一瞬间,涂姝身边有无数的鱼。那些鱼五彩缤纷,缠绕了一层又一层。鱼群像漩涡般旋转着,她也旋转着。

一条墨绿色的大鱼也跟随海流而来,他拉住漩涡中的人鱼的手,来到她的身边。

氧气所剩无几,涂姝感到窒息。她紧张得窒息,又感到美得窒息。她看着拉住她手的人,章洁赤裸上身,从腹肌开始长着墨绿色的鳞片,下身有一条孔武有力的尾巴,仿佛来自神话。而当漩涡渐散时,他们周围的海洋鱼群像绸带一般卷扬。涂姝感到海水温暖如春,浑身起了鸡皮疙瘩。

"千岛寒流南下,日本暖流北上,当它们相遇时,温暖整个海洋。"①

裴青城的话音深邃而充满感情。涂姝知道这句诗,它指代富饶的北海道渔场,同时也是一句情话。

海水干净透明,那美丽和富饶是如此清晰。涂姝想起下水前裴青城对他们说的话:你们都能看得见,看得清。

隔着水族箱,涂姝能听见观众的尖叫声。涂姝想,他们一定看得更清。

然后她突然察觉到异样。

她看见五彩的卷扬的鱼群慢慢停止旋转,心里觉得不太对头:鱼为什么没有向四周游开?一种恐怖的预感猛然间钳住她的心脏——她终于看清那些鱼肚皮朝上,随波漂荡。

涂姝在内心无声尖叫。

那些鱼都死了——它们全是死鱼——她被包围在尸骸的波浪里。

一条鼓圆的红宝石鱼漂过来。它来自深海,现在鳞片鲜红如血,杯盖大的眼珠灰白浑浊,突出得像个囊肿。它静静地漂到她的身边。

---

①"千岛寒流遇到日本暖流,会温暖整个海域",一句地理情话,指代由日本暖流与千岛寒流交汇形成的北海道渔场。

无边的恐怖和恶心袭来,涂姝用一只手捂着嘴,气泡却止不住地从口中喷薄。

另一只手上传来握紧的力量。

她望向章洁,对方的脸在海水里只见青色。章洁握紧她的手,示意她向上游。她也望见尤利娅在缸顶探身,一脸惶然地朝她招手。

但涂姝摇了摇头,她憋住气,保持姿势面向缸外——没有人说表演已经结束了。

涂姝看见观众站起来,有些原地站立,有些沿着阶梯走——但他们还在观看——而裴青城没有喊停。

"死亡……有时还有死亡……"

裴青城面无表情地盯着鱼缸,然后面向观众席。他站得像铁笔一样直,宝蓝色的礼服在聚光灯下有毛茸茸的光芒。

"人鱼公主明白……她的安身之地是死亡。"

有一瞬间,涂姝几乎认定这是裴青城的安排,他从不排斥恐怖的手段和变态的欲望——但涂姝很快意识到不对,因为语句中间卡顿了。这种卡顿并不完美,上下文缺乏连贯,这绝不会是裴青城想要的表演。

卡顿意味着犹豫,那些台词是临时想出来的。

涂姝意识到裴青城是在救场。当表演向着预想之外的崩塌发展时,他宁愿让恐怖变成表演的原定安排——起码,以观众的尖叫结束,是他能接受的表演。

然而,表演没有结束。

当肺叶里的空气将尽时,涂姝挣脱章洁的手,打算以一种痛苦的身姿从鱼的尸体之间离场,从而结束表演——鱼群却突然动了起来!

涂妹惊异地发现,业已死去的鱼有一大半开始扭动,仿佛从深冬中苏醒。它们艰难地挣扎,但它们活了下来。它们在她身边翻转身体。

而在突然之间,那些死而复生的鱼,纷纷从尾巴后面流淌出长条状的事物。那些条状物有的白,有的黑,还有的呈红褐色,长长绵绵,飘飘摇摇。涂妹开始以为那是排卵,但看到不同的颜色,才想到是排泄物。

鱼群集体拉稀了。

复活的鱼群开始四散游,因为数量巨大,那些五颜六色的排泄物在水族箱里弥散,水池骤然浑浊不清。涂妹陷入一种新的恐怖和恶心之中,她浑身发毛,极力躲避,但发现自己的潜泳已到极限。章洁急速游过来,再次握住她的手,两人一同向上游,穿越星罗棋布的混沌的色彩。涂妹把头探出水面,大口吸气,她心情急切,趴在鱼缸边缘向外看——

观众席那头传来了笑声。

开始是零星的一两声,很快,笑声越来越大,一百名观众都笑了起来——全场哄堂大笑。

涂妹明白过来,演员身处鱼缸和舞台中央,他们所感到的恐怖场景,对于坐在观众席上的人来说,只是滑稽⋯⋯

"哈哈哈,一大群鱼在拉稀,人鱼公主会不会吃进去啊?"有观众大声吹口哨。

表演最终以哄堂大笑结束。

涂妹看见裴青城站在台前一动不动,聚光灯把他的头发照得雪白。

星期五早上,涂姝醒来后没起床,她仰面躺在床垫上,被褥的边缘还没全干,鼻子里钻进一股湿浓的腥味。

她想这不过是草木的味道。

涂姝喊自己起床,今天到南郊的回收站多讨一两个纸箱,这时枕边的手机振动了一下,她以为是低电量提示,拿起来,发现是梁夏给她发来一条信息。

"你有没有事?"

涂姝明知故问:"你说什么事?"

"昨天的水族馆表演不是出了意外吗?"

"嗯,你怎么知道的?"

"我去看了表演。"

涂姝心想,这个男人起码没有在这件事上说谎。

从香港回来的一周,涂姝没有见过梁夏。

但在星期三,也就是表演的前一天,涂姝没忍住,给梁夏发了信息,告诉他游乐场即将结业,而周四会有最后一场人鱼表演。

发信息的时候,涂姝想起梁夏以前来过几次游乐场看表演,也许是看她。这种回想让她心绪摇荡。

涂姝犹豫再三,最后按下信息发送键。她心里自我辩解:我没想他来看我的表演,说不定他是办了年卡,告诉人家游乐场关门的消息,也是一种义务。

梁夏回复:嗯,你加油。

涂姝觉得这句话平平淡淡,心里有些失落,也就不再回复信息。

但在周四下午人鱼表演的观众席上,涂姝确信自己看见了梁夏。

他坐在阶梯顶排的角落,戴着连衣兜帽。

之前梁夏来看表演,每次都坐在观众席第一排的正中,能和水族箱里的人鱼正面相望。昨天他选择坐在一个隐秘的地方,显然是不想让涂姝看见。

涂姝一开始也没注意,但昨天观众比想象中更稀落,她不禁数着人数,目光就在每个人的脸上停留——后来涂姝在心里承认,她是在张望梁夏有没有来。

表演出现事故,引起骚动的时候,涂姝的目光也追到观众席的角落。她曾屏住呼吸,坚持留在舞台中央,有一半的原因也在那里。后来,观众开始哄堂大笑,她看见那个戴帽的男人在观众席的末端穿过,悄然离开。

那时候,涂姝确认那个瘦窄的身形属于梁夏。

表演终结回到家,涂姝感到身躯和脑袋冷热交替。除了表演本身的恐怖的余波,她在脑海里也禁不住旋转联想。

那个人为什么要偷偷去看表演?

涂姝告诉自己,梁夏不是偷偷,而是悄悄去看她的表演。他事前不打招呼,是想事后再告诉她"其实我来了"。也许这个人想搞些小浪漫。

而另一种联想是其他。

涂姝在心里等待梁夏给她发信息或者打电话,在黑暗中等了一个夜晚。等到次日早晨,这条信息才来。

涂姝想,这也许证明了第一种联想。他的问候还是来了,虽然语气温吞。他没有在前天晚上问候,是不想凸显他去看了表演。因为那是一场灾难,全程观看对表演的人来说已没有浪漫可言,所以他轻微地隐瞒,是一种体贴。

但涂姝很快发现,这同样能证明第二种联想:这个人从一开始就隐瞒,是因为他从一开始就知道,那会是一场灾难。

涂姝觉得脑子乱,责怪自己想多了。她承认这个从天而降的男人有神秘的吸引力,但又带着暧昧不清的危险。

他是谁?

还有一些事,涂姝也想问。

这时电量见红,涂姝用双手托起手机,发信息问:你今天有空吗?

涂姝化了淡妆,穿一条浅绿的裙子——她原本打算穿白裙,想想又觉得刻意,所以选了和白色同系的浅绿——步行至商场,看见

梁夏已经坐在星巴克咖啡厅的露天座位上。

涂姝其实想不到去哪里好。她在这个城市极少和别人约会,她只想到和尤利娅在烧烤摊喝过啤酒,前两天和章洁坐在咖啡厅的遮阳伞底下。

涂姝发信息问梁夏知不知道靠近商场的北门有个星巴克,梁夏回复说:商场我知道,有事吗?

涂姝觉得"有事吗"几个字显得不解风情,但还是回答:嗯,有事。

梁夏说:我二十分钟到。涂姝说:等会见。

涂姝远望那个坐在咖啡厅外头的男人,她抬手看表,花了四十分钟。涂姝心想,这个人不会是踩着点到的吧?他没想过女孩子出门需要时间吗?但转念一想,又觉得人家守时是个优点。

梁夏面朝过来,眯着细而长的眼睛,举手摇了摇。涂姝上前落座,头顶的墨绿色遮阳伞挡住半边蓝天,其中一角的绑绳没系好,垂吊下来像一截风筝的尾巴。

"抱歉,到很久了吗?"

"刚好二十分钟。"

听不出这话有没有调侃的成分。坐落在鼻翼两侧、苹果肌上方的淡淡雀斑映在阳光里,比以往多了一种一是一、二是二的清楚。

涂姝再次感到这个男人身上有一种介乎温柔和生硬之间的异常感。涂姝心想,这个人其实比一般人更自我。

但一周前在香港相遇时建立的亲近感,说在也还在。

"你怎么知道我喜欢坐在外面?"涂姝展露微笑,并拢双腿侧身坐。

对面男人的表情有一瞬停顿,但很快挂上笑容。

"那个,我想坐在外面更容易找人。"

涂姝想说:"嗯,我也这么觉得。"但心里突然一跳,"你怎么知道我喜欢坐在外面"只是一句开场白,她原本并不期待答案;而此时她莫名心跳,是一种发怵的联想:他会不会真的知道?

涂姝上次坐在咖啡厅的露天座位上,眼角余光一直有一截垂吊的遮阳伞绑绳——和现在几乎是同一个位置……

"你要喝什么?"对面的人打断了她的联想。涂姝心里又是一紧,她直盯着对方,等待他从嘴里说出"热摩卡可以吗",但梁夏只是把桌上支棱的餐牌转了过来,他手边已经有一杯冰沙橙汁。

"不知道你喜欢喝什么,所以还没点。"

涂姝感觉松了口气。她想自己应该把话局控制住。

"不用了,我就想问一点事。"

"好,你说。"

梁夏大喝了一口橙汁,从铁艺椅上挪直身体,神情分不清是不是变得放松。

"昨天,你去看人鱼表演了?"

"嗯,昨天刚好有空。表演是不是出了事故?你有没有事?"

"没事……就是死了一些鱼,还好不是很多。"

"那就好,我看大部分的鱼都活着。"

"我想问你,你是特地去看我表演的吗?"

"你不是说是最后一次表演吗?我可以去的吧?"

"……谢谢你了……你为什么不提前告诉我?"

"我没提前说吗?我记得我说了你要加油,这不算数?"

涂姝皱起眉头,这个人的回答过于狡猾了,明显在避重就轻——但她没法说"不算,你应该直接说明白"——人家去看表演,也不见得非要征得你的同意。

"那你昨天为什么坐在最后面?"

梁夏笑起来,身体前倾,用手指捏住吸管扳向自己。

"因为后排看得更清楚呀。以前人太多,所以我只好占前排的座,但昨天没这个问题,昨天人少。"

涂姝感到惊讶,她没想到这个人找的理由会越来越离谱——这已经不是狡猾,而是睁眼说瞎话了。

但话说回来,如果这个人真的和表演事故有关,他要撇清关系,不是应该找更像样的说辞吗?但现在仿佛在开玩笑,连笑容都带着孩子气……

反过来说,他其实就是想悄悄看她表演,而不肯直截了当地承认,似乎更像那么回事。

这么一想,怀疑和厌恶渐渐退却了。但涂姝仍然感到迷惑,搞不清这个人是对女人特别有一套,还是自己自作多情。

"梁夏,你说实话!"

"什么实话?"

"好吧!那我问你,既然你昨天去看了我的表演,也知道出了事故,为什么今天才给我发信息?"

梁夏张张口,有一瞬,喉咙里空空无物。

"我……应该昨天给你发信息吗?应该马上就发?"

涂姝愣了一下,这个人的表情一点都不像伪装,他看上去是真的没想到这件事。涂姝觉得把话聊死了,她感到接不上话的尴尬,也陷入更大的迷惑中,她完全搞不懂这个人。

话题有一阵滞空,两人相对无言。涂姝想起她和这个初识半月的男人相约,面对面坐在一起还是头一次。在香港偶遇的时候,即便同坐在窄窄的车厢里,这个人话也不多,简短,挑重点,若即若离;后来她到维多利亚港看海,这个人也只是远远看着……

涂姝承认,她不讨厌话少的男人。

"要不还是点点东西?"梁夏埋头翻转餐单。

"你没问事故的事。"

"嗯?"

涂姝扬起头,把垂落额前的一缕头发撩到耳后,直视对方的眼睛。

"你不关心表演出事故是怎么回事吗?一般人都会问吧?"

她看见梁夏的眼睛有点躲开,但很快若无其事。

"你不是说有事要问我吗?当然要让你先问完。"那个男人回复暧昧狡猾的笑容。

涂姝语塞,想了半天的口实轻易被弹了回来。她觉得自己说不过对面的人。

"其实,我是觉得事故的原因不复杂,所以就不问了。"

涂姝讶然望去:"你知道事故是怎么回事?"

"猜的。"梁夏施施然靠住镂空的椅背,"昨天的鱼是新鱼吧?鱼换了一个新环境,本来就容易失鳔[①]。"

"失鳔?"

"嗯,鱼失鳔,就是鱼鳔里气体太多了,鱼无法保持平衡,身体发胀翻覆,最后沉到水底或者浮上水面。就和人掉进水里喝圆了

[①]失鳔,鱼的一种病症。病鱼的鱼鳔因充满气体无法调节,导致鱼无法正常游泳,腹面朝上翻,发病原因与投喂的饲料颗粒太细、慢性发炎等造成鳔管阻塞等有关,也与水温剧烈变化有关。

肚子差不多。"

涂姝脸色有点白,这个比方打得让人发怵。

梁夏咧嘴笑,摇手说:"抱歉,没想吓唬你。我的意思是,患上失鳔症的鱼会失去在水里生存的能力。其实这种病很常见。"

涂姝吸口气问:"你好像很懂这个。"

梁夏笑道:"我有朋友做海鲜贸易的生意,我去咨询了一下。"

涂姝想起在香港碰见梁夏时,他搬运的货物带有水渍。涂姝觉得这个人不着痕迹地做了解释。他说他去咨询,说明他并非对表演事故漠不关心。

"那你知道鱼得病是什么原因吗?"

"这个不一而足,鱼医生都说不清。很多因素有可能诱发,譬如鱼到了新的水体环境,压强、盐比例和微量元素没调整好,投食过量堵塞鳔管,还有水温骤升骤降,肾上腺素分泌过多,都有可能引起鱼的器官运动失调,尤其是各种因素加在一起的时候。"

涂姝呢喃说:"各种因素加在一起吗?"

"嗯。你们的表演是用温水把鱼群驱赶出来的吧?因为冷暖水流交汇,从而引起漩涡。从表演视觉来说挺震撼,但身在其中的鱼可没那么好受。鱼在应激时会分泌肾上腺素,多了内脏受压迫,本来有些堵塞发胀的鱼鳔就会彻底失灵。"

涂姝小声说:"那还是因为表演……"

"也不一定,说了是综合因素加一起嘛。正常来说,那些在海里经历过风浪的鱼,也没这么脆弱。"

涂姝抬头问:"那……有可能是人为的吗?"

对面的男人端起橙汁,耸耸肩,暧昧地笑起来:"这谁知道呢?有时压死骆驼只要一根稻草,譬如给某个因素加点码。"

涂姝盯住对方的脸,想问譬如怎么做,身旁突然黑了一下,半截牛仔裤挡住了遮阳伞后面的蓝天。

"你怎么在这里?打你手机也没通。"

涂姝抬头,看见章洁的脸处于深绿色的阴影里。他身材高,这时弓着腰,头顶住遮阳伞的尖角。

涂姝愕然一下,说:"章洁……你找我?"她把手机从包里翻出来,黑黑的屏,"哎,没电了,昨晚电没充好……"

章洁弓身站着,偏头望向坐在对面的男人:"这是谁?"

涂姝介绍说:"这位是梁夏……梁先生,有时来游乐场玩……"

梁夏后背靠着椅子,笑眯眯地点了点下巴:"你好。"

涂姝说:"他是我的同事,叫章洁。"

梁夏一只手持饮料,另一只手伸前说:"见过的,你是那位人鱼王子,表演很棒。"

章洁面无表情,伸手和对方相握,说:"你好,谢谢。"

他转向涂姝,说:"刚到你家里,你没在。"

涂姝问:"你找我有事吗?"

章洁说:"你有事先聊完吧,我回你家那边等你。"

涂姝说:"我先不回去,去南郊办点事。"

"去旧物回收站吗?"

"嗯……你在商场里等我好吗……很快。"

章洁的目光在梁夏身上停留了一秒钟,点头说好,然后转身走进了商场。

章洁离开后,涂姝转回脸,低头说:"不好意思。"

梁夏笑道:"怎么不好意思了?"

涂姝说:"没什么。"

"你是收拾东西还是准备搬家？"

"什,什么？"

梁夏"嘶嘶"地吸着吸管,语气漫不经心:"前两天跑步时我看见你了,就在你家街对面,离得远没打招呼。你拿了几个纸皮箱回家。"

涂姝心里一惊,下意识地想说"收拾东西",但张嘴停滞一下,说不出谎话。她看着空空的铁桌,莫名地说:"没多少东西。"

"还有什么事吗？"

"呃？"

梁夏边喝橙汁边微笑:"你还有什么事要问我？你同事还在等你呢。游乐园结业了,你们需要商量往后的打算吧？"

涂姝垂首抿住嘴,摇头说:"没什么打算……"

"是需要我帮忙吗？"

涂姝愣了一下,心想自己是不是让对方误会了。她连忙摇了摇头:"不是……不用的……"

梁夏诚恳地说:"有事可以和我直说。我呢,渠道多少有一些。"

涂姝呆了呆,低头说了句:"谢谢……"

最后一口饮料被簌簌喝干,梁夏扶住铁艺椅子的把手:"那别让人家等太久,也白坐咖啡厅的椅子半个小时了,没事我们走吧。"

"等一下,我还想问你一件事！"

梁夏将双手放回膝前,认真道:"什么事？"

"我有个同事,女的,她也住在附近,因为吸……犯了点事,房东把她举报了……"涂姝举起头,眼睛直视对面的人,"房东说是有人告诉他的,一个经常晚上在附近跑步的男人——那个人是你吗？"

梁夏和涂姝平稳对望，神情像在认真思考，过了一会儿笑了起来。

"不是我。喜欢在附近跑步的人也不止我一个嘛。"

涂姝觉得对方一点都不像在说谎。

和梁夏分开后，涂姝走进商场。商场刚开门不久，顾客稀稀落落，一排卖低档成衣的商家懒洋洋地裹在成堆的衣裤后面。周一到周五的白天，这个近郊的商场客流都不大。

涂姝左右顾盼，她手机确实没电了，出门前就开了飞行模式。她把电源线带在身上，踌躇着要不要问哪个商家借一会儿电，起码开机了好联系章洁。她想起二楼有卖手机的品牌店，也许借电方便一些，正想转身，章洁却从商场北门旁边的柱子后面走了出来。

涂姝没觉惊讶，她想章洁没走远。

"要不要我陪你去回收站？"章洁走上前说。

涂姝摇摇头："不用了，就去领一两个纸箱。"

"东西很多吗？"

"不多，有些旧衣服和被子可以打包好送过去。"

章洁沉默了一小会。

"那晚些我去你家吧。"

涂姝说："今天不方便……"

章洁脸有些涨红。涂姝想，章洁可能以为她误会了他的意思，其实他也误会了她的意思，但两人都说不出解释的话。

"是不是有新消息？"涂姝朝商场外面指了指，"要不我们还是坐那边说？"

章洁望向咖啡厅户外的深绿色遮阳伞，一顶顶空落落的，像残荷一样。

"不用了，没什么事。"他转过头，声调冰冷，"就是告诉你，游乐场的老板潜逃到香港，昨天深夜已经落网，裴青城又被警察带走问话了。"

"哦……"

"游乐场明天会贴封条。听说那个东北人之前一直南逃，警察没有马上关停游乐场，是想留个他可能逃窜的点。现在人抓了，手续也齐了，游乐场明确要关门，今天会有人过来督导员工遣散的事。"

涂姝默默点头："边走边说吧。"

章洁向商场另一方向的门走，涂姝跟在他身边。

"员工遣散和我们没关系。"章洁说，"游乐场是不是确定关门，裴青城的团队是不是确定解散，对你来说也没关系。我只是告诉你一声。"

涂姝低头说："嗯。"

"你早就想好要走的。"

涂姝终于抬头，问："那你呢？"

章洁双手插裤袋，向前望着商场地板的倒影，眼光有些茫然。

"我不知道，还没想好……匆匆忙忙能去哪儿？我不像你这么急。"

涂姝低头默然跟着走，商场门口透进明亮的阳光，平滑的瓷砖地板映着他们两个人的倒影，茸茸的，分不清是不是靠得很近。

两人在商场门口立定，涂姝说："那我先走了……晚些聊。"

章洁说:"嗯。"他转过身,然后又转回来。

"刚才那个梁夏是什么人?"

涂姝提着小挎包,用手捏住,放在小腹的位置上。

"就是看过水族表演的一个客人,最近刚认识的。"

"我好像在哪里见过他。不是在游乐场,而是在别的地方。"

涂姝心里莫名有些紧张,自辩说:"他好像……也住在附近……"

章洁皱眉,摇了摇头,说:"也不是在附近……"但他话没说完就停住了。

涂姝看见章洁站在刺眼的逆光里,脸上蓦然掠过一阵白。

"想不起来……"他闪躲说,"是我记错了。"

·4·

天色暗了,从小窗外透入的光线若有若无,十来平米的出租屋里已经黑乎乎一团。涂姝只好停下收拾东西的手。漆暗的房间里有一个大行李箱,大大小小四五个纸箱,剩下一张薄薄的床垫靠住墙角。

涂姝想明天就能收拾完。

纸箱里有书、碗碟、电饭煲、梳妆镜、台灯、折凳、床单、被褥和一些旧衣服。这些东西都可以送给回收站。床垫太大了,回头看看有没有人愿意要吧。昨天又被人从破洞的窗户丢进来一口袋湿泥巴,涂姝擦了很久,床垫上有一摊黑污还是没擦掉。涂姝发现泥里还有草叶和花瓣,想来是哪里的花泥。泥土带着腥味,但那是草木的味道。

房间全黑后,涂姝打开手机,还有百分之三十的电量。今天去小食店点了一份两菜一汤的套餐,涂姝请求饭店老板把电源线插在收银台下面,给手机充了半小时电。

涂姝从包里掏出一个两万毫安的移动电源,酒红色,外壳上有很多划痕,是今天在二手电器市场买的。涂姝没舍得买新的。她让店家把移动电源充满电,店家说绝对满电,你自己查,循环次数不超过二十次,损耗率顶多百分之五。涂姝觉得那店家没明白她的意思。

涂姝把手机接上移动电源,酒红色的小灯亮起来,四格有三格亮,还有百分之七十五的电。

从昨天晚上开始,出租屋就停电了。

涂姝在黑暗中洗了澡。本来她不想洗澡了,但被无数腥臭的鱼包裹的画面持续钻进脑海,让人无法忍受,最后她摸黑走进狭小的卫生间,摸索着打开莲蓬头。还好用的是瓶装煤气,还有热水。黑暗中只有火苗的噗噗声和潺潺的水流。洗到一半的时候,脚下踩住一团软乎乎、毛茸茸的东西,吱吱作响。涂姝尖叫起来。后来她蹲下来,发现那团东西只是她用来盘头发的布巾圈。涂姝赤身裸体,蹲在狭窄漆黑的空间里,抱着自己的膝盖哭了很久。

临睡前,涂姝把手机接上电源,也扭开台灯。她期待停电只是暂时的,也许半夜就会来电。第二天早晨,她跟随房间的明亮醒来,发现只是窗外的阳光,打开手机,电没有一丝充上。

涂姝下午回到家收拾东西,直至太阳西沉,房间不再有光。涂姝知道电不会再来了。

饥饿感渐渐上升,但可以忍受。没有力气离开,就困在这里吧。

涂姝和衣躺在床上,目光盯着床沿,那里只有移动电源荧荧闪的一点光。涂姝盯了一会儿,拥抱带腥味的床被和黑暗入眠……

"轰!"

涂姝猛然惊醒,她挣扎而起,耳膜和床都在震抖。

"轰!"

第二声巨响接踵而来。涂妹感到整个房间都在抖动。

"轰!"

涂妹缩在黑暗的角落,吓得浑身发抖。有人在砸门,用沉重的物品粗暴地砸,一下,两下,三下。整个黑暗都在抖。

涂妹抵住墙角,紧紧抱住被子,也紧紧捂住嘴。她不敢发出尖叫,眼泪止不住簌簌而流,流到手指上,又流到膝盖上。她想过喊救命,但忍住了。

涂妹想,如果门真的被砸开了,她还是得喊救命吧——幸好巨响最终只传来了三次。

黑暗不抖了,回到死一样的安静。

涂妹在寂静里缩坐了很久,直到止住眼泪,但身体还在抖。她伸手摸着墙壁,从床上爬下来,又蹑着脚穿过浓黑的房间,不敢发出一点声音。她缓缓扭开门锁,门锁里传来的每一下"咯噔"声都让她肌肉发痛,牙关咬紧。

门"嘎吱"打开,涂妹光脚走出去,回廊尽头有一盏昏暗的黄灯,外面一个人都没有。

表戴在手上,涂妹借光看了一眼,已经凌晨两点了。涂妹低头看自己的手,泪迹被擦干了,两只手掌呈灰色,都是干涩的墙灰。

涂妹把家门重新关上,她仰脸靠着门,一阵虚脱几乎让她坐倒在地。

"呜呜呜……"

一阵仿佛哭声的怪响再起,涂妹犹如惊弓之鸟,浑身又是一抖。扭身时尾趾踢到门边的纸箱,碰撞瞬间的裂痛让她感觉那截脚趾像被削没了。

"呜呜呜……"

涂姝看见床铺发光,原来是手机的蜂鸣,压在被子下面就像哭。

涂姝崴着脚走回去,足底冰凉——她感到庆幸,脚趾还在,还能走。

"呜呜呜……"

涂姝弯腰把手机从被子下面抽出来。手机一头连着充电线,另一头连着章洁的来电。

"你是不是叫涂姝?"但那头传来陌生的男声。

"是……"涂姝用两只手把手机压在耳朵上。

"这个手机号的主人你认识吧?是不是你亲友?"

"章洁怎么了?"

"你方便过来吗?"电话那头说,"你亲友出车祸了。"

章洁一个人喝了半宿的酒,一开始他在一个市政公园的湖边喝,公园十点钟清场关门,他就坐在公园外面的长凳上继续喝。那个公园靠山,长凳对着一排灌木丛,灌木丛后面是坡道。喝到凌晨一点多,半打啤酒喝空了,章洁摇摆起身,跨过灌木丛小解,小解时他想扶住一棵小树,距离没判断准,手按在虚影上,重心倾斜,从坡道上滚了下去。他滚落十米高的山坡,但坡势比较缓,而且都是树,他一路压折不少枝丫,滚到坡底时还能站起来,没受很重的伤。

山坡下面是双车道的柏油路,章洁爬起来,站直身的时候已经到了路中间。这时一辆车打着大灯冲过来,章洁身体横着打转,摔出两米远。

后来有行人路过，报了警。救护车和警察同步到达，章洁身上没有带身份证件，警察打开他的手机，看到最后一个电话是打给涂姝的，于是重拨了过去。

这个电话其实不打也行。

那段山路没有装监控，眩晕的状态和刺眼的车灯也没能让事故人看清肇事车辆的颜色和车型，但在医院醒来以后，章洁就把前前后后的情况告诉警察了。

章洁因为脑震荡，昏迷了大半个小时，但送到医院不久就恢复了意识。他被肇事车辆的前保险杠扫过，弹到路边的草丛，触地的瞬间他用手去支撑，导致左手骨折，然后额头撞在树干上，失去了知觉。

医生简单做完检查后说，休养一两周吧。

涂姝打出租车赶到医院的时候，章洁已经下了床，他满脸伤痕，一只手裹着夹板，挂在脖子上。

就近的医院是个二级医院，值班医生穿着拖鞋，在微寒的深宵裹了裹罩在外面的白大褂，说："你自己想好哦，不住院，回头做CT就要排号。"

章洁白着脸摇头，说"不用了"，摇完就觉得头晕。

涂姝扶着他，小声说："你不要心疼钱。"

章洁冷冷地说："没这回事，不用就是不用。走吧。"

一个警察过来问："你现在做不做得了笔录？"又转头问涂姝："你是伤者什么人，有没有带身份证？"涂姝摇头，表情有些躲，说出门着急没带。另一个警察走过来，摆手，说："今天让人家回去休息吧，等明天状态好些，我们上门做笔录。"

天边微白的时候，涂姝搀扶着章洁走下医院的台阶，一步挨着一步。门前停着几辆出租车,拉开车门之前,章洁说:"我自己就行,你回去吧。"

涂姝斩钉截铁地说:"我送你回家,今天就在你家,明天也在,你伤好前,我照顾你!"

章洁说:"你的脚怎么了,怎么一瘸一拐的?"

涂姝说:"没事,踢到树了,和你撞到树一样。"她停了停,又说:"你手伤了,我脚伤了,刚好凑一对。明天我们就都好了。"

章洁笑起来,苍白如纸的脸掠过红润。

中午涂姝给章洁熬了粥。之前她去了菜市场一趟,买回来一只猪心,切片,用生抽和油拌过,等粥熬绵了投进去,开两分钟的大火把猪心片滚熟,最后撒上葱花。

从菜市场回来的时候,涂姝到章洁房间看了一眼,看见章洁侧身睡着,但推门的一瞬,涂姝看见他其实翻了个身。

涂姝知道章洁没睡熟,他刚才在等她回来。

粥熬好,勺子放在粥面,沉下去三分,浓稠度刚好。涂姝盛了一碗放在托盘上,端进章洁的房间。她轻轻拉开窗帘一角。

章洁不再装睡,侧身坐起来。涂姝走过去,把托盘放在地上,伸手穿过他的腋下。

"手疼不疼?"

"没什么感觉……不动就不疼。"

"头还晕吗?"

"一点点……"

"要不要再睡一阵,粥也热。"

"不睡了,托盘拿过来吧。"

"我喂你。"

章洁后来把手平放在被子上。午后的阳光暖烘烘的,房间里影子斑驳。

章洁租的房子是一室一厅,九楼,客厅和房间都朝南,他多年跟随裴青城,经济条件要比团里其他演员好。涂姝是第一次到章洁的家,到了以后才知道,虽然地上的路是两个方向,但从章洁家的阳台遥望,能看见涂姝租住的低矮民房。其实他们相离得也不远。

章洁的家整整洁洁,有书架和盆栽,还有一台造型复古的蓝牙音箱。涂姝想,他一定想稳稳定定地生活吧。

一碗猪心粥吃完,章洁鬓角出了汗。涂姝扯了纸巾,擦之前章洁要过来,说:"我自己来吧,又不是个废人。"

涂姝说:"出汗好,应该退烧了。"手背轻贴在章洁额头上。

章洁擦汗,推开涂姝的手:"本来就没烧。今天回暖了。"

他转头望向窗台,薄薄的窗帘透着光,下摆一层层轻摇着,像鱼的尾巴。涂姝陪他望了一会儿。

"还吃一碗吗?"涂姝转过头问。

"够了,分量挺足的。"

"那接着睡吧,我把窗帘拉上。"

"嗯……一时也睡不着。"

"或者窗帘拉开一些,晒晒太阳再睡。"

"现在这样就好。"

"那你休息一下。"

涂姝把空碗和托盘从床上端下来,然后托着章洁的后背,让他重新躺稳。手抽出来的时候,两人的眼睛对望,停顿了一两秒钟。

"我去把碗洗一下。"涂姝低头抽走目光,从床沿边站起来。

"嗯。"章洁点点头,停了一会儿,说,"谢谢。"

涂姝端着托盘走了出去。她到厨房洗了碗,把手擦干,这一共花了五分钟。然后她重新走进章洁的房间,脱下鞋子爬上床,躺在章洁身旁。两人仰脸并躺。

"如果睡不着,说说话吧。"

章洁仰望着灰白色的天花板,说:"嗯。"

两人静静地并肩平躺,良久没说话。头顶的天花板有些地方腻子没刷平,有一点点鼓包,墙角有几道弯弯浅浅的裂痕,像泥里的草根。

"你的脚好点没?"章洁开口问。

"一点事都没有,就是脚趾挫了一下,现在能跑能跳了。你看,我今天不是还去过菜市场吗?"

"嗯……那就好……"

"昨天下午,尤利娅给我打了电话,说团里给了她三千元遣散费。她说准备下个月走,想带伊凡到北方……伊凡不适应这边的气候,而且物价也贵。"

"嗯,昨天我回游乐场给剧场演员领了钱,团里留了备用金。"

"裴青城现在怎么样?"

"不知道,还在公安局扣着,听说短期内出不来。他的事你不用管。"

"嗯……"

"你要和尤利娅去北方吗?"

"怎么可能,我很适应这边的气候呀。我从小在这长大。"

"那还去香港碰碰机会?"

"没这个打算的,我只是去香港看一眼。"

"反正离开就好,对吧?东西收拾好了吗?"

"嗯……差不多了。"

"那你赶紧回去吧,你不是准备这周就走吗?我没事,刚好休养一阵。"

"……"

"我知道你想问什么。你别问我了,我没想好去哪里。"

"嗯,事情太突然了……"

"就算我想好去哪里,难不成我问你要不要跟我一起走?"

"呵呵,也是……"

"……"

"嘿,话说我的遣散费呢?你是打算克扣掉吗?昨天你有空给尤利娅,有空去喝酒,也不拿给我。"

"你自己去拿吧,就在床头的抽屉里。"

涂姝平躺着没有动。她觉得压在身下的被子一阵阵发热,躺久了的床铺都暖。两个人在一种气氛里久久静默。

"我不想你走。"章洁望着天花板说。

"今天不走啦,明天、后天也不走,我说了,你伤好前我照顾你。"

"能不能等我一些时间?我想好去哪里,再问你要不要一起走。"

"好啊,我也没有找到下家,章老师给我介绍吧。"

"嗯,我去找。"

"这是开玩笑,对吧?"

"嗯,开玩笑的。"

窗外透入的日光渐渐偏转,薄窗帘像鱼的尾鳍,撩动窗台下笔筒里的笔尖。书桌上一沓信纸,翘起一角,被微风点着数儿。

涂姝侧转身体,咬章洁的耳垂,章洁拧过脸和她接吻。涂姝的手指从章洁棉布睡衣的扣子之间伸进去,掠过胸口的尖端。章洁用一边手肘支撑,想翻身到上面。涂姝按住他。

"不动,我帮你。"

涂姝感到章洁的身体硬得像一块岩石。她手指滑过肚脐,等待,当对方肚皮吸气时,顺着支起的开口探进去,一直滑到大腿的根部。当章洁身体紧绷,想迎合节奏摆动时,涂姝轻轻伏在他的耳边,声音带着怆然。

"慢一些,我也想慢一些再走。"

涂姝和章洁躺在床上,睡了半个下午。听见敲门声醒来时,涂姝发现房间已染了暖黄色,在被子下面,她和章洁拉着手。她忘了后来拉住对方手的是章洁还是她自己。

敲门声接连响着,涂姝想翻身起床,对方的手却没松开。但当门外伴随敲门声传来"章先生,你在家吗?"的问话时,章洁醒过来,不着痕迹地松开了手。

"在——稍等一下——"

涂姝侧身下了床。

"我去开门。"涂姝说。

章洁说:"应该是警察来了,你回去吧,我好多了。"

"嗯……我等一下走。"

章洁默默点点头。

涂姝走到外面,把衣服下摆和头发理好,打开门。昨晚在医院见过的两个警察站在门外,干干地说声"打扰了"便走进屋。他们眼光锐利,在涂姝身上逗留了一会儿,但没说什么。涂姝低头把警察领进房间,又端来椅子和水。

章洁从床上坐起来,说:"行了,你回去吧。"

"你们聊,我去收拾一下东西。"

涂姝走出房间,在客厅里转了个小圈。她知道不好警察一来自己就说走。

"找到肇事车辆……下个路口有监控……"

房间里断断续续传来警察的说话声,涂姝想靠近门口听,又觉得不好。她想自己还是应该做点什么,她站在客厅里,看见章洁在阳台上养了几盆花,于是走出去。阳台一角放着塑料水壶,里面还有半壶水,涂姝提起来给花浇水。

"是一辆红色的两厢轿车,对不对?"

警察的声音绕了个道,从房间窗户那边传递到阳台。

章洁养了一盆千叶吊兰、一盆铜钱草、一盆马蹄莲、一盆银皇后、一盆鸢尾、一盆琴叶榕;还有一只巴掌大的玻璃缸,里面没有鱼,只养着金鱼藻。一共七盆花草。

章洁的声音说:"没看清……车灯很亮,我也头晕……"

涂姝拎着水壶,逐一给植物浇水。她不全认得那些花草,但认得的那几盆,包括吊兰、马蹄莲、鸢尾等,知道都是特别喜湿的植物,缺水就会蔫,需要每天浇水。

涂姝想,原来章洁还有这份闲情。

警察说:"总之,肇事司机找到了……女司机……"

涂姝站在阳台上慢慢平移,水壶里的半壶水渐渐减少。

"已经做了血检……她表示她没喝酒……"

涂姝在琴叶榕前面停下来。那株小灌木栽在竹篮织成的花盆里,搁在地上,提琴状的叶片碧绿茂盛,阳光在上面划着斜条。水壶快空了,涂姝想着要不要再去接点水。

章洁说:"我没什么事,我不起诉她了……"

涂姝蹲下身,察看泥土的湿润程度,看见花盆里撒着一些褐色的粉末。涂姝想,琴叶榕需要常常施肥吧——她突然停住了。她急忙用指尖摁在那些粉末上,沾起来,放在鼻子下面——有一种咸腥味。涂姝身体僵直。

"……我不知道!我不知道她在说什么……"

窗户那边传来章洁提高的声量,涂姝发现自己听漏了前面的话语。她的脑海里已经塞满其他场景。

昨天在商场里和梁夏、章洁先后分开后,涂姝走到公交车站,准备坐车到南郊。等车的时候,她看见街对面有一家卖观赏鱼的店铺刚刚拉起卷闸门,店老板把一个个汩汩冒着气泡的鱼缸推到店门外。一种情绪驱动着,涂姝穿过马路,走进鱼店。

店老板说:"早啊,随便看,我们家都是进口鱼。"

店铺还没全亮灯,涂姝在暗暗的角落里看到一缸鱼,五颜六色的十来条,都有点病恹恹的,其中有几条在水里翻着跟斗,像喝了酒,站不稳脚。

店老板在门口调节加氧泵,回过头看见涂妹盯着那缸鱼,平平地说:"那几条病了,要上药。"

"是……失鳔病吗?"

"对,小姐你还挺懂的。"

"老板,"涂妹抬起头,问,"鱼怎么才会得失鳔病?"

老板放下手里的活,缓缓走过来。

"很多原因的哦,这几条是鱼饲料的问题。"

"因为饲料喂多了吗?"

老板来到涂妹的身边,背着手,笑:"你挺懂的,鱼一次吃太多,鳔管就容易堵。不过这几条是养得更不讲究。"

"怎么不讲究?"

"原来用的饲料颗粒太细了,跟沙子一样,不堵塞鳔管才怪。海鱼不能这样养,我已经给它们换了植物饲料。"

章洁撒在花盆里的是人工鱼饲料。褐色,微腥,原本是颗粒,现在被磨得细如粉末。

"有时压死骆驼只要一根稻草,譬如给某个因素加点码。"

涂妹想起梁夏告诉她的话。她耳膜鸣响,手足冰冷,脑海里填满水族箱中四面八方翻着身体、濒死挣扎的鱼……

"胡说八道!"章洁在房间里发出怒吼。

涂妹放下水壶,湿着手走出阳台,她穿过客厅,站在章洁房间的门口。她听见两个警察毫无起伏的语音。

"章先生,你不要激动,那是肇事司机单方面的证词。她说,她已经做了紧急避让。"

"她是推卸责任!算了,我也不想追究她的责任……"

"那我们再明确一下,肇事司机表示:你是故意向她的车冲过去的——这种说法不正确,对吗?"

章洁挥舞能动的那只手:"我说了这是胡说八道,我怎么可能……"

章洁看见了伫立在门口的涂姝。

"你怎么还在这里……说了让你回去!"

在西斜的阳光里,章洁朝涂姝恼怒地挥手。

家里已经空了。

涂姝把最后一箱书用透明胶封口,推到墙角。这时,窗外的最后一缕阳光也刚好消失。

涂姝坐在地板上,感觉耗尽了全部力气,未愈的脚趾不时传来"突突"的一阵痛。房间迅速黑暗下来。

涂姝原本想回家拿几件衣服,晚上还是到章洁家过夜,起码明亮有光,但现在她觉得自己做不到了。所以她趁着最后的阳光,把剩下的物品都打包收拾好。

明天是星期天,她和房东发过信息,说最晚住完这一周。房东没回信息。

休息不足和疲惫让涂姝泛起一阵恶心,反胃干呕。涂姝想起她又是一整天没有进食,真好。她抬手看了看表,已经六点半,不知道回收站关门没有,这个点还来得及把东西搬过去吗,还是明天早上再雇辆车?

犹豫了一会儿,涂姝还是拿起手机,给回收站打了电话。

那边接起。

"请问你们晚上还开门吗？我想现在送一些旧衣服和旧书过去。"

"等一下……你是不是这几天来领过纸箱的涂媛小姐？"

"嗯嗯,是我,我有登记过要捐赠物品。"

"你等一下吧,我们现在安排车过去。"

"安排车过来？"

"嗯,我们上门回收,你不用跑一趟了。"

"呃？不用我送过去吗？"

"嗯,我们领导做了指示,对于热心群众,我们要做好服务。你那边东西多吗？安排一辆面包车可以吗？"

涂姝愣了一阵,答道:"东西不多,五六个纸箱,3号的……嗯,还有一张床垫,一米二宽,不知你们能不能运？"

那边答道:"可以的,我们安排一辆厢式车过去。"

涂姝换了T恤和牛仔裤,在房间里等了半个小时,回收站的工作人员就到了。来了两个年轻小伙,手脚麻利,两个来回就把五六个箱子搬上了车。

搬东西的时候房间里黑乎乎的,涂姝说了一句"不好意思,刚好停电了",那两个工作人员也没有流露不满,打着手电筒作业。最后搬床垫,一个工作人员环视了十来平米的房间一圈,问涂姝:"那床就搬走了,你晚上不用了吧？"

涂姝轻轻摇头,说"不用了"。她已想好晚上睡在冰凉的地板上。

东西搬空,涂姝站在货车旁边,看着货车厢的两扇门关闭,插上铁闩。回收站的工作人员让她签了捐赠清单。末了,一个工作人员钻进驾驶室启动汽车;另一个转过身,从口袋里掏出一个白色的小信封,递给涂姝。

"对了,我们领导交代,有位梁先生把这个给你。"

"梁先生?"

涂姝愕然接过,拆开信封里面有一张便笺纸和一张名片。便笺落款写着:梁夏。

"这位梁先生……"涂姝望着回收站的工作人员,"是你们领导?"

"不是。"工作人员摇头,"我不认识梁先生,他可能认识我们领导吧。"

"……你们安排上门,是不是这位梁先生打了招呼?"

"我搞不清。"年轻小伙耸耸肩,"领导怎么说我就怎么做。"

回收站的货车徐徐开走,涂姝目送着尘烟,心里疑惑又忐忑。白色无格的便笺纸上,只写了一句话:"涂姝你好,如果诸事已了,也没有去处,不妨考虑来这里。梁夏。"

随附一张白色的名片,两行铅字。上面一行印着:厄尔尼诺暖流传媒文化有限公司。下面一行印着地址。

这是给我介绍工作的意思吗? 涂姝疑惑不解。她想打电话向梁夏询问,但在一种忐忑不安的心情中又拿不起手机。

涂姝把名片揣进牛仔裤的后兜。

默默走回空荡荡的房间,握在手里的手机无声振动起来。

涂姝看了一眼是章洁的电话,默默举起接听。

"你……在家吗?"

"嗯。"

"下午,不好意思……"

"没什么,警察走了吗?"

"走了,我签了和解协议……我不想要什么赔偿。"

"嗯。"

"东西都收拾好了吗?"

"嗯……今晚我不过来了。"

"不用过来,我没事。"

"嗯。"

"……明天,能不能不急着走?"

"嗯?"

"你能开车吗? 我手受伤了有点不方便。"

"有什么事吗?"

"我刚联系到一份工作,"章洁在电话里说,"也许适合你。"

·5·

星期天艳阳高照。从车窗外卷进来的风有麦穗成熟的味道。

涂姝平稳地开着一辆灰色的卡罗拉汽车。她上大学的时候就考了驾照，工作后也开过车，但最近几年已经没有摸过方向盘。坐进驾驶室时，涂姝突然紧张万分，小腹痉挛，但当引擎轰然点火，车厢里的每一寸都传来震颤时，心情又平静下来。涂姝心中默念：就这样出发吧。她抬头挺胸，伸脚直至踏板，软组织挫伤的尾趾隐约发疼，所幸踩油门这种事还能应付。

涂姝不知道章洁是什么时候、从哪里找来的车。也许是游乐场的帐外车，趁乱弄了出来；也许是找人借的。涂姝知道章洁跟随裴青城多年，总有些说不清道不明的渠道。早上来到章洁家，涂姝看见章洁脖子上挂着绷带等在楼下，身旁就停着那辆灰扑扑的车——这说明那辆车要么一直停在附近，要么就是有人开过来的。

还有很多问题涂姝想问，她想问章洁身体怎么样，适合外出吗，也想问他怎么知道她会开车，但都没有问出口。章洁拉开车门，漠然地说了一句，上车吧，询问的氛围就被扼断了。

"从屏山上高速，我们到南乡。"

汽车一路向南开。南乡是邻县的一个镇,这些年搞产业转移,很多新兴公司落地在周边的卫星城,就业机会也增长起来。穿过城乡接合部的南郊时,涂姝望见前两天来过的回收站,站前的谷场晾满清洗消毒后的旧床铺,一大片白布飘摇,让人联想到某种集中的宿营地。过了南郊,就看见屏山的地界碑。沿着新铺了沥青的省道前行,一侧坐落商铺和楼房,另一侧是小块分割的农田,大多是供游客自采的草莓田和果园,还有休闲钓的鱼塘。沿途支着用木板钉成的牌子,用红油漆写着各种开心农场的名字。

从省道转上高速,行驶一个小时,从邻县的出口下来,又走了一段黄土飞扬的国道,眼前就出现连绵的田野了。

南方麦少,但这一片地冷凉,罕见地种了广袤的春麦,这时麦穗饱满,在阳光的映照下满目金黄,已到了收获的季节。

涂姝开了车窗,乍寒还暖的空气让她心情转而明朗。

"一直开到南乡镇吗?"她手握方向盘,观察着路牌问。

坐副驾驶座的章洁说:"嗯,一路开吧。"

昨天章洁告诉涂姝,他有朋友搞了一家新媒体公司,成立不久,规模不大,开在镇上,但工作大体适合。

"主要做营销策划,拍广告片,所以需要招平面模特和演员。项目制为主,适合的也可以签长期合同,你可以试试看。"

章洁在电话里只做了简单说明,今天见面后话也不多;涂姝心里也因为鱼粮的事而生出怀疑的芥蒂,于是一路默默开车。章洁一只胳膊吊着,一边脸满是伤痕,左眼角鼓了个淤黑的包,涂姝看了心疼;他仍然努力为她联系工作,涂姝终究心存感激,也说不出拒绝的话。

穿过田野,远处伫立着巨大的工厂冷却塔,双曲线的塔身喷涂着红蓝黄绿的大字，高耸直抵云层，像空中花园一般彰显新时代的气象。烟囱更是林立，顶端扬起烟雾，和白云融为一体。

"这边镇郊也发展得很好哦。"涂姝扬声说。她心里多少生起希冀，想着也许到哪里都可以谋生。

章洁说："这几年才搞的，以前没有。那些是陶瓷厂，污染很厉害。"

涂姝低头哦了一声。

章洁续道："以前有村庄，现在都迁走了。"

涂姝默然点点头。

章洁朝前指了指："前面的岔路拐弯吧。"

"公司就在工厂区吗？"

"不是，来都来了，顺道过去看一眼。"

"但是路有点差，我车技不好……"

"开就是了。"

卡罗拉汽车转入坑洼的山路，不时有石头跳起来，叮叮咚咚撞击底盘。车身左右摇晃，涂姝车技已经生疏，把方向盘捏得很紧，手心黏糊糊的。

她的目光偶尔瞥向驾驶座的旁边，章洁于是看出她说路不好，是担心他身上带伤。

章洁抿着嘴，把摇晃的手肘夹紧，脸色青白，但沉默不言，看不出是不是颠着疼。良久，他叹了一声"我没事，你不要瞎担心"，语气却复杂。

所幸难行的只有起始的一段，水泥高塔历历在目时，路就平整了。

工厂区沿着山边，靠近以后，涂姝看见还遗留着个别村落的痕迹,地里还露出浇灌用的水管,但不完整的田埂已干枯开裂。废弃的泥砖农房灰不溜秋,这头集中一隅,那头零落几处;有些屋檐全黑,墙壁如积木般塌了一半,在阳光里摇摇欲坠。

章洁没喊转向,涂姝朝大山的方向再开了一段,一排灰色的房屋从树林后面映入眼帘。房屋刷着统一的泥灰,墙皮陈旧如黑白报纸,但窗户整齐并排,一线都开着,看上去没荒弃。涂姝还隐约看见红色的春联,有一只黄狗站在门联下面,挺直身体向外举头。开车的人下意识想驶近,却发现那排房屋被围在山林中间,没看见通行的路。

"车开不过去。"章洁说,"只有绕到后山才有路。一条独木桥。"

涂姝愣了一下,转头望旁边的人。

章洁往下说:"别看外面有窗户,其实都是黑屋,里面的房间黑得伸手不见五指。"

"那里是……"

"麻风村。以前有医疗站,二十年前就已经撤了。"

"……现在,那里还住着人?"

"嗯,还有十来个吧。病早就治好了,但心治不好,人出不来,走不了。他们一辈子会在那里。"

涂姝低头不语,车速越开越慢。

章洁说:"几年前附近还有村子,工厂建起来就空了。村民们都很开心,拿了补偿金,迫不及待地搬走。他们最忌讳说这辈子曾经住在麻风村旁边,一说,别人都躲得远远的。"

涂姝瓮声问:"我们要不要开到后山?"

章洁摇摇头。

"不去了,就顺道看一眼,看完走吧。前面可以转弯。"

"可是……"

"没人想看见他们,没人有兴趣看见他们。"

语气变得干硬,没有商量余地。涂姝心里堵得慌,不明白章洁让她走这一段的意图,原本强加给自己心情的一丝明朗荡然无存。

汽车掉头,颠簸着驶离土路,重新回到公路上。章洁突然说:"你知道那个地方吧?"

"呃?"

"你说过你从小在这里长大——刚才那个麻风村,你知道的吧?"

"嗯……小时候知道……"

"向前开吧。"

章洁不再说话,缠着绷带的手臂压在胸前,靠着座椅眯上眼睛。涂姝陷入一种无以名状的冰冷中,她机械地继续向城镇的方向开车。

当建筑物渐渐在地平线显现时,涂姝把油门踏板踩深一些。

"减速,前面路口要右转。"章洁一边抬手说,"快到了。"

"我们……不是到镇上吗?"

"在镇郊。"

"哦,还挺偏的……"

"郊外租金便宜。"章洁答道,"所谓文化公司,开在哪儿都差不多,有网络就行。"

"文化公司吗? ……他们要招聘平面模特?"

"那边说有模特或者演员经验的都可以,照片和视频都要拍,也做直播。"

涂姝呆呆地问:"我……合适吗?"

"合不合适,去看看就知道了。"

一根铁杆从路边危险地斜伸出来,上面吊着生锈的路牌。涂姝心里稍安,起码是有名字的地方——她松弛油门转向,汽车以路牌为轴滑行,掠近的时候,涂姝看清了上面的字:鸢尾路。

涂姝心脏突地跳了一下。

汽车摆正后,她转头望章洁。

"这里是……鸢尾路?"

因为转弯,章洁扭扭脖子,一边整理挎过去的绷带,一边回答:"嗯,青黄不接的地方,名字反而起得洋气。"

"你之前来过吗?"

章洁说:"没有。看过地图,有路名不难找。"

"公司叫什么名字?"

"一个乱糟糟的长名,记不住,文化公司名字都随便改——前面就是了。"

涂姝思路被章洁伸直的手打断,她透过挡风玻璃眺望,看见乡村的道路向前延伸,一侧有新建的水泥楼,外墙贴着橙黄色的瓷砖,有些楼下还有商铺。但章洁手指的地方更远一些,只看见一间平矮的房屋在山边若隐若现。涂姝驱车驶近,但很快被一条小河拦住,路只修到这里了。

"下车走吧。"章洁用一只手解开安全带,"车停在路边就行。"

灰色的卡罗拉靠边停好,两人下了车。章洁夹着手臂,眯眼在车旁站立一会儿。

涂姝问:"头晕吗?要不要歇一会儿?"

章洁睁开发肿的眼睛,嘴唇干燥,脸上却掠过血色,答道:"走几步就好了。"

两人踩着和水泥路临界的土路向前走,两旁都是杂草和灰沙堆。看上去像是硬底化工程搞了半拉子,缺钱停摆了。

章洁在前面领路,回头望着涂妹的脚,问:"你脚好走路吗?"

涂妹点头说:"没事。"

章洁说:"嗯,就到了。"

小河细长,上游不远处就是工厂区。走近了,涂妹看见那间平矮的房屋原来就坐落在水边。房子只有一层一间,墙壁似乎新近粉刷过,看不出年份,但颜色灰扑扑的,只有窗户的木格子刷着红油漆。样子和麻风村的房屋有几分像。

涂妹落在章洁后面,渐渐地越走越慢,最后停住了脚步。

章洁转过身,问:"怎么了?这里就是了。"

涂妹睁着眼睛,身体莫名地在抖。

"这是……哪里?"

"就是我说的文化公司,进去吧。"

涂妹没动弹。章洁一只手挂着绷带,另一只手举起,指指檐角一块蓝色的门牌,新净而清晰:39号。

"地方没错。便宜租的地方,外面看着不像而已。"

章洁带头往里走。

涂妹眼望着那间灰色的房屋,原地伫立了一秒钟,正午的艳阳爬过陡斜的屋檐,刺入她的眼睛。章洁高瘦的身影在炫光里单薄如纸,渐渐消失,涂妹只得迈开腿跟随。她紧张万分,脚步犹豫而沉重,却被一种力量拉扯前行……

房屋推门而开,里面安静而明亮,摆着几条贴木纹的办公桌。

涂妹感到心情松弛了少许。

"看来人都出去吃饭了。"章洁在堂屋里一边走一边张看,他顺步走进里间,片刻探出头,朝涂妹说,"可以到这里等。"

"什,什么?"

"过来。"章洁用一只手臂招手。

涂妹犹豫着走过去,看见一个房间开着门,中间有一张椅子。

"坐着等就好。"章洁说。

涂妹走进房间,说:"这……合适吗?"

"合适,这个看着是试镜室。我去打电话。"章洁转身走出去,随手把门带上。

涂妹听见章洁在外间打电话,声音渐远。她独自站在房间中间,十来平米,环视四周,只见墙壁,什么都没有。

涂妹走近椅子,坐下,突然一阵头皮发麻。她想起刚才被打断的思路——在来的路上,看到"鸢尾路"的路牌时,她曾经心脏一跳。她又想起这栋房屋39号的蓝色门牌。

涂妹急忙站起,下意识地摸裤兜,当手指滑过裙摆时,才想起自己今天没穿牛仔裤,而是按招聘要求穿着白裙。

她极力回想,觉得没记错。

昨天她把那张白色的名片随手揣进了牛仔裤兜——虽然只匆匆一眼,但名片上不过印着两行字:

厄尔尼诺暖流传媒文化有限公司。

地址那一栏,有南乡,有鸢尾路,有39号。

但名片是别人给她的,随附一张白色便笺纸。

"涂妹你好,如果诸事已了,也没有去处,不妨考虑来这里。梁夏。"

这是怎么回事?涂妹感到思路混乱——章洁带她来的是同一

个地方？

涂姝原地打转，举目望向四周，四面墙壁干硬灰白。于是一种硕大无朋的恐怖感突然降落，掐住喉咙和心脏，仿佛溺水的窒息……

身后"咯噔"一声，什么东西上了锁。

涂姝恐慌转身，伸手想拉门，却发现那房门没有把手，关上后就和墙壁融为一体。

这时，外间传来巨大的响声。

·6·

"轰——"

陈旧的瓦顶房只有一扇木门,打头阵的干警一脚就踹开了。

薄文星紧随而入,臂弯夹着平板电脑,说:"网上还在继续播!"

唐明说:"我和其他人找里面——"

姚盼站在堂屋中间,垂下手滑过一张贴木纹的办公桌,指腹干干,一层灰尘。

她侧头望她的搭档。

骆承文紧握手枪,沉默不语。

正面的窗户透入倾斜的阳光,窗台上整齐并排一列盆栽植物,小小的七盆,草叶黄碎如纸,都已枯竭。

突入里间的警员喊:"这里有上锁的门,装甲门!"

唐明跑过去,和另一个警员分两旁手持圆柱状的破门锤,利用惯性摆动撞击。里间的走廊狭窄,摆动幅度有限,冲撞了三次,门锁锁芯终于被震断。

灰色的房间里空空如也,一个干瘪的塑料瓶因为震动在地板上摇了摇。

地板中间还躺着一名身穿白裙的女子。她扭曲地匍匐身体，露在裙子外的腿和手僵硬绷直，犹如一尊放倒的雕像。皮肤已呈青色。

警察杵在破裂摇摆的门旁边，僵住了一秒钟。

抱着平板电脑的薄文星低下头，小声说："怎么会这样……"

唐明推开他，夺门入内，蹲下身，伸手按住女子的脉搏。

过了整整五秒，这位香港警长举起头，声调的末尾微微有颤音。"在跳……还有一口气。"

"没有水了……救救我……"

骆承文合上手提电脑的屏幕，默默背转过身。那是受害者能说出口的最后一句话。

"从摄像开始到视频挂网，延时了多久？"姚盼望向薄文星。

她的部下答道："技术组给的回复是七十二小时，三天。"

他又停顿了一下，低声补充："另外，后面的视频无中断，一直都在连续……"

"能知道受害人是从什么时候开始囚困在这个房间里的吗？"

"不好说，但定时程序设置在6月28日，也就是万有光自杀的前一天。"

唐明坐在会议室的远端说："视频我们都看过，瓶子里已经没有水了。这意味着，受害人起码有四天没有喝过水……"

话语未尽，几个刑警都沉默。刑警支队的会议室里安安静静，汇报会议刚刚开完，只剩下他们几人。

有一阵，大家的目光都投向独自站在一旁的骆承文。

骆承文缓缓地靠住会议室的圆桌，伸出手掌稳稳支撑，望向他的搭档们。

"我不会再说我们还是晚了一步。"他的神情恢复了坚毅，转头望向姚盼，"姚警官，我申请留下来协助，我们会继续调查下去，对吧？"

姚盼沉沉点头："当然。"

7月4日，连环命案的调查权正式从香港方面移交，以本市刑警支队牵头重新成立专案组——案件并未随着嫌疑人万有光的死亡而告结。

因为那一天，第六名受害人不期而至。

与此前的五宗命案如出一辙，一个身穿白裙的女子被囚困在一个灰色的房间里，在断粮缺水的生存边缘挣扎。

受害人用手指抓遍了四面墙壁，旧屋的墙壁只刷了一层水泥灰，后面是粗糙的泥砖，这使得墙面上都是血。她也尝试撬开房间的门，那是一扇五厘米厚的装甲钢木门，一侧没有把手，和墙壁密不可分。受害人把木凳子摔碎，试图用凳脚挖，但没有成功，于是她把指甲插入门和墙壁之间的狭缝，直至十只指甲全部断裂，断掉的指甲留在墙缝里。

在力气全部竭尽前，受害人在无数的电脑屏幕前绝望呼救。

警方花了不足一天追查到地址，可惜事后证明，受害人被禁锢的天数远远不止。

医生说这个女孩的生命力比常人顽强，她一定很不舍得离开这个世界。

警方赶到的时候，受害人的心脏还剩下一息搏动，她被送到医院抢救了两天,生命迹象稳定了下来。

"器官衰竭的问题已得到控制,肌肉木僵也有所改善,"医生对警察说,"不过,脑缺血持续的时间太长了……我们不确定,这个叫涂妹的女孩,能不能醒过来。"

"能判定这个女孩也是万有光下的手吗?"

在新成立的专案组的汇报会上,副组长孙明玉手指交叠,支着桌子发问。

主查队长姚盼答道:"目前还不能判定。"

孙明玉侧头望向与会听报告的上级领导们,港方也派了专员。市里的一个领导面无表情,听不出语气地问:"有新的嫌疑人吗?"

姚盼道:"目前还没有。"

市局刑警支队老大、专案组组长于雷用指骨敲响桌子:"那就抓紧时间!"

会后孙明玉走过姚盼身旁,对他的部下耳语:领导的心情你要学会理解。

姚盼点点头。

那时,跨越香港和内地两地的连环命案处于调查的分岔口。

案件已先后出现六名受害人——相较前五次案件,第六次的作案手段大体相同,但情形又似是而非。

首要一点显而易见,前五次和第六次案件分处两个禁锢场地,专案组分别标记为一号和二号现场。

两个现场的直线距离约六十公里,相隔一个地级市和两个县镇,可说远,也可说近。

一周前的6月29日,香港和内地两地刑警联手追查到一号现场,即嫌疑人万有光位于郊外疏树林的住所。经过持续搜证,警方在一号现场发现大量生物痕迹,和前五名受害人吻合,再经过场景比对,基本判定前五名受害人生前正是被禁锢在此地。

警方也破解了万有光的个人电脑,获取了保存其中的多份录制视频,根据坐标提示,最终在香港吐露港以北八仙岭山脉的一个水塘里找到了第四名受害人,也就是来自叙利亚的四十三岁偷渡客。

至此,前五名受害人被全部找到,她们全部罹难。

接下来轮到第六名受害人。受害人的视频于7月4日被上挂网络。而这一次的网络路径,比前几次简单明了。

7月4日零时,视频出现在一个中文博彩网站的论坛区。尽管网站本身非法,服务器也设在大洋彼岸,但由于案件已引起广泛的社会关注,在挂了七八个小时以后,警方就接到了报案电话。

随着嫌疑人万有光的死亡,连环命案的调查进入收尾阶段,骆承文也已返回香港主持搜证,突如其来的新视频让联合调查组成员震惊不已——但也并非全无预感。

本地警队紧急组织技术攻关,当骆承文和姚盼在次日上午再次会合时,代理IP已经从西半球的海岛追溯到国内,源基站也锁定在本省范围。骆承文闻讯后叹道:"你们的技术水平一点也不比我们差。"

随后追踪范围进一步缩窄,姚盼等人为了抢时间,提前进入搜索半径巡查,半径越窄,越发现和一号现场的距离并不远。到了下午时分,地址终于破获。

上次的教训历历在目,姚盼给孙明玉打电话,要求跳过突击队的部署,孙明玉说:"好,你们全速往那里赶,我让县里出两辆冲锋车支援。"当姚盼等人望见河边的那间瓦顶老屋时,县刑警队的冲锋车也出现在另一个路口的黄土里,两队人马呼啸交会。

破门而入的时间是下午五点零七分,距离视频在网络上出现仅十七小时。这次,刑警已经用上最快的时间,找到被囚禁的受害人。

然而还是晚了。

警方在二号现场找到一台嗡嗡作响、屏幕明亮的电脑,才明白这次的视频上传地址能够被轻易追踪的原因。

犯罪嫌疑人用电脑设置了自动程序。禁锢受害人的房间里的摄像头,在7月1日凌晨自动开启,而摄录的视频则在7月4日凌晨使用无线网络自动上传。

一切都是定时。

技术组的警员从电脑硬盘里将完整视频拷贝下来,快进播放并进行检测,最后反馈:截至警方破门闯入,房间横梁上的摄像头已连续摄录三天零十七个小时——由于是自动摄录,视频没有插入幕间帧,也没有任何剪辑。

而定时程序的设置时间,是一整周之前。

刑警薄文星苦笑:"所以这次是真正的直播,只是信号延迟了整整三天。"

香港警长唐明用拇指顶了顶太阳穴,把头侧向一旁,说:"犯罪嫌疑人设定的时间早于万有光死亡的时间,这一点确实模棱两可——上面的大佬们想结案,也可以理解。"

他的上司骆承文不做表态,说:"还有矿泉水的问题。"

在二号现场,留下一个带牌子的矿泉水瓶,容量为五百毫升。

在前几次案件里,犯罪嫌疑人也曾留给被禁锢的受害人一小杯水,水量不多。而这次留的量翻了几倍。

警察到医院咨询意见,医生表示,五百毫升饮用水勉强能让受害人多坚持两天。

骆承文冷冷地说:"我认为犯罪嫌疑人留下矿泉水瓶是故意的,因为水瓶带容量刻度——他是在强调,他给受害人留了够几天喝的水。"

能否结案的关键,在于判定对第六名受害人实施禁锢的到底是不是万有光。

一周前,嫌疑人万有光在警察面前服毒自杀,专案组内部讨论过其自杀的理由。

一个被认可的理由是,第五名受害人——名叫曹玉兰的湖南籍女孩逃脱了。

警方直捣万有光住所的时候,没有在屋中找到曹玉兰,其后在附近山涧里找到了她的尸体。从曾经被掐断摄录的视频判断,这个二十三岁的女孩可能把握了某个机会,从灰色的房间里逃了出来。可以推想的是,那时受害人已经被囚困数天而筋疲力尽,犯罪嫌疑人可能因此疏忽大意,没有持续监视——可惜的是,出逃的受害人最后还是没能得救,她在溪涧里喝水过量,倒伏在山林里死去。

总而言之,由于受害人逃脱无踪,万有光知道自己难逃被捕的命运,所以干脆待在原地等待警方的到来;而当警方包围突入时,他在屋内喝下毒酒,选择畏罪自杀。

这种推断基本说得通。

而如果前述分析成立,意味着也存在一个可能性——万有光一共对六名受害人实施了禁锢,而意识到住所已经暴露,他把仍然生还的第六名受害人转移到别处——于是有了二号现场。

其后，万有光在二号现场设置数天后启动的定时程序，又给受害人留下能够续命数天的饮用水，临死前对警察说出讥笑的话："我没有输，表演没有结束。"也就是说，犯罪嫌疑人在自杀前，预留了最后一场表演。

而这个观点并非纯为推测——事实上，警方在一号现场持续搜检到生物痕迹，除了属于前五名受害人，也包括第六名受害人的毛发。

还有一个证据。

香港警方曾根据举报线索，在葵涌的一个旧码头找到了一辆灰色的失窃货车。那货车被弃停在湾头的北角。在那个码头，警方也找到了用于运输受害人的走私柴油机帆船。

警方在货车里找到了一些生物痕迹。方向盘上留有指纹，后排座椅有一些女性的头发。经过验证，指纹正是属于嫌疑人万有光的，头发则属于第六名受害人的⋯⋯

"第六名受害人在万有光死前就已经遭到禁锢，一共被禁锢了六天——"唐明接过上司的话，"犯罪嫌疑人故意留下矿泉水瓶，是想向我们证明这件事。"

骆承文点头："是的——但这是多此一举的做法！"

专案组副组长孙明玉听取姚盼的汇报时，问："为什么是多此一举？"

姚盼答道："如果犯罪嫌疑人就是万有光，他没有必要给受害人留饮用水。既然他设置了定时程序，让视频延时上传网络，就足以让这场表演在他死后再对外呈现。"

孙明玉问："他会不会是不想受害人过早死亡？因为他不确定

警方什么时候会找上门,所以希望尽量把表演延后。"

"这和此前案件的手法不符。前几次,万有光都是在受害者死亡后才上传视频,他不见得在意受害人会不会过早死亡。"

专案组组长于雷在听取汇报时摆手:"你们是想多了,或者想得不够多。犯罪嫌疑人的目的是挑衅警方,他预留最后一次表演,就是想看我们仍旧差一点没能赶上救人。"

姚盼答道:"既然如此,犯罪嫌疑人应该从一开始就启动摄像头,把受害人喝水的画面也拍摄下来,但我们没有看到这段画面。从摄像头开始拍摄起,矿泉水瓶就已经空了。"

于雷语塞了片刻,最后挥手。

"这些疑点都似是而非,犯罪嫌疑人就是要引导你们往死胡同里想——"

孙明玉事前问姚盼:"你们是怎么想的?"

"矿泉水瓶里根本没有水。犯罪嫌疑人设置定时程序,又留下空水瓶,是一种把罪名嫁祸给万有光的手段——第六名受害人并非在万有光死前就被禁锢,禁锢她的另有其人。"

"查案要讲证据,"于雷在听汇报时挥手,"现在的证据是,在万有光家里、车里,都找到了第六名受害人的头发!但你们说的犯罪嫌疑人另有其人的证据在哪儿呢?"

于雷稍作停顿,往下说出代表着专案组其中一派的意见:"我告诉你们想得过多,又想得不够多的地方在哪里——犯罪嫌疑人在临死前声称他的表演将延绵无期,目的就是制造'还有后来人'的假象,从而让警方陷入调查的泥潭!"

孙明玉站在办公室窗边,姚盼走到他身后,陪他一起向外看。

"楼下那些扛摄像枪的今天也被请回去了。"孙明玉淡淡地说,"媒体热度这种事,不会一直保温。不过这宗连环案涉及我们和香港两地,早日结案对双方都是一种需要。老于明年开春就退二线了。"

姚盼点头:"能理解。"

"你们认为是同犯,还是模拟犯?"

姚盼答道:"目前不知道,但一定和万有光有关联。"

"你们打算怎么查?"

"还是最常规的方法,查受害人和犯罪嫌疑人的关系。"

"你明白上头的观点吧?"

"明白。前几名受害人都是边缘人,犯罪嫌疑人只是随机把她们选择为侵害对象,哪怕查不清关系也不影响结案。而且要彻查每个受害人的背景和行踪,也是无底洞。"

孙明玉转过头,望向姚盼:"你和骆督察都觉得不甘心吧?"

"死者也会不甘心。"

"你们认为手头的线索值得追,对吧?"

"是的。"

孙明玉点点头:"老于虽然口头要应付上面,但心里希望你们继续查。"

警方在二号现场——一栋单间独户的农屋里找到被囚禁的第六名受害人。

那间披着污黑瓦顶的老屋位于南乡镇之郊,最早是一个富农所建,公社时期充了公,到平反时那一家已查无后人,房屋就拨入村资产。村委会曾经考虑分给村里的贫困户,但后来没人愿意搬去住。

那老屋三面被荒野包围,屋外有一条宁静的小河流淌而过。河道细弯,水质清澈见底,绿柔柔的水草长得茂密丰肥,在河床上招摇。生机盎然的鱼群只要没有藏身起来,望一眼就是一群。

河畔种满紫色的鸢尾花①。那花逐水而生,娇艳华丽,传说是来自天国的女神。她的任务是把死去的人的灵魂带离人间。有些国家把这花种在墓地里。

"应该就是外国人种下的,很多年前了。"

附近村上了年纪的村民告诉来访的警察。

"那些外国人好像来搞过什么慈善站吧。就是那间老屋。搞了几年搞不下去就走了。那头没人住。"

"那一片一直都没有人居住吗?"姚盼问道,"为什么呢?环境看上去不错的。"

村里老人的语气变得讳莫如深。

"如果不是我老了,走不动了,我也早远远搬走了。"

---

① 鸢尾花,又名紫蝴蝶、扁竹花等。属名Iris,为希腊语"彩虹"之意,代表彩虹女神爱丽丝。一些国家在墓地栽种鸢尾花,希望人死后灵魂能托付爱丽丝带回天国。

"为什么呢?"

"水有毒啊——"老人咧开一口稀碎的黄牙,"上游是麻风村,那些大风喝过的水就流到那里!"

后来,警方查到,当年在当地办过活动的,是一个有教会背景的国外慈善基金会,历史悠久。那基金会曾资助一些民间人士租过那间老屋,意在办建针对麻风病人的服务站。

但服务站办得不成功,二十年前就关了。

"后来还有人在那里住过一阵子,对,就是那个外来医生!后来死掉了……"村委会一个中年女干部回忆一会儿后,拍着额头快快回答,"嗯,一对父女,好像姓涂。"

"所以,受害人其实是被囚困在她小时候住过的房子里?"专案组组长于雷拍了拍桌子,"她对外呼救没有这个信息吗?"

女警姚盼摇摇头:"没有,她没能认出那个地方,她身处一个只有四面灰墙的房间。"

许多年以来,那个外国的基金会也在国内资助过其他一些民间的公益组织。

"譬如一些慈善回收站,就是收旧衣服、旧被子的那种。"负责调查的警员汇报说,"另外还有短期庇护站,专门给无家可归的人提供救助。"

骆承文手持调查报告问:"叫涂姝的受害人和这个基金会有关系?"

警员答道:"说不上有关系,不过她在一个冠名的慈善机构当过义工。"

警员停顿了一下,轻叹说:"这个女孩参加过很多公益活动,是个热心的人……毕竟有童年经历,也是受她父亲的影响……"

警察查了那间老屋当下的属主。除了二十年前有外国人办过服务站,最近又有人向村委会租了去。

"说是要简单翻新用来做公司,反正没人住,就便宜租出去了。"村委会主任翻了半天抽屉,才把手写的租赁合同找了出来。

落款日期是两个月前。租赁人一栏写着:拉尼娜工作室。

那个历史悠久的教会慈善组织就叫拉尼娜基金会,和租赁人同名。

警方正是因此往前追查。

"拉尼娜是圣女的意思,救济是我们的宗旨。"那个冠名的慈善机构向警方解释基金会名字的含义,然后低声叹息,"涂小姐同样贯彻着这个宗旨……"

"拉尼娜啊——知道这个名字的人少,但其实和某个知名的名字有关。"香港警长唐明看到这个名字时摆了摆下巴,习惯性地卖关子,"一种特殊气候,我一说大家肯定都知道。"

刑警薄文星饶有兴趣地问:"是什么?"

"厄尔尼诺暖流,"唐明回答,"在西班牙语里,拉尼娜是厄尔尼诺的妹妹[①]。"

[①]拉尼娜,西班牙语"圣女""女圣婴"之意,与语意为"圣婴"的"厄尔尼诺"相对应。引申义的拉尼娜现象,指赤道太平洋东部和中部海面温度持续异常偏冷的现象,气候表现为夏天更热、冬天更冷——和"夏凉冬暖"的厄尔尼诺现象呈反相。

穿过一排茂密的香樟树,几间白色的小屋坐落在城市的尾端,向北望能看见黄浦江上的船桅杆。小屋外面没有招牌,身穿白色连衣裙的女主人把客人领进门的时候,姚盼抬头看见屋内的横梁下方挂着一个红色的小牌匾:拉尼娜之家。

几面墙壁都刷着朴素干净的灰色油漆,上面错落地贴着用塑料板切割的彩色艺术字,写着"友爱一家人"等字样。

骆承文驻足看了一下。

女主人用流利的普通话说:"两位到里面坐吧,前厅有时事情多。"

姚盼和骆承文跟随着她穿过小小的屋堂,发现几间白色房屋在中间围成小院,四角筑了整齐的水渠,围绕几个花坛,上面种满鲜花。

院子里晾了白色的床单和颜色参差的衣服。

姚盼从四围房屋的窗户里看见人影,有些人在玻璃的反光里探头,但一闪随即消失。

女主人说:"这边请……希望两位领导不打扰他们……"

姚盼和骆承文走进最北边的小屋，女主人端椅子请他们坐下。房间采光不好，女主人把窗帘全拉开，素白的帘布绣着淡紫色的花瓣。十来平米的房间一角放着双人床。

"我和我的丈夫住在这里，他今天出去了。"

女主人给客人倒了白开水，又说了声"抱歉"，说他们夫妇"来中国很多年了，但还是学不会泡茶，没给领导备茶，不好意思"。

骆承文说："不用，我也一样不爱喝茶。"

女主人微笑了一下，侧身端坐在床边。

她差不多五十岁，鬓角有些整齐的白丝，德国籍，据说外祖父是华裔，她的中文名字叫戴琪。九年前，她和丈夫来到中国办慈善机构，因为拉尼娜基金会曾经给过他们资助，机构的名字就叫作"拉尼娜之家"。

"我们不能在本地募捐，所以钱不多。"戴琪温和地说明。

除了接受一些海外捐助，戴琪的丈夫每天晚上会到外滩的酒吧表演，以补贴开支，他是个优秀的爵士乐手，吹萨克斯风。

"拉尼娜之家"建于黄浦江上游南岸的金山区，虽然是远郊，到闹市中心要坐两个小时的地铁，但租金便宜很多。而且这个区矿产丰富，上下游都有产业，无家的破落者容易找到活计，他们比在都市中央更容易活着。

"为什么选在上海呢？"戴琪笑笑说，"因为听说这个城市很厉害，很疯狂，我们想来看看。我们想，这里也有人有需要……也许更需要。"

九年前，当国内执行二十多年的收容遣返旧法被废止，遍布大都市的收容站逐一摘牌，旅居上海的戴琪夫妇就决定办这个机构。他们想，这里也有人有需要，也许更需要。

女主人侧坐床角,平望向来访的警察,问:"两位是来问涂小姐的事吗?"

涂姝当前的常住地在上海。

她高考考上上海的大学,毕业后就留在那里。她在大学学会计专业,毕业后入职一家经销纪念品的中型公司,后来老板看中她的沟通能力,让她转岗成为采购员,全国各地到处跑,业绩提成十分优厚。但几年后,她就辞了职。

也许是在旅途中有所感悟,也许是童年经历的投射,涂姝当过多年的义工,在一些慈善组织提供无偿服务,也时常捐献物资。辞职以后,她自费考了护士证,跟随医疗机构走进高原和大山。在一些表彰和报道里,有时还能出现她的名字。

姚盼提出前往上海调查时,专案组组长于雷略微皱眉。

"电话里问不清吗?履历报告也过来了。"

姚盼答道:"一来拉尼娜基金会这条线索无论有没有关联,都需要再跟进;二来受害人最近几个月行踪不明确,我也认为有必要到她住处看看。"

"她温州的老家也要去?"

"嗯,如果有必要,也去看看。"

"那这边呢?"

"我想让阿星和唐警长留在这边。两边并行查,效率也高一些。"

"香港的骆督察和你同行去上海吗?"

姚盼点点头。

于雷沉思了片刻,说了一句"也好"。他考虑到香港方面压力转移的问题。

"这件案子预算不抠,就是要抓紧时间。"

姚盼点头,说:"谢谢于局。"

骆承文向"拉尼娜之家"的女主人点头,说:"听说涂妹小姐在这里当过义工。"

"嗯,是的。"德国女人戴琪端庄侧坐,嘴角挂着温柔的笑容,"不时会有热心人士来帮助我们,不求酬劳,涂小姐来得比较多。她也帮助其他机构,各地的。她很好,爱笑,关心人,很温暖,就像流淌的泉水。我和我丈夫,还有兄弟姐妹们都喜欢她。"

骆承文问:"你知道她为什么要当义工吗?"

德国女人微笑了一下。

"我不会问他们这样的问题,救济的意义是不用问的。他们也不求回报。不过涂小姐和我说过,她应该做这件事。我想她想念她的父亲,还有感恩之情。"

女警姚盼问:"你知道她父亲曾经是麻风病人吗?"

戴琪轻点下巴。

"知道的。涂小姐告诉我,她父亲是一个很好的人……"话语停了停,转而微笑,"她也告诉我,小时候她和她父亲得到了拉尼娜基金会的帮助。所以,她很高兴在这里看到我们的'拉尼娜之家'。"

骆承文问:"你们和拉尼娜基金会关系密切吗?"

德国女人稍微坐直身体,她意识到某种敏感性,是以认真答道:"我们接受基金会的资助是很多年前的事情,也有一些其他捐赠,现在我们主要自给自足。"

骆承文和姚盼短短对望。

在来的路上,两个刑警就有过讨论。骆承文告诉姚盼,在香港,这类慈善机构繁多。"比如五花八门的救世军,只是名字差不多,不见得都有关联。"

专案组内部也有过讨论,不言而喻,领导们大体都不想把事情往某个国外组织上引。而案情分析下来,姚盼也同意这个观点:连环命案和一个历史悠久带有教会背景的慈善基金会有关,这种判断未免过于臆想和草率。

有关的是名字。

小时候涂姝曾受恩而知道拉尼娜基金会,长大后选择在冠名拉尼娜的慈善机构当义工,这是一个合理的关联。而对现阶段的案件调查真正关键的是:对她实施侵害的犯罪嫌疑人肯定也知道这个名字。

姚盼和骆承文对望后,都觉得在此处怕是问不到更多的东西了。

姚盼望向门外的小院,看见一个女人从屋里探了探头,但身子一缩又进去了。尽管只是一瞥,但姚盼还是能看见她异常干瘦的身躯,还有布满半边脸的深红色的斑痕。

戴琪带着歉意地笑笑,说:"因为两位领导在,大家不好到院子里来……"话语已带了些许逐客的味道。

姚盼问:"戴女士,你们这里一般为什么样的对象提供救济?"

"只要来了,有需要,我们都会尽力提供帮助。"

"不做身份登记吗?"

德国女人脸色有点白,想了想,仍旧抬起头说道:"是的。我们这里人不多,很少,他们真的只是需要暂时住……生病能休息……希望两位领导不打扰……"

姚盼沉默了一会儿,轻轻点头。她望向她的搭档,两人默契地站了起来。

转身离开前,姚盼的目光落在小房间一角的墙壁上,那里贴满了照片。她的目光停留下来。

德国女人顺着她的目光转头,眯眼看了一下,又自觉地走近去,找着墙上的照片,一一指了指,回头微笑:"嗯,这几张都有涂小姐。"

姚盼走过去,注视其中一张。

那是一张合照,里面的人肤色各异。一个身穿白裙的年轻女子被簇拥在中间,脸上展露温暖的笑容。那女子就是受害人涂姝。

姚盼盯看着,久久不动。骆承文也走过来,片刻后脸色突然就变了。

他望向他的搭档,说:"不会吧……看不清……"他再次凝视照片,头也歪过来。

姚盼问:"戴女士,你们是不是完全没有做身份登记?人员的名字有吗?"

德国女人摇摇头,说:"真的没有。"

骆承文不由得提高音量:"什么记录都没有吗?"

"拉尼娜之家"的女主人被吓得一愣,脸色发白。但她很快意识到警察想问的是什么——他们紧紧注视着的,并非站在画面中间笑容温暖的白裙女孩,而是其他人。

女主人伸手把照片从墙上摘下来,递给警察。

"我们拍了照片,会请大家在后面签上名,作为纪念……"

姚盼接过照片,翻过来。小小的4寸照片背后密密麻麻地写着十多个名字,有中文,也有外文,字迹都不好看。

姚盼把照片递给骆承文。

"骆督察,你外文比我好,也记得比我清楚。"

骆承文紧抿嘴唇,双手捏住照片一行行凝视,快一分钟后,手微微抖了。

"是这个……"他指给他的搭档看。

"Nguyen Phuong Thao吗?"

"我也不知道怎么念,但我记得写法。"香港警察咬牙道,"翻译过来叫阮芳草,一个三十七岁的越南女子的名字——她就是第一名受害人!"

从"拉尼娜之家"离开后,姚盼给部下薄文星打了电话,交换情报,也布置工作。

"涂姝在很多地方当过义工,她去过或者接触过的慈善机构,能查的都查吧。估计有些地方不好查,尽量想办法。"

刑警薄文星迅即回答:"没问题,指向性明确,好查。姚姐,你们很厉害!"

"你们那边情况怎么样?"

"麻风村去过了。那里还剩下十三户十四人,最久的已经住了四十多年……"薄文星停了一秒钟,续道,"找到一户年轻的,四十六岁,他对涂姝的父亲有点印象。"

涂姝户籍上的出生地是浙江温州,但年幼时父母离异,她父亲涂之庭随着改革开放的浪潮南下,把她带在身边,辗转过几个地方,后来落脚南乡镇,办了暂住证,住了五六年。涂姝在镇上念过小学和初中,说她的成长地在本地也未尝不可。

涂姝的父亲涂之庭祖上行医,懂中医,他曾经在乡间义务行诊,也曾跟随慈善队到过麻风村照顾麻风病人,后来不慎被感染了。

那时,国内推行"联合化疗"①多年,麻风病的治愈率已经很高,对麻风病人强制集中收容的制度也已废除,但歧视不见得就此消失。

涂之庭染病后治疗一周,病情迅速控制,传染性基本消除,后来又持续服药两年,达到完全治愈。只是脸上留下了一片褪不掉的红亮的斑疤,标签一般犹如黥刑。他和他的女儿没有入住麻风村,但也无处可去。

那几年,在拉尼娜基金会的资助下,一支外国慈善队在麻风村的下游租了一间农屋办服务站,在河边遍种鸢尾花。鸢尾花在希腊神话里代表"彩虹女神",为人间和天国架起彩虹之桥。服务站建设的心意,是表示愿意和麻风病人同喝一河之水,为麻风病人与人间搭建联通的桥梁。

涂之庭以及他的女儿涂姝就住在那个服务站里。涂姝升读初中后,曾一度在学校寄宿,没多久校方就委婉拒绝,让她回家住了。涂之庭父女在服务站里和慈善队同住,后来服务站关闭,慈善队离开,由于租期没到,父女俩相依为命,继续在老屋里住了几年。

直至涂姝初中毕业前夕,涂之庭让女儿报考老家温州的高中,又写信央求涂姝的母亲把女儿接回去。诸事安排好以后,他在一天夜里投河自杀。麻风杆菌在身体和心灵上的后遗症对外人来说

---

① "联合化疗",世界卫生组织于1981年推荐联合使用两种以上机理不同的药物治疗麻风。其中,以利福平、氨苯砜和氯苯吩嗪联合治疗多菌型麻风,疗程两年;以利福平和氨苯砜治疗少菌型麻风,疗程为半年。我国于1986年普及了麻风"联合化疗"方案,截至1997年底,共七万余病人接受治疗,其中六万余人被治愈。

无法想象。当折磨到了极限时,这个父亲选择结束自己的生命,好让女儿有新的开始。

"麻风村里的人也不太记得涂之庭了,只记得有这么个医生来做过服务。他们与世隔绝太多年了,也不太知道外面的事。"

薄文星在电话里向姚盼汇报调查进展,说明所知情况是村里村外多方组合而来。

"村里倒是有人记得涂之庭父女,他们开口会说:哦,记得,是不是那个跳河死了的麻风医生?"

他的上司在电话那头沉默。

挂断电话前,姚盼淡淡地问了一句:"那些还住在麻风村里的人……他们生活怎么样?"

"不太好,进村只有一座独木桥。"薄文星回答,他似乎在心里憋了很多话,"村里有一条小黄狗,看见人不会叫,也不会躲,只是看着我们,一直好奇地望。"

他停了停,又说:"我想对于他们来说,可怕的不是死亡,而是无人知晓的孤独。"

次日上午,当姚盼和骆承文抵达下一个调查地温州时,薄文星再次打来电话。

"我请孙局协调了全国排查,唐明也帮忙联系了一些境外关系,另外三名受害人的踪迹都找到了,果然有交集!姚姐你们很厉害——"薄文星的语音在电话里带着一种明亮,"这样一来,前面几名受害人也不再是无人知晓了。"

· 8 ·

阮芳草,三十七岁,越南籍。

爱斯美达拉,四十一岁,阿尔巴尼亚籍。

莎丽,二十六岁,印度尼西亚籍。

欧菲莉亚·默克尔·阿德,四十三岁,叙利亚籍。

曹玉兰,二十三岁,湖南郴州籍。

涂姝,二十八岁,浙江温州籍。

连环命案的六名受害人,前四名的名字曾经沉寂在黑暗里。她们即便在新闻报道和案件卷宗中被记载为一串半遮挡的字母符号,也似乎不具备意义,无人知晓。

因为受害人之间无交集,警方一度判断案件为无差别犯罪,而随着犯罪嫌疑人之死,大可就此结案。那时,媒体和网络大多对第五名受害人深表惋惜——名叫曹玉兰的花季女孩差一点能逃出生天,然后在结尾处顺带惋惜——其外还有四名外国受害女性魂归天国。名字从略。

她们是非法入境者,在异国他乡流浪,所以被犯罪嫌疑人选择为作案对象,仅此而已。

如果案件到此为止，她们的名字可能一直是无人记得的符号。

然而，新的受害人不期而至，交集在让人震惊的地方浮出水面——那几名受害人的名字才终于占有一席之地。

阮芳草、爱斯美达拉、莎丽、欧菲莉亚，这四名国籍各异、毫无关联的女子都曾偷渡香港，也曾在内地逗留。但更具体的行踪无人知晓，连警方都觉得不值得继续追查。后来变得有迹可循，关系串联，是因为第六名受害人涂姝。

偷渡者生前的生活状况只能凭想象，她们大体居无定所，颠沛流离。但警方后来查到，当陷入饥寒交迫等困境时，那四名受害人都曾到过慈善机构，领取衣服、棉被一类的捐赠物资，或者在一些外国人办的庇护站里投宿暂住。

而在她们到过的慈善机构里，都有涂姝的身影。

或者话应该倒过来说。涂姝曾在全国各地当过义工，她联系和服务过的慈善机构有数十家。警方根据线索指向——排查，最后在包括"拉尼娜之家"在内的其中四家机构发现了四名受害人的身影。

总而言之，受害人的交集因此被发现——四名外国受害人均曾和第六名受害人涂姝在慈善机构里接触相识，且关系良好。

"涂小姐英语很好，温柔而有耐心。即便语言不通，她也努力和对方交流。我们这里一些沟通有困难的外国病人，都是涂小姐帮忙照顾的。涂小姐真的很好——她真心把她们当作姐妹。"

好些慈善机构对涂姝如是评价，也证实在涂姝照顾过的众多流浪人员里，包括那几名外籍受害人。警方在有关慈善机构里，找到涂姝和第一名受害人越南籍女人阮芳草，以及第四名受害人叙利亚籍女人欧菲莉亚的合影照片；另外两名受害人虽然没有留下照片,但从留下的若干登记资料看,也和涂姝在慈善机构服务的时间大致吻合。

这个情报被调查获知后,专案组进一步推想,受害人在离开庇护站以后,涂姝会不会也和她们有过联络。这个推想其后也被证实。

"这一个我有印象,一头乱蓬蓬的大红头发,应该没认错。"

骆承文和姚盼联系到涂姝上护士培训班时认识的一个朋友,当把几张受害人的照片递给对方看时,那个正在医院当实习护士的女孩点头说"见过"。

"涂姝和她坐在咖啡厅里说话,我是从咖啡厅楼下路过看见的,后来因赶时间没上去打招呼。"

那实习护士说见过的红发女郎是第二名受害人,名叫爱斯美达拉,来自阿尔巴尼亚的吉卜赛人。

"我猜就是救济对象什么的。"戴着紫色指甲片的女护士弯起嘴角,若有若无地嗤笑一声,"涂姝那个人就是爱心泛滥,我看见她给了那个人一些钱。她喜欢干这种事。"

骆承文摆开照片问:"另外这几位,你有见过吗?"

"没见过,我和涂姝没有你们想的那么熟。"女护士答道,"你们还不如看她的微博。她经常发她和救济对象的照片,人家可是个小网红。"

姚盼问:"涂姝的微博有一阵没有更新,你知道她最近到过什么地方吗?"

"不清楚,可能是去哪里散心了吧。"

"散心?"

"她没和我说过,我听人说的,她妈几个月前去世了。"

连环命案的六名受害人里,已有五名建立了关联。这足以证明犯罪嫌疑人不是随机犯罪,他所选择的侵害对象带有指向性,而这个指向性显然和第六名受害人涂妹有关。

考虑到四名外籍受害人的身份属性较为接近,警方暂时不能判定这种指向性是基于某种"便利性"因素,还是有其他更实质的目的。

另外,还有一名受害人没有找到关联——第五名受害人,湖南籍的二十三岁女子曹玉兰。

经过更深入的搜证,警方发现国内受害人曹玉兰和前四名外籍受害人在生活情状上有共通之处,但也有不同。

曹玉兰出生于湖南省郴州市汝城县的一个贫困村,父亲扎过土花炮,后来在镇里办的烟花厂上班,那烟花厂因为"三超一改"①,一天早晨时分出了事故,她父亲就在朗朗白日里和一个仓库一同化为一蓬烟火。其后,曹玉兰的母亲远走改嫁,留下曹玉兰和年迈的祖母生活。祖母去世后,祖屋又被村里的同宗强取豪夺了去,高中没毕业的曹玉兰只身到外地打工。她在城市里流浪过,后来租住在拆迁区已成危楼的房子里。

曹玉兰同样无人知晓地生活着,唯有一点不同。她喜欢写作,上初中时就往报纸、杂志投稿,刊登过一篇六百字的散文;后来又在网文平台连载小说,注册的用户名叫"花火",讲的就是民间花炮

---

① "三超一改",烟花爆竹生产企业违规行为,即"超范围、超定员、超药量、改变厂房用途"。国家安监总局曾发文整治"三超一改"现象。

匠人的故事。可惜由于题材过于冷门，写得也慢，阅读者寥寥无几，平台也没有签约。但她仍旧坚持写，一周更新一次；直到她死去，故事也没有完结。

调查得知此事后，警察都在脑海里勾勒出那幅画面：一个瘦削的女孩穿着洁白的连衣裙，面朝四面污黑的墙壁，头顶悬挂一盏昏黄无盖的钨丝灯，平板锅里的方便面徐徐冒烟，她一直坐在那里孤独地写作，无人知晓……

曹玉兰和前四名受害人还有一点显著差别：她确实曾偷渡到香港，而且是在香港失踪。香港方面追查到一个人蛇团伙，证实曹玉兰两个月前跟随一个黑工组到香港九龙从事不良职业，而就在曹玉兰遇害的三天前，她夜出未归。两天后，她被困灰色房间的视频开始挂网传播，但那个黑工组一直瞒而未报。

这个情报使得香港内地联合专案组对前面几起命案的判断需要进行一定的修正。

"现在来看，曹玉兰在视频里表述的都是真实情况。她说两天前，她在香港九龙被人从身后迷晕，其后被关禁，地点和时间都准确。她的表述和前四名外籍受害人在镜头前的含糊其词有差异。另外，曹玉兰在视频里，有面朝房门方向敲打的举动，其后也曾向该位置爬行逃离，这也和另外几名受害人的情状不同。"香港警长唐明综合情报后，在闭门会议上提出观点，"故此我们认为，和前四名受害人不一样，曹玉兰很可能没有和犯罪嫌疑人合作表演——她是真实被绑架的受害人。"

刑警薄文星在旁予以补充："曹玉兰被绑架的地点确实是在香港九龙。犯罪嫌疑人把她迷晕后，应该是用走私船把她运回了内地，其后囚禁在一号现场。也就是说，和前四名受害人对比，操作是反过来的。"

薄文星停了停,略微犹豫,但继续说完:"而她被囚禁的视频,尽管也是录播,但只推迟了一天上传网络。所以我们找到她的时候,她只死去了一天……"

骆承文和姚盼通过电话远程参加会议,两个刑警心里都感到一阵扭痛,但最后点头对新的推断表示同意。

会议结束挂断电话后,骆承文低沉地说:"这个女孩的呼救是真实的呼救……而我们确实是晚了一步。"

姚盼默然点头。

"无论如何——"骆承文抬起头,"我们现在知道了,在犯罪嫌疑人的加害名单里,曹玉兰也是一个特殊对象!"

于是至此,案件调查呈现出两个重点:第五名受害人曹玉兰和第六名受害人涂姝。

然而更关键的问题——嫌疑人万有光和这些受害人的关联,仍旧没有新的情报。

在这个调查节点,专案组组长于雷展现出一名老刑警的敏锐和章法。

"这一串子人肯定都有关联。一时串不起来,就画两个圈分开查。如果找到两个圈的交集,案子就破了!"

他指示前往外地调查的姚盼和骆承文组队,重点查第六名受害人涂姝和前四名外籍受害人的关系;又指示薄文星和唐明留在本地搜证,重点查第五名受害人曹玉兰和嫌疑人万有光是否存在连接点。

"你们两组,也同时关注两个问题。一是涂姝从外地来到本地的经过。"于雷通过电话下达指示,最后稍作停顿,"二是按你们的想法来,找找还有没有隐藏的关系人。"

第六名受害人涂姝近期的行踪存在待查环节。

涂姝辞职以后职业自由,她在许多慈善组织提供过服务,或义务或酬劳,但关系不紧固,大约半年前,她曾跟随一支扶贫队到青海西宁的干旱地区援助,结束以后没有再参加过有组织的公益活动。根据一些零星的交通和支付信息,显示她近期到达本市区域,但大型城市加上周边的卫星城面积辽阔,何时到达、落脚地在哪儿等问题却一时查不清。由于缺乏线索,专案组甚至提出一个怀疑观点:受害人会不会在到达本市不久就遭到了控制和禁锢?

带队在本地搜证的薄文星向上级请示,是集中在案发现场的南乡镇周边排查,还是进一步扩大搜查半径到各县区。专案组组长于雷对此做出统筹。

"按原定的路子,你们两头继续并进查,该扩展就扩展,向中间压缩受害人行踪的空白期。"于雷在电话会议上,向薄文星和姚盼同时下达指令。

涂姝有个人微博账号,不时会发照片和短文,大部分是她参加公益活动的情况。她在参加完西宁的援助活动后,曾回到老家浙江温州。在那里,她心境发生了一些变化,其后没有再更新微博。

"这些年,我拿过厚厚的奖金,见过恢宏的科技,也见过血汗的厂房。我知道一种生活总是建立在另一种生活之上。我也见证过贫瘠和饥荒。有些孩子看着我的眼睛,分明在说:没有水了,救救我……我真切地感同身受。我看见了他们,他们活着。而我的人生意义是什么？今天妈妈走了。"

这是涂姝发布的最后一条微博。她回老家是奔丧。

为此，姚盼和骆承文离开上海，前往涂姝的故居浙江温州。

涂姝的父亲涂之庭自杀后，分离多年的母亲把她接回温州。涂姝报考了温州的实验高中，高中阶段在温州度过，直到毕业后考上大学，才到了上海。但户籍一直留在温州，和她母亲李年的名字一起写在户口本上。在那几年时光里，她和母亲同住相处，时间不算长也不算短。

"寒暑假和节假日都有回来的，但这几年少一些了。"住隔壁的一对老夫妇向来访的警察回答，"孩子长大了，回来就少了。"

涂姝和她母亲住在一片平房区，靠近过境公路和城际铁轨，火车经过时阳台上的花盆会微微抖搂泥土。旧式的社区屋，每家每户都围了铸铁的防盗网，钻石型向外凸出，像个早已生锈却牢不可破的鸟笼。

那片房子原本是事业单位集资建的房改房，随着城市的发展变迁，地段变得越来越不招人待见，原本居住的公职人员早已搬走，新的业主也一波来一波走，房子换了一手又一手。现在剩下的住客，基本是上了年纪和经济条件一般的人。

涂姝的母亲李年十多年前买下这间房子，那时还有小半公职人员住在这里，感觉还体面。二十年多前，她和前夫涂之庭离婚，其后一直没有再结婚，早年自己做过一些工艺品的小生意，但没有赚到钱，从五十岁开始领社保退休金。

老夫妇请警察进门喝茶，两名警察摆手说"不打扰了"。

姚盼问老夫妇对涂姝有什么印象。

"印象不深了，因为没见过很多次，最近两年她妈妈也不在这里住了。"老妇人站在门外,坦诚回答,"但是那孩子是有礼貌的,见了面会和我们笑笑点头。这和她妈妈不一样……"

她眉毛白长,看上去不是喜欢嚼舌头的人,但停顿片刻,似乎还是忍不住把话说完:"她妈妈不太好相处,她衣着是很好看的,但不和我们打招呼。"

她的老伴在旁点点头:"嗯,她有点看不起我们周围的人。"

两年前,涂姝的母亲李年独居洗澡时摔了一跤,身上多处骨折和划损,头也肿了大包。她住院一个月,出院后又持续吃药,伤渐渐痊愈。但不多时,她开始反复低烧,皮肤干燥发硬,关节和肌肉都疼。李年住怕了医院,以为只是受伤后身体伤了元气,很长时间没有理会,直到脸上出现蝶形红斑,病情已经延误了。

送院后,医生诊断为狼疮性脂膜炎,也就是深部红斑狼疮,后来转化为系统性红斑狼疮,出现溶血性贫血,内脏器官也受到多处损害。医生说这种病可能由于感染、药物、紫外线、性激素等外部因素诱发,但主要还是内因——当伴随遗传基因而来的"隐蔽抗原"[①]被释放时,它就会出现。

李年住院治疗了一段时间,其后住进疗养院。由于长期使用激素和免疫抑制剂,逐渐出现各种并合感染。后来她患上尿毒症,肌肤缺水、发黑,身体日益虚弱,几个月前,病情突然恶化,最后死于急性脑炎。终年五十七岁。

---

① "隐蔽抗原",机体里具有潜隐特性的某类抗原。"隐蔽抗原"通常不引发自身免疫反应,但在外伤、感染、激素、药物等外界因素的作用下,"隐蔽抗原"可释放出来,发生免疫应答,导致自身免疫系统疾病。

姚盼和骆承文联系了当地居委会，询问能不能在他们的见证下进入李年的住房。

虽然是基于重要案件的调查需要，但擅闯民宅仍然于法无据。在上海，姚盼申请到对涂姝住处的搜查批文，她找了公寓的物业要钥匙，和骆承文在涂姝租的房子里转了一圈。涂姝在奉贤区租了一间小公寓，一个单间，只有二十来平米。涂姝长期外出，回来时间不多，房子里只有简单家什，两个警察并无收获。

而人家母亲的住处，则不好再申请搜查。

"找我们也没用，我们又开不了门。"居委会的工作人员面对外地来的警察一摊手。

另一个戴红袖章的女工作人员问了一句："你们说哪一家来着？是不是业主刚去世那家？"

姚盼点头说："是，业主叫李年。"

"想起来了，她女儿过来复印房产证，又问附近有没有房产中介，我就知道是打算卖房子了。"

"那房子要卖吗？"

"嗯，我看她表情挺憔悴的，问她是不是准备卖房子，她说了一句'房子留着也没用'，我就知道是怎么回事了。后来我去打听了一下，果然是老人家走了。"

姚盼和骆承文找到附近的房产中介，只有零落三两家，走到第二家就问准了。

"问题不大，能配合的我们积极配合，业主留了钥匙，我带你们过去看。两位警官可以签个名,当作看房子的客人就好。"

房产中介的店长已届中年,姓费,态度很热忱,拿出圆珠笔和看房单给姚盼和骆承文签名。姚盼问:需要付费吗?店长说:那怎么好意思?其实按行规,我们也很少收看房费……

最后姚盼还是付了钱。

店长披上西装,领着两个警察往回走,走过冷清的老街道,远处有列车呼啸而过。打开房门进屋的时候,店长坦率地说:"这边的房子不好卖,挺难,看房的人也不多,这房子挂了两个月,还没有人来看过……谢谢两位警官关照了。"

姚盼淡淡点头。

房子两室一厅,虽然已经旧了,也没有高档的装修,但收拾得干净整齐。应该说,房子里已经没剩下太多东西。

两个警察站在屋里,能望见阳台外防盗网的栏杆,织密如身居铁窗。

店长在旁忙不迭地说:"业主女儿涂小姐回来收拾过,我们也帮忙了,毕竟看房的客人看到太多前任业主的东西也不好……"他停了停,补充道,"我们知道业主过身了,不过不是在这个房子里走的也不要紧……我们会明白地和客人说的。"

靠南的房间刷了淡绿色的乳胶漆,两个警察走进去,很快知道那就是涂姝的房间。衣柜里还挂着几件女生高中时的校服,春夏秋冬都有,天蓝色的系带已有些皱皱缩缩。

靠床一张书桌,桌边倒扣放着一个相架。姚盼走过去,把相架支起,上面是涂姝和母亲李年的一张合照。涂姝身穿蓝色的学士袍,手里捧着鲜花,站在大学礼堂前。李年穿着毛呢外套,戴着项链,相貌称得上端庄;但眉宇很紧,即便是庆贺的场合,表情也显得严肃。涂姝轻挽母亲的手,苹果肌在阳光中发亮,努力让笑容显得亲近。

骆承文站在书柜下,剩下的书已不多,有一沓旧书报搁在柜角,骆承文翻看片刻,说了一句:"看。"

姚盼转头,骆承文递给她一本已稍微卷边的笔记簿,封面设计旧式,印刷着直白的静物画,满满一捧紫瓣黄蕊的花,华艳而朴素。

骆承文说:"我想起涂姝发过一个微博,抒发青春怀旧什么的,里面拍了一本旧笔记簿的照片,看样子应该就是这本。"

姚盼把本子接过来:"我也有印象。"

"封面上的画就是鸢尾花吧?"

姚盼点点头。

两人把笔记簿翻开,那是一本高中二年级的电脑课笔记簿。扉页空白处写了一句话:"鸢尾真的很美,以后我要用这个名字。"

骆承文说:"还有几本封面也是鸢尾花,看来她是真的喜欢。"

扉页印着几栏横线,方便写班级和名字:"高二(7)班""涂姝""计算机基础知识和应用"。

除此以外,最后一栏还写着:"我的电子邮箱:Iris—01@hot-mai.com"。后面有"(终于注册上了,我的名字用上了)",还画一个大大的剪刀手图案。

下面还有"(密码你猜猜)",画一个麻花辫女孩的笑脸。

姚盼翻本子的动作停下来,眼光固定在那一页上。

"Iris,伊丽丝? 彩虹?"她的搭档和她心生默契,迅速掏出手机查翻译,"没错——iris就是鸢尾花的英文名,就是彩虹之花的意思。"香港警察顿了顿,续道,"我记得涂姝的微博也拍了这一页的照片,但一时扫过去也没在意。"

姚盼说:"你说这个邮箱还能用吗?"

骆承文说:"不好说,这看来是十几年前注册的免费邮箱了,一般大半年不用就会被注销。我记得会绑定Skype账号,也许那时候的hotmail邮箱有效期限会更久些。"

警察调查过涂姝的各类个人账号,已知有一个163的工作邮箱和一个用得不多的QQ邮箱,但没留意这个写在高中笔记簿上的旧邮箱。

姚盼说:"试试看。"

"申请破解密码吗?"

姚盼想了想,说:"用六位生日号试试。"

骆承文用手机尝试登录邮箱,他没怎么思索就输入了涂姝的生日日期:831027。

手机屏幕上转了几个圈,邮箱页面很快跳了出来。

骆承文望向姚盼说:"居然真猜对了!"

姚盼浅笑说:"第一次用电子邮箱的中学女生,心思都差不多。"

骆承文说:"嗯,希望别人记得她的生日。反过来说,能记得的就是信赖的人。"

姚盼笑道:"骆警官你就记得。"

骆承文平平道:"那是调查需要。"又岔开话题,"邮箱真的还在用。"

发件箱和收件箱加起来有数十封邮件。

最早是两封测试邮件,自己给自己发了一句"你好,涂姝"。还有几封交课堂作业的邮件,应该是上电脑课时老师的要求。然后有三四封不长的邮件,谈些女孩子的日常感想,从内容看是和同学来往发的邮件。新鲜劲过了,这类邮件就没有了。后来断断续续有些英文的邮件,写给一些国外大学和公共机构问问题,有些有回复,有些没有,应该是刚上大学时的学习体验。再后来就很长一段时间没有新写的邮件了。邮箱里躺了几封广告类的邮件,有些在收件箱里,有些在垃圾箱里。

上述邮件占了十来封。

剩下的来信和去信还有六十八封,始于五六年前。

有一天,一封邮件寄过来,只有几个字:你好,你知道厄尔尼诺吗?

可能是因为不常登录,涂姝一个月后才看到邮件,随后回复:你好,我不知道,请问你是?

一天后来了回信:不知道也不要紧⋯⋯

其后,两人开始相互通信,有时候一个月来往一封,有时候两个月来往一封。合共六十八封,说多不多,说少不少,彼此说些日常。一直持续到最近。

骆承文望向姚盼说:"原来涂姝还有这么个网友,要不要查一下?"

姚盼沉思片刻,说:"我让阿星跟进,毕竟他提到了厄尔尼诺。"

骆承文点点头,翻到首封回信,指了指:"这个人自称的名字也和厄尔尼诺有关系。厄尔尼诺现象会导致气候异常,夏天凉冬天暖。"

首封回信写着:不知道也不要紧。你叫我暖冬吧。

·9·

暖冬,展信安。

原来你喜欢鱼。看你如数家珍的样子很认真呢!你是不是在家里养过金鱼?

开玩笑的,我知道你说的是厄尔尼诺暖流带来的鱼群迁徙。

我呢,说不上很认识鱼,只知道花。

我只记得小时候,家门前的小河里也有很多鱼。有时我会蹲着看它们,但它们躲在水草里。我不确定它们想不想被人看见,和那些住在河上游的人一样。

我也叫不出它们的名字。

嗯,我倒是知道一种鱼的名字,叫丝鳍姬鲷,也叫紫色金兰。很美的名字,对吧?我在市场里见过,挂着牌子,打折时三十元一斤。

我喜欢你说的那句话:人和鱼一样,他们离开了水,都活不下去。

喂,我来告诉你一声,今天上海降温了,比往年都早,呜呜的风挺厉害的,街上都是没来得及添衣的傻姑娘。早晨我在窗台看见一片冰花,真的,七角形,可惜捡起来就化了,不然可以拍照片发给你看。

所以我猜今年也不会是厄尔尼诺年。但应该也不是拉尼娜年,因为我知道你那边仍然温暖如春。

感觉你像一个老朋友了。

嗯,这话我好像不是第一次说,对吧?上次是什么时候呢?忘记了。

其实是想告诉你一件事,觉得应该告诉老朋友。

今天我辞职了。接下来专心做有意义的事。也许我更早以前就应该这样做,让自己的人生变得有意义起来……

今天我给一个十岁的孩子拍了一张照片。

他从四岁开始患上白癜风,医生说可以适当到户外,但不能在太阳底下待太久,所以平时都在家里。他家里有一台12寸的彩色电视机,上海牌,带天线和旋转的按钮,能收看三个电视台。但没用多久,他妈妈说是孩子他爸和她结婚时,到镇上赶集买的,不过买的时候就是二手。

他妈妈最近在山上摔断了腿,因为一直没有治疗,骨头错位变形,已经有半年没有下过床。每天躺在一张没有外罩的旧棉被里,黑黢黢的颜色。

他妈妈说,愿意把那台电视机和全部家当卖给我们,换五百元治疗费。后来尴尬地笑笑说,不是卖,是送给我们当纪念品。

我们帮她做了伤口处理,这是我们能做的极限。我们告诉她,可能会落下畸形,最好还是到医院去,她连说"不要紧,能下床就行",她儿子出门晒太阳得有人陪着。所以我们也没告诉她,如果到医院做手术,费用不止五百元。

我让那十岁的孩子站在12寸的电视机旁边,给他拍了一张照片。电视里正在播放动画片《猫和老鼠》。屏幕的光芒映照着他脸上粉白的色斑,像一幅不完整的拼图。

我把他的照片发在网上了,发在我的微博上。

他在电视机的屏幕里看见这个世界,但世界看不见他。我想应该让我们看见他们。看见他们,就能知道他们,了解他们。

你觉得呢?

我觉得你说得很对,看见就代表了解吗?

你是对的。我的想法只是恶心的白莲花!我仅仅是在表演!

你把我想说的话说了……

谢谢你,真的。

还有,其实我那个装模作样的微博账号,阅读量只有几千,很可笑吧? 说什么让他们被全世界看见。

但我们还是要干下去的,对吧?人生总是事与愿违的……

说个好玩的。

前两天,我在天苍苍、野茫茫的草原上骑马了。一匹黑色的高头大马,银灰色的鬃毛快要盖住眼睛,像个杀马特头,是当地牧民养的。我们在这里扎了帐篷营地,建了一个挺像样的医疗站。我骑在马背上,穿着牧民的衣装,戴着羊毛帽子,穿着巴特尔坎肩①、斜衽的袍子,系着彩色的宽腰带,又暖和又威风。

我可是敢扬鞭的,策着马撒开了跑,草叶泥巴飞溅,向圆拱形的天空冲去,天幕蓝得像一片脆薄的玻璃。

然后我就摔下来了,"啪"地摔了个人仰马翻,满嘴青草。

嗯,其实还有点小严重的……

实际的情况是两匹马撞在了一起,奔跑时没拉好缰绳。我有个同事的小腿被夹在两匹马中间,"咔嚓"一声,骨头就断了,像蛋卷一样。

我还好,被压在马肚子下面,但没事,就是一边身子有些淤青。背上也拉了个口子。我自己看不见,同事给我拍了照片。有点血腥,就不发给你看了。没事儿,要知道我们全队都是医护人员,现在已经好了。

好玩的事情在于,那个伤口看上去还挺像一朵花,是我喜欢的花。

---

①巴特尔坎肩,蒙古族服饰,套在夹衣、毛衣、薄棉衣外面的无袖上衣。巴特尔在蒙古语中意为"英雄"。

今天在网上看到一件事,我想你也能搜到这件事:有个在聊天室里当主播的女孩子死去了。

生前她在聊天室里给大家表演唱歌,抱着一把民谣吉他自弹自唱。有时露脸,后来就很少露脸了。听说很多歌词是她自己写的,虽然写得有点朴素,但很有趣幽默,很阳光。

前几天她突然去世了,好多网友悼念她,在她发布的视频下面留言。她的粉丝人数有差不多十万呢。

其实在她去世之前,大家也知道她生了病。鼻子里有个瘤,经常流鼻血,呼吸不顺畅。一边脸的咬肌也疼,肿起来像个苹果,有时张嘴吃饭都困难。所以,她后来唱歌时就不露脸了。

大家又了解到她的经济收入不好,住在破旧惨烈得像鬼屋的房子里。冬天没有暖气,唱歌用的麦克风坏了也没有钱更换。

她还患了糖尿病,她留言说:"每天手指要被扎七次,痛死了。"后来又并发了肝损伤,因为动了手术,账单欠费,她留言说:"伤口似乎不那么痛了,因为心更痛了……"

病情恶化时,她感到特别渴,特别缺水,每隔五分钟就要不停地喝水,她说觉得自己像被铁线虫感染了一样。

生病期间,她每天用一只二十块钱买的小电饭煲煮方便面。当她再次住进医院时,直播就停止了。最后她死于酮症酸中毒。医生说,糖尿病人因为糖分代谢不佳,如果长期能量摄入不足,身体只能大量分解脂肪,就容易引起酮症酸中毒。有网友说,他是做胰岛素的,年轻患者死于酮症酸中毒,他以为只会发生在埃塞俄比亚……

嗯,那女孩最后是活活饿死的。

她后来没法直播了,一个人躺在床上,留言说:"我特别想吃草莓,但是草莓太贵了。"

那是她的最后一条留言,时间是12月31日,一年的最后一天。

那天,那条留言底下评论为0。不过现在有100万浏览量了,评论也有几千条。

暖冬,原来很多人只有死去了,才能被看见。①

嘿,你知道我现在在哪儿吗?

我躺在一片戈壁滩的中央呢——枕在背后的大地还有余温,但消失得很快。我估计敲完字的时候就变成冰床了。

这里的土地荒芜千里,没有水,没有人,没有声音,只有有时炽热有时冰冻的泥沙。

但夜空太美了!

那里缀满繁星。它们在浓黑的高处如此明亮又如此拥挤,人间有多寂静,那里就有多热闹。

暖冬,你知道天上的星星们为什么会发光吗?它们之间其实相距十几亿光年吧。还有很多植物、小小的昆虫、躲在有黑沼泽的原始森林里的生命体、住在深海里的鱼和人,它们都会拼命发光。

---

① 网络主播在饥贫中去世,取材于真实事件"B站最惨UP主墨茶事件"。2021年1月10日,无名网络主播"墨茶"在会理县出租屋内被发现死亡,死因是长期营养不良引起的酮症酸中毒。其生前无人知晓,死后引发网络热议,成为名人。

我突然明白,它们一定是为了被看见。

　　暖冬,我想谢谢你。多年以来,我从来不问你的名字,你也从来不问我的名字;我不问你身在何方,你也不问我身在何方;你也从来不说我们是不是可以找个时间见上一面……我们从不相识。

　　但你一直远远地看着我,一直在我身边。

　　吐得翻云覆雨。

　　生活本身就是恶心的。

　　没事没事,那天闹点小情绪。我们之前到一个村庄驻扎了一个星期,只是水土不服而已。

　　那里很穷,连未成年的孩子都要弯着腰干活。也没有水……有人有需要的地方,我就去。

　　今天回到上海了。

　　这几天有点发烧,没什么力气。嘴巴里都长疱了,就是最讨厌的口腔溃疡。嗯,还有些奇奇怪怪的地方长疹子。

　　我想我是累了,需要休息一下。

暖冬,谢谢你。我都好了。

骆承文指着最后一封邮件,抬头看向他的搭档姚盼。

"涂姝在微博上也提到身体不适这件事了……她母亲半个月后抢救无效病逝,那之后她微博就没有再更新,也没有再和这个叫暖冬的人通信。"

姚盼默默地点点头。骆承文由此叹了口气。

"母亲去世后,她一个人出门散心,和所有人断了联系,不仅仅是因为失去亲人的悲伤心情。"

·10·

"受害人现在情况怎么样?"姚盼每天例行给薄文星打电话。

"还是老样子。"她的下属回答,"确诊后药物用上了,免疫指标也算稳定。"

"苏醒的机会有提高吗?"

"难,起码听医生的语气是这样。也许永久失去感知,也许某天突然醒来——所谓植物人就是这样子。"

姚盼淡淡地说:"知道了。"

第六名受害人涂姝被囚困缺水超过四天,肾脏、心脏等器官都出现不同程度的衰竭,而更严重的问题是血容量过低导致的休克和脑缺氧。尽管经过全力抢救,下丘脑和脑干功能得到恢复,但脑皮层的知觉功能已基本丧失,对外界刺激没有反应,陷入深度昏迷。不久,医生开具了"持续植物状态"的诊断书。

除此以外,在随诊检验时还发现受害人身患其他疾病,需要持续用药维持生命。专案组对连环命案的唯一一名幸存者高度重视,受害人从事公益事业的身份也让舆情更为沸扬,当局三令五申要保住受害人的生命,投入最好的医疗资源。而正如主治医生所言,受害人自身的生命意志也坚韧顽强,心脏几度停跳又重启,熬过了几次濒危期,现在生命体征已平稳下来。"

可惜,她至今只能平稳地昏睡,也可能一辈子睡下去。

"姚姐,说完第六名受害人涂姝,我们说说第五名受害人曹玉兰——"薄文星在电话里用上了好整以暇的语气,"刚查到的事,本来想追一追再和你说,你的电话就先到了。"

"赶紧说。"

"曹玉兰不是在网上写小说吗?她偷渡到香港的两个月也还边'干活'边更新……"薄文星停了停,继续说,"总体来说,她读者不多,但也有那么几个。我们每一个都查了。其中一个留言追更的次数最多,算是个铁杆粉,所以我们追得更深一些——犯罪嫌疑人就浮上来了。"

姚盼把手机打开免提功能,她的搭档骆承文对着手机问:"是万有光?"

"嗯!"薄文星提声回答,"这个和曹玉兰留言互动的人就是万有光,不排除这是一种接近受害人的手段。我们到曹玉兰住处周边排查过,也找到若干形似万有光的人出没的目击情报。目前来看,犯罪嫌疑人选择的侵害对象,仍旧在离群索居这一点上具有趋同性……"

薄文星停了停,似乎有些话没全说。

"总而言之,第五名受害人的关联也在圈子里了。老于的判断大方向是准的。"

专案组组长于雷提出,前四名外籍受害人,因为和第六名受害人涂姝的关联,可以画出一个圈;而现在,第五名受害人曹玉兰和犯罪嫌疑人万有光的关联也浮现出来。

案情的闭环,眼看已经越来越近。

薄文星在电话里复述于雷的观点:"剩下就是找到两个圈之间的交集。"他停了一下,又表达自己的观点,"而大概率看,这个交集应该就在涂姝和万有光之间——要么就是中间还缺了某个环扣。"

姚盼问:"你有什么想法?"

薄文星在电话那边想了想,分析道:"其实逻辑不复杂。哪怕抛开二号现场就在涂姝旧居,还有拉尼娜基金会这些显性线索,单从犯罪嫌疑人选择侵害对象的角度看,指向性也很明显。目前,万有光结识和接近第五名受害人曹玉兰的路径已经清晰起来,所以呼之欲出的问题是,万有光又是如何知道和联系前四名外籍受害人的?无论怎么看,万有光和涂姝的连接点都是必需的。那几个受害人都是偷渡客,关系分散,居无定所,显然无法通过上网这种手段找个遍——之前我们以为犯罪嫌疑人挑选侵害对象是完全随机的,找一个算一个,但现在则是另一回事。何况犯罪嫌疑人禁锢受害人,可不仅仅是趁着某个月黑风高的夜晚,把人迷晕了丢进后备厢这么简单。"

骆承文在电话另一边说:"薄警官说得对。有一件事我们不能忽略,犯罪嫌疑人曾诱骗前四名受害人参加他的直播表演——这是需要联络和沟通的。"

电话那边,薄文星的声音降低了:"我在想,这种和外国偷渡客的联络和沟通,真的是万有光一个人干的吗?……总之,我感觉还缺了某个环扣。"

骆承文问:"那个曾和涂姝通信叫暖冬的人,查得怎么样?"

薄文星回答:"暂时没什么太多发现,但目前所知不是万有光。也许只是个茫茫人海的普通网友吧。于局也发话了,叫我们集中注意力，不要随心所欲地把一大堆无关人等拉进来。虽然那老头子偏武断，但坦白说，他有时直觉也挺准的。"

姚盼沉默了一阵，问："在一号和二号现场，还有发现其他人的生物痕迹吗？"

"没有了，搜了一周多基本底朝天，只找到万有光和受害人的。一号现场，也就是万有光家里，六名受害人的生物痕迹都有，包括第六名受害人涂姝的头发——我没别的意思，就是把已知的再说一遍：万有光和涂姝很可能有过接触，这一点没改变。当然，这是废话……"

姚盼平淡地说："知道了。还有其他事吗？"

"其实还有一件事……不过可能没关系。"

"什么事？"

"唐明说吧，是他查到的。他就在我旁边。"

骆承文提醒道："唐明不准卖关子。"

唐明在电话那头稳稳地应了一声："是！"

"骆督，姚警官，我还是要先说明，我说的是一件正常事，未必和案情有关——"唐明没敢停顿，往下说，"我在一些境外网站查到，世界各地都有网友自发开展了对这次连环命案几名受害人的悼念活动。"

骆承文问："这有什么问题吗？"

"咳，所以我说是一件正常事。不过这事的发源和拉尼娜基金会有关。几年前拉尼娜基金会在全球范围内发起了一个定点到对象的募捐援助计划，援助对象遍布不同的国家和地区，可以由基金会认证的公益人提出对象名单。当然，这些认证公益人全球各地也有很多，他们会定期上报一些需要援助的人员名单和资料。"

薄文星在旁补充："简单说就是一个国际化的众筹平台。"

唐明说："嗯,上报的人很多,现在待援助对象有上百万人。所以可想而知,不见得每个对象都能得到有效援助。实际上,拉尼娜基金会也知道这个计划办得不算好,总体浏览量也不算好,浏览人数还没援助对象人数多……"

骆承文说："说重点!"

"第六名受害人涂妹就是认证公益人之一,她也上报过援助对象名单,几年加起来有几十人,中国人、外国人都有。"

骆承文和姚盼在电话那头对望。

骆承文吸气问："你是说,名单里包括了受害人?"

"嗯,四名外籍受害人都包括在内。不过这几年实际捐献很少。刚才我也说了,毕竟需要援助的人太多——没有关注度就没有人关注。"

姚盼问："因为这次的连环命案,她们的关注度被提高了,是吗?"

"是的。"唐明在电话那边点头,"考虑到这起恶性案件有着'全球直播'的噱头,身体残丑的犯罪嫌疑人,变态的连环杀人,这些元素本身就有巨量的传播力,于是拉尼娜基金会重点推送了那几名受害人的资料,连锁效应就出来了。这件事在国外的热度比我们想象中高……虽然国内看不到太多。"

薄文星说："我们不做控制才怪。何况案子还没破呢!老于知道这件事时脸色沉得很,我想他心里一定在庆幸:幸亏受害人是外籍,搞众筹、搞悼念的也在国外,不然方方面面都顶不住!"

姚盼沉沉地问："针对那几名受害人募捐了多少钱?"

唐明回答："金额每天都在增长,估计每名受害人收到的援助款会超过十万美金。"

骆承文沉声问:"人都不在了,钱捐给谁?"

"她们的亲属。"唐明淡淡回答,"现在有了受害人的资料,情况都清楚了——这几名受害人都有需要照顾的人,有孩子,有父母,有姐妹——这看上去是犯罪嫌疑人选择受害人的另一个趋同性。"

薄文星切入话,他的声调有些吞吐:"所以姚姐,我总有些不好的联想……"

姚盼冷冷道:"什么联想都为时尚早。"

薄文星说:"嗯!我们这边继续集中精力查万有光这条线。孙局建议让我们再往前查,我估计八成又是那个谁的建议……我们今天会倒查万有光在游乐园工作时出事故被困的情况。"

姚盼说:"那小子最近要准备警校考试,别打扰他了。"

薄文星笑说:"遵命,姚姐情报跟得很紧嘛。"

"别贫,干正事。"

"那辛苦姚姐和骆督察还是查涂姝这边。你们今天要去她妈妈生前住过的疗养院吗?"

"嗯,刚到门口。"

薄文星说:"我也有直觉,说不定今天我们就能找到那个中间断开的环扣。"

疗养院有三十个房间,一百零三张床位。有些房间住两人,有些房间住四人。刚刚达标。

一圈白房子,中间围了一个小院子,边角种了花草。姚盼觉得和那个收容无家可归的人的"拉尼娜之家"差不多。

一百零三张床位已经满了,走一个人才能再住进来一个人。

"我们这里很紧俏,虽然不大,但是条件还算好。"

疗养院的女院长五十来岁,披着白袍,额头上的纹路皱得温和,气质也和"拉尼娜之家"的女主人戴琪异曲同工。

"当然,条件更好的地方也有,看经济条件吧。尽自身条件的极限,争取最好的条件,我个人是这么想的;我想选择住在我们这里的人和他们的家人,大体也是这么想的。"

女院长停了停。

"李年女士是在我们这里走的。她的病发展得比较快,坦白说后来也来不及抢救了,条件所限。她住在这里一年多和临终的具体情况,两位可以问陈护士。我们能做到每个住院床位配零点一五个护士。"

李年从五十岁开始领社保退休金,名下资产只有高架铁轨旁边的那间老房子。晚年多年一直独居在那里。姚盼和骆承文在周边做了初步问询,发现她邻里关系不佳,基本没问到有用的信息。两个刑警考虑要不要再找李年早年的人际关系,但必要性不好说,毕竟要查的是受害人涂姝,而不是她母亲;何况作为外地警察,工作抓手也不多。讨论后,姚盼和骆承文决定先到李年临终的疗养院走一趟。根据所知情况,母亲的死对涂姝打击不小,所以不妨从近端查起。

"那个李阿姨呢,本来脾气就不太好,比较挑剔,室友换了好多次;后来病情加重,脑子犯迷糊,更是天天骂人。有时也骂她女儿,说好好挣钱的活不干,扶什么贫,当什么义工,你要再有出息些,你妈死之前也不至于住在这么一家又小又破的疗养院里。"

疗养院的陈护士瞳距窄,鼻子扁扁,长得有点苦相。但院里的护士大多不愿意和性格乖僻的李年打交道,倒是她久久地把照顾工作接了下来。

陈护士面对两个警察叹了口气:"我一般不多嘴,也不想说走了的人的不是,不过你们知道她对女儿还说了什么吗?"

姚盼说:"你请说,我们就是来了解情况的。"

"她指着脸上的红斑给她女儿看,说:你知道这是什么病吗?红斑狼疮,这可是美女才会得的病哦!不过你放心,你也会得的,你是我女儿。祝你早点得,最好趁着年轻漂亮的时候就得。"陈护士复述着,又叹气,"虽然这些话是她临终前病糊涂了说的,但给这种妈当女儿也够难受的吧!"

两个警察对望了一眼,心里都觉得寒凉。他们都想到当涂姝眼望着母亲被病魔折磨至癫狂,最后合上双眼的时刻,是何种受打击的心情。

更重要的是,她也已患了病……

"她生前也常发牢骚,说女儿都不来看她。"陈护士继续说道,"换作我是她女儿,也不想来,对吧?"

姚盼眉头略皱,问:"什么叫都不来看她?涂姝没到疗养院看她母亲?"

陈护士说:"哎,我说得过了。涂姝小姐有来的,就是做公益的那个,肯定不会天天来,但定期都来。对待性格这么怪的母亲,她算很无微不至的了。把她妈送入院的是她,平时来探望的是她,也是她送了她妈最后一程。"

姚盼讶然张嘴:"你在说什么?什么叫做公益的那个?"

"就是做公益的那个大女儿,小女儿没来过,不过也可以理解。"

"什么？李年有两个女儿吗？"

"是啊，有两个女儿，你们不知道吗？"

姚盼和骆承文面面相觑。

陈护士往下说："你们不知道也正常，我也没见过小女儿。李阿姨有两个女儿，家属登记里就写了，不过据说基本断了关系。"

骆承文皱眉问："什么叫断了关系？"

"我也是听李阿姨骂这骂那时说的，说她那个小女儿不争气，高中没上完就离家出走了，还说就是她死了，她女儿也不会回来看她的。"

姚盼问："李年还说了什么？"

陈护士耸耸肩回答："都是些发病时的牢骚话吧。说什么'能怪谁，还不是怪她自己不争气'。有时又说，'她以为是她姐抢了她的，抢了我这个妈妈，说到底还是自己不争气，我从来就当没这个女儿'……诸如此类的话。"

骆承文望向姚盼，神情游移地说："原来涂姝有个妹妹，要不要查一下？"

姚盼点头，走开几步，掏出手机，准备给下属薄文星打电话。

然而电话却先一步响起来——来电人就是她想致电的人。

"喂，阿星——"姚盼接听。骆承文也走过来，靠在手机旁。

"姚姐，要命，我们查漏人了！"

"涂姝是不是有个妹妹？"

"咳，你们也查到了！十六岁时户籍就从家里迁出去了，自己在外面租房子，所以我们之前都没发现！"

"你们发现了什么？"

"大发现！我和唐明不是去查万有光在游乐园时的事故吗？他在水池瞭望室里被困了三天，后来不是有个水族演员训练时发现了他，他才得以被救出来吗？我们突然想到这个事，所以让游乐园查查那个救了万有光一命的是谁——结果就发现了！"

"那个人……是涂姝的妹妹？"

"是的，她在那个游乐园当过水族馆演员，短期合同工。乐园那边翻资料翻了半天，看到照片时，我和唐明都吓了一大跳，再看名字才发现不是涂姝。"

"她们是……"

"嗯，一个模子。现在户籍已经查到了，都是10月27日出生。这也解释了涂姝为什么会跟着她爸离乡背井了；而她妈后来也没再结婚——其实她们同胞两姐妹，一个跟爸爸，一个跟妈妈。现在回过头看，爸爸挺好，反而妈妈挺糟糕。"

姚盼一阵说不出话。

"在一号现场万有光家里发现了涂姝的头发，有人见过涂姝曾和几个外籍受害人单独见面……"薄文星在电话那头继续报告，"于局和孙局都认为，这些线索现在有了新的指向，人已经在紧急找了。"

薄文星停顿一秒，续道："姚姐，那个断开的环扣找到了，她的名字叫涂媛。"

挂断电话，骆承文望住不说话的姚盼。

"你在想什么？担心人找不到吗？"

姚盼摇头说:"我不知道。我莫名想起一个场景。"

"什么场景?"

"在二号现场,第六名受害人涂姝的旧居里,窗台上一共摆着七盆枯死的花。"

第三回
你杀死她之后,我来到你的身边——

找到那个和第六名受害人长相一样的女子,比专案组刑警预想的更快。

警方在黄昏将至的机场找到了她,她刚刚准备过安检。

彻查涂姝的孪生妹妹涂媛的生平经历,警方费了一番周章。

四岁那年,涂姝涂媛父母离异,姐姐涂姝跟随父亲涂之庭离开温州,妹妹涂媛则跟着母亲李年生活。相比于姐姐涂姝,涂媛和母亲同住的时间要长得多,但感情显然没有因此变得紧密。

李年多年独力抚养一个女儿,容貌还俏丽时谈过几个男朋友,没结成婚;后来她做小商品贸易生意,又赔了本钱,一度借债借得亲友尽去,到债务还清时已届暮年,孑然一身,只勉强领上每月一千多元的社保退休金。后来全市企业职工退休金调增了一次,她跟着受惠,每月能多领二十一元。李年人生不顺,性格渐渐偏执,把盼头都堆在女儿身上。据一个十几年前和李年短暂同居过的男人回忆,有一回,上小学六年级的涂媛数学考了90分,她妈把她推出家门外,让她哭饿了一整天。

然而,涂媛的学习从初中开始溜车,成绩顺流直下,毕业时更是考得稀烂,几乎无书可念。她妈花了钱,给她报上一家职业中专,那学校远在天边,涂媛乐得不回家,就寄宿在学校里。念到二年级下学期,涂媛怀孕,对象甚至搞不清是哪一个男同学,堕胎后就被校方勒令退学了。其后她在外面自己租房子住,到十六岁时干脆脱离家里户籍,人也跑到了外地,从此和母亲李年、姐姐涂姝再无联系,各过各的。

涂媛离家出走以后,都待过哪里,干过些什么,就难以全部查清了。

她最早跟着某些同学,或者间接认识的人离开温州,时而北上,时而南下,在几个城市的"温州城"里都有人见过她。那时候,在那些不大不小的临街店铺里,她会和几个到十几个同事一同坐在店门口的长条沙发上。

后来那些认识或者间接认识她的人就不再知道她的去向了。

她可能用过各种假名字,从事过各种职业。

比较正当有迹可循的职业,包括在小额贷款公司当电销坐席,在化妆品公司当二三线的经销员,在酒吧夜场或者乡镇剪彩活动的舞台上跳舞,也包括有几年在一些风景区或者游乐场当流动演员。如果人家的正式演员受伤或者生病,她会当一回或者两回替补。大部分表演按次计酬。当然,如果表现得好,有时也会在个别马戏团队里当一段时间后备,两三个月签一次约,能拿工资。

涂媛就是在那段时间里和万有光产生了交集。

那时,涂媛在万有光任职的大型游乐园所属马戏团签了为期三个月的合同。为了增加演出机会,涂媛有时会在乐园闭馆后自己下水训练,也为了不被巡馆人员看见,她在水池的边缘潜游。当越潜越深时,她透过瞭望窗的厚厚玻璃看见了那个一直无人看见的人。

奄奄一息的万有光因而获救,捡回一条命,随即被乐园辞退。不久以后,涂媛也离开了乐园的马戏团。

骆承文皱眉问查到此事的薄文星:"涂媛不会是因为这件事而被乐园解聘的吧?她擅自下水训练,是不是违反了乐园的规定?"

在电话对面,薄文星咕噜噜答道:"那倒不至于。虽然违规是违规,但毕竟救了人,乐园方也很庆幸没闹出人命。只不过,也没给什么表彰就是了。涂媛就是个临时合同工,我们让乐园翻资料也是翻了半天。后来她的合同到期,没有再续约,只是这么回事……"

姚盼听出他话犹未尽,问:"乐园没有续约,是不是还有其他原因?"

薄文星沿着无线的声波传过来的语气略带含糊:"也有些传闻吧。乐园那边吞吞吐吐,我们找内部人打听了一下。"

"说。"

"那个乐园好些高管都睡女演员,尤其喜欢找马戏团的。这种事很多。后来乐园高层怕事情传出去不好听,勒令马戏团的团长清退了不少人。正式工、临时工都有,涂媛不过是其中一个而已。"

电话对面听着的刑警一阵无言。隔了片刻,骆承文低沉问:"她们……包括涂媛,和游乐园有没有发生过争闹?"

薄文星回答:"这个问题我们也问了,那边给情报的人听了都忍不住笑了,觉得我们的问题太过离奇。他们每个人都异口同声:有什么好闹的?有什么能闹的?"

停顿一会儿,薄文星叹息:"虽然这么说有些不妥,但从已知的情况看,睡在某些人的床上也好,乐园没有给续约合同也好,对于涂媛来说,也许都算不上是值得闹的事。"

后来,随着调查力度的加大,警方查到涂媛从事过更多的职业。

薄文星和负责"扫黄打黑"的部门要过资料,也和网警大队互为通报。治安科门下一个定期联络的线人后来提供了情报,说看过涂媛的视频。那个线人前些年在批发市场卖盗版光碟,后来转在网上卖小视频,可谓阅片无数。

"想起来了,这个女的喜欢用鱼,用金鱼还是什么其他鱼来着,我忘了。反正有一阵挺多人看的。"

那个线人翘起鼻子,说找他就是找对人了,如果不是他有过目不忘的天赋,谁记得谁是谁。

"这种片子海了去了。前两年不是有个女的用黄鳝吗?火了。其实那些都是早就用滥的招。所以说,火不火都是看命。"

和线人对接的"扫黄打黑"警察问:"后来呢?"

"什么后来?"

"这个叫涂媛的后来怎么样?你不是说挺多人看的吗?"

线人说:"我怎么知道她叫什么。老大,我要先声明,拍真人秀这种龌龊事我可没干过,就是拍过也不知道演员从哪村哪店来对吧?再说了,我说挺多人看,也就是一个视频卖了百来份的意思。"

"让你说事,片源哪来的?"

"各种直播间呗,我就是拷贝过来加点花絮啥的。反正没火,火了我肯定知道。"

薄文星强调这是大案要案,协调网警和文化执法部门联合在数据库里跑了几圈，终于用人脸识别技术搜到若干份视频。一些来自被查封的直播平台，还有一些已来路不明，是直接拍摄的色情录像。

在那些视频里，涂媛面对镜头尽力表演，一身湿淋。警察都没有看下去。

警方也发现最近两年涂媛去过好几次香港。在她的双程证上，每次都记录着最长十四天的逗留期。

唐明负责协调香港方面查，查到的行踪信息不多；但哪怕查不到什么，警察都知道那代表什么。

"她们每次都会用足十四天，一天都不舍得浪费。她们从到香港的第一天就开始上班接客，很多人这十四天里就没出过门。要么在某个夜总会的集体宿舍里，要么就在一栋公寓楼的一个隔间里。你说怎么查？她们可能连维多利亚港都没去过。"

西九龙重案组的熟人给骆承文打电话，不咸不淡地抱怨，说这些事他又不是不知道。

后来唐明还是查到一个有价值的情报。有个英国籍的嫖客一度很迷涂媛，有几次在香港都是整两周地把涂媛包下来。涂媛的双程证到期以后，那个英国人也跟着跑到内地，和涂媛同居了小半年。

"一年多前的事了，那个英国人已经回国，不太好找。"唐明汇报信息说。

骆承文对他的部下说："辛苦了。"

"骆督，我想这个情报有价值的是一件事。"唐明停顿了一下，续道，"在此过程中，涂媛应该具备较好的英语沟通能力。"

万有光也是中等技术学校毕业，他在生产鱼池维生设备的工厂上过班，手艺不错；后来应聘入职游乐园，在水族剧场当了很多年维修工，注水、沙滤、杀菌、控温、增氧等各个自动化环节都懂。出事故以后，他被游乐园解雇，其后几年在海产批发市场卖过鱼，也跑过船，干过走私。认识他的人都说，那个丑八怪啊，技术活还说得过去，电脑什么的也能捣鼓一下——但没人听说过他能讲英语。

所以专案组内部也有过质疑的声音：前四名受害人都是外籍偷渡客，和她们的联系和沟通，万有光是否有能力一个人完成？

事实上，当警方找到万有光时，尽管此人手机等通信设备早已无踪，但在他的电脑里，确实检索到一些通过网络对外通信的痕迹。可惜技术组的警员在攻关一周后表示，这些通信的本地数据已被彻底销毁，没有有效手段恢复。

警方也投入大量人力在一号现场搜查，最后发现有六名受害人，包括第六名受害人涂姝在内的生物痕迹。但所谓一号现场，是对万有光所居住的两层房屋的泛称，而不仅指位于地下室，用于囚困受害人的房间。

发现涂姝生物痕迹的地方，是二楼的房间：一处是万有光的卧室，一处是他的书房——开着电脑监控屏幕，墙上贴满受害人照片，后来万有光在警察面前服毒死去的那个房间。

遗留的生物痕迹是若干头发。

专案组认为，指纹可以通过戴手套等方式避免残留，但女人的头发大体防不胜防。

当涂姝的孪生妹妹涂媛进入调查视野时,专案组组长于雷拍了桌子,骂说:"怎么到现在才发现有这么个人?"

薄文星自知失职,站在办公室中间,下巴抵住胸口。

副组长孙明玉在旁打圆场,说:"算了,查户籍也不是好查的事。涂媛从家里脱籍已经十二年,小姚和阿星他们两地查,花四天查到也不算晚。"

那时距离第六名受害人涂姝被救出过去了半周。

于雷改用指骨敲敲桌子,沉吟说:"十二年前离家出走——涂姝被母亲接回温州以后,涂媛的地位就一步步被替代了,可以这么理解吗?"

薄文星点点头,说:"视为动机是成立的。"

于雷望向孙明玉,问:"老孙怎么看?"

孙明玉道:"目前从各方面来看,嫌疑都比较大。"

于雷拍板说:"全力找人,先发寻人通报;如果三天内找不到,我去申请通缉令。"

当天午后,专案组就此开闭门讨论会,姚盼和骆承文也通过电话视频参会,会开到一半,一个警员撞开会议室的门,冲入会场汇报情况。

于雷对着电话那头的姚盼喊:"你们还在温州吗?离得有多远?"

姚盼回答:"开车接近五个小时,坐高铁过去三个半小时,坐飞机一个小时多一点。虽然不知道最快的航班是几点,但我建议从机场到机场。"

于雷说:"你定,挑最快的!飞机是六点整起飞,飞摩洛哥——

我让上海那边也拦人!"

姚盼和骆承文急订了四点的航班,在检票的最后一刻通关,坐上从温州往上海的飞机。飞机五点十分落地虹桥机场,滑行,五点二十分打开客舱门,两个刑警从折叠舷梯跑下停机坪,发现没有廊桥直达候机楼,而是要坐接驳巴士。刑警出示了警官证,让司机直驶到出发大厅。奔至国际出发大厅的安检口时,已是五点四十五分。照说人已经登机了,飞机也已对准跑道,这时如果要拦人,只能申请紧急航空管制。

这时姚盼的电话响起来,是专案组副组长孙明玉打来的电话。

"老大,来得及申请停飞吗?"姚盼支住膝盖,喘着气对电话问。

"不用了,机舱门刚关上,目标人没有登机。"

"没登机?!"

"嗯,她办了登机牌,但到目前为止都没有过安检,也没有做出境申报。上海安排的同事也到了,扑了个空。"孙明玉用镇定的语调说道,"不过她还在机场。"

"她没过安检,现在在哪里?"

"刚发现她买了另一趟航班的机票,一个半小时后起飞。"

"啊!到哪个国家的航班?"

孙明玉说:"国内,到我们这里。"

姚盼和骆承文愕然相望。

后来他们又赶到虹桥机场的国内出发大厅,在那里和上海当地紧急调派的两名警员碰上了头。四名警察卡在安检入口,姚盼看见一个正在低着头排队的女人,赶紧跑过去,把手拦在对方身前。

另外几个警察也围了过去。

被拦住的女人惊愕四望,排队的人群一阵骚动。

"涂小姐,麻烦跟我们走两步。"姚盼出示警官证。

那女子低低"啊"了一声,但顺从地走出等待安检的队列。她盘着简洁的发髻,戴着太阳墨镜,穿花翎的白衬衣和黑色的西装裤,脚上一双低跟鞋,拉着一个16寸的黄色行李箱。拉着走的时候,滑轮在瓷砖地板上发出轻柔的"噜噜"声。

机场的保安已接报,过来维持秩序,安抚乘客。警察领着女子走到一旁。

"几位是赶过来的警察吗?"女子开口问,她的神情已冷静下来。

姚盼望着她,问:"涂小姐,你现在准备去哪里?"

女子把手中的登机牌递上前,说:"你是不是姚盼警官?我正要去找你们呢!"

姚盼接过登机牌,默看了片刻后抬起头,冷冷地问:"涂小姐,请告诉我你的名字。"

夕阳从安检大厅苍穹状的玻璃幕墙透射进来,每个人的脸上都一半暗影一半暖黄。

女子摘下墨镜,急切回答:"我叫涂姝,你们的新闻报道是怎么回事?"

经请示专案组,于雷同意姚盼等人暂时留在上海。于雷出面协调上海市刑警总队,给安排一个能说话的地方。上海那边的老大算不上爽快人,回复时声音有些腻。

"于局长,你们的案子,我们给审讯室可不妥当,人也不好留着。"

于雷协调说:"所以我说是一个能说话的地方,让兄弟们到外滩3号喝咖啡也不适合,对不对?"他又补充说,"找个会议室就行。"

那边说:"我们的会议室都很大,我尽量安排吧。但先说好,人我们是留不了的,可别弄什么四十八小时。"

于雷道:"不会,就问一会儿。问完要么放了,要么我们带回去。"

其后,上海市刑警总队拨给姚盼等人一个二十平米的房间,有桌子、椅子、电视机,堆在一角,功能有点说不清。姚盼和骆承文就在那里做了问话。

问话对象自称涂姝。

"涂小姐,让你赶不上飞机不好意思了。"姚盼开场白道,"回头我们会把机票钱补偿给你。或者迟些我们再一起走,机票我们买。"

手持涂妹身份证的女人点点头,说:"不要紧,我重新买机票也行。"

"姚警官,你们什么时候回去?我跟你们一起走。"

姚盼问:"你很着急到我们那儿吗?"

涂妹张张嘴,吐字说:"是的,出了这么大的事……而且,我在想到底是怎么回事?"

"你觉得是怎么回事?"

"我不知道……我在想,那个被软禁又被拍了视频的女孩……会不会是妹妹?"

"你的妹妹吗?名字叫涂媛?"

"嗯,我有一个妹妹,她叫涂媛。我们是双胞胎……"

"受害人曾经对着镜头说,她是涂妹。"

"我不知道这是怎么回事,我已经有很多年没有见过她了……"涂妹垂下头,低声说,"所以我想着赶过去……"

"浪费机票钱也无所谓,对吧?"

被讯问的女子愕然抬起头,看见开声问话的是另一个男警察。

"什,什么……"

"涂小姐今天原本不是打算出国吗?目的地是卡萨布兰卡①吧?"香港警察骆承文冷冷地介入说,"机票可不便宜。"

"我……"涂妹声调有些嗫嚅,但低头点了点,"我是早些时候

---

①卡萨布兰卡,北非国家摩洛哥的重要城市,拥有该国最大的港口,被誉为"大西洋新娘"。摩洛哥对中国实行免签证。

订的行程,我和当地的公益机构以前有过一些联系……"

"到非洲参加公益活动吗?"骆承文打断问道,语气多少有点咄咄逼人,"我听说卡萨布兰卡很漂亮,经济也挺富裕。"

涂姝浅浅笑笑,回答说:"也不完全,哪里都有贫富悬殊……不过,我不是去参加活动,只是去散散心。"

"散心吗?"姚盼开口,但她没追问,而是转个方向问,"那为什么突然又不去了?"

涂姝抬起头来,睁着眼睛望向桌子对角面容严肃的两个刑警。

"因为我看到新闻报道了,我吓呆了,所以急忙想来找你们。"

姚盼问:"就在准备提交出境申报的时候吗?"

涂姝点点头说"嗯",回答却有微妙的偏差。

"我办完登机牌,无意中翻看手机,就看见了案件的新闻报道。"

她没有刻意否定警方提出的"准备出境"的时间点,看不出心虚的痕迹。

骆承文问:"在机场国际出发大厅拉着行李箱走着,突然看见了我们这边的新闻吗?"

涂姝点点头。

姚盼说:"这个案件一个月前就有报道,在网上还挺热门。"

涂姝说:"我可能看到过,但没有太关注……毕竟是外地案件,又是命案什么的……警方也没有披露受害人的名字和照片,所以直到后来我才知道……"

"最近一名受害人,也就是自称和你同名的那个,我们是三天前发的官方通报。而通报里也没写她叫涂姝,只写了涂某。"

涂姝急切点头,说:"但是很多网站有更具体的内容,我就是突然看到自己的名字和照片出现在网上,才发现和我有关系,然后又看到了其他几名受害人的信息,所以吓坏了……她们都是我认识的人……"

说到后面,她的头和语调都低沉下去,但很快又抬起来。

"姚盼警官,告诉我这到底是怎么回事!莎丽她们为什么会……?还有前几天的那个受害人,她真的是我妹妹涂媛吗?"

莎丽是第三名受害人,印尼籍,二十六岁。

姚盼没有回答,只是声音平淡地说:"你在机场就叫出我的名字了。"

涂姝用力点头说:"刚才在机场候机的时候,我翻看了很多报道,知道你是这宗案件的主查警官。我本来就是想去找你!"

骆承文说:"你还没说明白——你的名字和照片可是上了好几回热搜,这几天下来,你都没看到吗?"

涂姝再低低头,答道:"不是这几天的问题……"她叹了口气,"其实最近一段时间,我都几乎没有打开手机,没有上网,也没有和朋友联系……"

姚盼盯着对方问:"最近你都在散心,对吧?因为你母亲去世吗?"

对面的女子讶然张张嘴,停了一下,说:"原来姚警官也知道了。嗯,我妈妈最近去世了,我心情不是很好……我想自己静一静。所以手机一关,背上行囊去旅行……我知道这样挺任性的……"

姚盼问:"涂小姐,请问你最近都去了哪里呢?"

"各个地方都去过,湘西、黔东南、百色……"她抬头望向姚盼,浅淡笑笑,"其实也回过一下老家。"

姚盼说:"你是指我们那里吗?"

涂姝轻点头说："我想姚警官你们也知道,我小时候和父亲曾经住在南乡。所以,我有回去看一眼,待了几天。"

姚盼说："你没坐飞机吗?"

涂姝说："我坐飞机到了长沙,然后就一路坐车了。我还是想边走边看,习惯了。"

骆承文沉声问："你是什么时候离开南乡回上海的?"

涂姝答："大约两周前。不过我没有马上回上海,还是一路背着包坐车回去。其实我是昨晚才回到上海的,然后想着到国外走走。"

骆承文和姚盼转头对望,二十平米的房间里有一阵沉静。

"涂小姐,你知道星星为什么会发光吗?"

涂姝愕然前看,眼神有些发空,望着问话的女刑警。

"什么?星星?"

姚盼注视对方的眼睛,看见里面只有茫然。她转动摆在桌上的手提电脑,屏幕朝向涂姝。

"涂小姐,这个电子邮箱是你的吗?"

屏幕上打开着电子邮箱,邮箱账号是 Iris－01@hotmail.com。

对面女子的脸庞裹在电脑的荧屏光里,有些变颜色。

"这个……"她迟疑了一下,举头道,"我想起来了——这是我上中学时开设的邮箱!iris 是鸢尾花的英文名……嗯,对,我还记得因为这个名字用的人多,我要加上'01'的后缀才能注册通过。"

姚盼注视着她的脸问："这个邮箱账号,你现在还在使用吗?"

"我……应该很久没有登录了……我想,我上大学以后就很少用……"

"收件箱和发件箱里一共有八十三封邮件,最近五年有六十八封,最后一封的发出时间是两个月前。这些邮件,你都知道吗?"

刑警看见对面女子的瞳孔在扩张。

然后她再度抬头,问:"姚警官和……"她的脸又转向坐在姚盼旁边的男警察,骆承文冷冷地说:"骆承文。"

涂姝急急点头:"姚警官,骆警官,我可以把里面的邮件都看一遍吗?可能需要一些时间……"

姚盼说:"请便。"

"谢谢!"

涂姝伸手把手提电脑拉近自己,拖动光标,打开邮件阅读。两个刑警一言不发,盯看她的每个神情和动作。她抿住嘴,有时咬下唇,有时眉头凝结,但安静无声。

在无声中过了半个小时。

涂姝抬起头,长舒了一口气,神情却在一瞬间变得忧伤。

"姚警官,骆警官,现在我明白了……"

骆承文抱手低沉问:"明白什么?"

"我想请两位警官看一样东西。"

涂姝背转身体,解开衣扣。衬衫从一侧肩膀卸下一半,和赤裸的肩背夹成洁白的三角形。

她后背靠近小圆肌的位置有一只刺青,如花绽开。

两名刑警各自在心里一阵震荡。

涂姝把白色花翎衬衣的纽扣重新扣上,转回身端坐好。她脸颊掠过红晕,但很快恢复。

骆承文哼声道:"原来涂小姐还喜欢文身。"

"就是一时贪玩文的,"涂姝露出浅浅笑容,"图案是鸢尾花。"

姚盼冷冷地问:"涂小姐想说明什么?"

"邮件里曾提到在广袤的大草原策马奔腾,在荒凉的戈壁滩仰望星空……我确实去过阿坝的若尔盖和中卫的腾格里,但风景和事情都和邮件里描写的不大一样。"

"你在若尔盖草原骑马的时候,没有从马背上摔下来吗?"

"是摔了一跤,我也写在微博上了。"被询问的人浅浅一笑,"写得有点夸大其词,其实我只是摔在柔软的牧草上,没受那么重的伤——也没有留下像花一样的伤疤。"

"你是说,这些邮件不是你写的吗?"

涂姝点点头:"这个邮箱,我已经很久没用过了。我也没有写过这些邮件。"

两个刑警冷冷地望着桌子对面的人。

对面的女子轻轻叹了口气。

"我想,妹妹会不会是在其他地方受过伤呢……现在,我也明白了……"

姚盼代替她的搭档再次问:"明白什么?"

"我明白妹妹为什么要说她是我。"对面的女子答道,"我妹妹离家出走很多年,我不知道她过得好不好……但我想,一直以来,她一定常常看着我的生活。"

在上海市刑警总队堆满杂物说不清功能的房间里,两个外来的刑警和他们的问话对象隔空对视,持续了几秒钟。

女警姚盼说:"涂小姐,我们需要采集你的指纹。另外,可以请你今天暂住酒店吗?"

涂姝点头答:"没问题。"

夜里下了一场小雨。

把涂姝送到酒店下榻之后，姚盼和骆承文坐在酒店对面的一家咖啡厅里，透过橱窗静望上海虹口区的街头。雨后的水珠挂在贴着英文字母的玻璃上往下滑，一阵顺一阵卡，有些依依不舍，繁华明亮的高楼霓虹灯变得迷蒙。

虽然没有强制力，但姚盼提出警方名义的协商，暂时禁止涂姝回她的住所，涂姝没有拒绝。上海市刑警总队坐落在虹口区，姚盼请上海的同僚订了一家警局附近的酒店，本来她还想协调人手到酒店做监控，但看到对方的神情已然冷漠千里，就没再开口。

到了晚上雨停的时候，专案组组长于雷打来电话。

"明天上海会出一支搜证组。"于雷在电话里语气有些憋着，但最后还是柔和下来，"你和骆督察辛苦盯一晚吧。"

姚盼说"没问题"。

"什么时候回来你们自己定，有需要和老孙或者我说。"

于雷挂上电话。

姚盼知道突如其来的变卦让她的上司焦头烂额，但他给予了全力的支持和协调。

骆承文说："问过了，二十四小时营业，今晚我们就在这里盯着吧。"

姚盼点头说"好"。

咖啡厅斜对着酒店的门口，专门选的酒店就一个门，人员出入都能看见。

骆承文指指卡座："这里提供抱枕，条件比我的越野车还要好。"

姚盼笑起来："嗯，而且在虹口，而不是外滩，咖啡还算便宜。"

"不过最好叫点吃的，不然保不准人家要赶客。我点了两个套餐。"

姚盼笑笑说："谢谢。"

两个刑警搭档的时间长了，接连半个月他们没有停歇地并肩赶路，身心的疲惫在默契的谈话里得到缓解。咖啡厅的简餐送上来以后，两人沉静地吃完。

"骆督察怎么看？"姚盼放下刀具，开口问。

骆承文说："平时这句话都是我先问的。"

姚盼淡笑说："都一样。"

骆承文看了姚盼一眼，他知道这个女刑警一向气势如虹，而这次连她都感到了棘手——这种棘手看似一目了然，但又难以预测。

骆承文也放下餐具，喝了一口白开水。他通过咖啡厅的橱窗，目光延伸到街对面酒店的楼层房间。

"那个女人在男人面前脱衣服可以毫不犹豫，然后又用脸色发红掩盖这件事。"

两个刑警都想起望着涂姝消失在酒店大堂转角的情景。那女子脚步交叠，摇曳的背影呈现花朵般的曲线。警察观察对方会不会回头张望，但她没有做出心虚的举动，拉着轻巧的行李箱，径直走进电梯间。

"我可以断言一点，她后背的文身是最近文的。"骆承文收回目光，"颜色很鲜艳，皮肤也有过敏红。估计不会超过半个月。"

姚盼提起餐巾擦拭嘴唇。

"嗯,我也注意到了,但现阶段我们不好提出身体检查一类的要求,而且这不能证明什么。"

"是的,她可以推说没有人知道她文过身。这一手很漂亮,连消带打。"

姚盼频频点头。

"其实那个女人早就看过涂姝的邮件。"骆承文把话说透,"姚警官你突然试探她的时候,她展现出来的惊愕和迟疑都是表演。"

"可不是。"姚盼把餐巾垂落,苦笑了一下,"现在想来,她肯定有某种方法掌握了涂姝所有的社交账号,也包括这个邮箱。发现这些十分私密的来往邮件以后,她应该是立刻打定了主意——如果将来遇到警方的质询,就说这些邮件不是她写的。"

"对,因为她不确定涂姝和这个叫暖冬的网友有没有其他联系。最保险的做法,是干脆承认自己不认识暖冬,也没和他通过信……"

骆承文停下来,想了想其中绕的圈,续道:"她耍了一个花招。她自称是涂姝,但不承认邮件是她写的,由此把邮件的撰写人推到涂媛这个身份上。她在后背文一个鸢尾花图案的文身,也是为了强化这个效果。"

姚盼颔首说:"她说她妹妹一直看着她的生活。"

"嗯,她借此向我们宣称,那些邮件是涂媛写的,因为嫉妒姐姐的生活,所以和网友通信时杜撰了有关内容。而这件事又恰恰成了受害人面对镜头时'谎称'自己是涂姝的对应性证据——她反而把那些邮件当作武器了。"

姚盼点头说:"是啊,我们被将了一军。"

"那个人一直在表演,浑身上下都在演戏。"骆承文望向他的搭档,声音低沉下来,"看来得有心理准备——她的心思和戏路比我们想象的更深。"

早在热浪未至的5月,涂姝就预订了去卡萨布兰卡的机票。没定时间,机票可以随时改签,而摩洛哥对中国免签证。因此,警方一度没有上心这件事。

直至这张机票在7月9日午后被激活,当天傍晚六点整的航班。不久,登机牌也办了。

和民航局对接的警员冲进专案组的会场通报,专案组组长于雷听后,头发都竖了起来。

四天前的7月5日,第六名受害人涂姝在灰色房间里被警方救获的时候,身上只穿一条白色连衣裙,所有个人物品都消失无踪,包括身份证件和护照。

其后警方不是没有尝试去寻找,但心理上都觉得意义不大。被犯罪嫌疑人没收、丢弃或者销毁,大体是这么回事。人找到就行了,至于那些身外物,受害人以后自己去挂失吧。

没有人想过,有人会启用那些身份证件。

专案组当天晚上继续开电话会议,于雷听完姚盼等人的汇报后,习惯性地敲桌子。

"也就是说,这个人做了两手准备。"

姚盼在电话里答道:"是的。她手持涂姝的身份证激活机票,办了登机牌,但最后没有申报出境。而是买了另一张机票,来到另一个安检口。"

"她原本肯定打算等风声稍松就逃到国外。"薄文星在本地会场汇报,"幸好我们盯民航通报盯得够紧,立刻紧急申请了边控,虽然上海那边派人派得拖拖拉拉,但机场安检肯定有动作。所以她观察形势以后,还是没敢走,转而买了一张往我们这边飞的机票,作为掩护的借口。"

专案组副组长孙明玉说:"这个人要么反应很快,要么早就做好了准备。"

港警督察骆承文在电话里说:"截至目前,我们和她的谈话,她可谓对答如流,自圆其说的理由也滴水不漏。"

于雷沉吟说:"临门一脚,别出幺蛾子!"他对电话这头和那头的部下都下令,"尽快找到漏洞,撬开她的嘴。"

姚盼和骆承文在目标人入住酒店对面的咖啡馆守了一夜,第二天上午,上海警方委派的搜证组在得到批文后,对目标人的公寓住所进行搜证。到了中午时分,初期简报已分发到姚盼等人手中。

骆承文眼圈暗黑,放下简报后苦笑:"我们不但被将了一军,还被摆了一道。"

在涂妹所住公寓里找到的毛发、皮屑和指纹,和安静待在酒店里的女人全部一致。

佟小曼穿着一件枣红色的斗篷披肩,银色的鱼嘴高跟凉鞋,镂空星星形的耳环,她"笃笃"地穿越整个西餐厅,然后掉头走回来,停步在靠窗边的餐桌前。

"咦,涂姝?"

正端着马克杯喝咖啡的女子抬起头,讶然说:"小曼?你怎么在这里?"

佟小曼说:"哎呀,太巧了,我可以坐下吗?"她边说边解下披肩。

"我肯定她不是涂姝。"

佟小曼离开西餐厅后,绕到酒店大堂的侧角,和姚盼、骆承文两个刑警做报告。

姚盼问:"怎么证明?"

这个和涂姝一同上过培训班的实习护士嘀咕:"你们不是一直

在听我们说话吗?"她翻翻外套的内衬,那里有个黑色的夹扣,"我脱衣服和挂椅背上都很小心的,监听器没掉吧?"

"没掉,能听清楚。"骆承文声调有点没好气,"佟小姐,我们建议过你把监听器放在手提包里,这样更保险。"

戴着墨绿色指甲片的女护士比画着手指——上次戴的是紫色——"嘿,我可不是为了起范才夹在衣服上的,我这件雅莹的羊驼绒披肩就是关键"。

姚盼问:"这件衣服有什么来历吗?"

"是雅莹的呀,限量版,涂姝知道的。但刚才她一点反应都没有,还说大热天的,我干吗穿这么多。"

"这件衣服是你和涂姝一起去买的吗,还是她送给你的礼物?"

"当然不是!是我自己抢购的。有一次聚餐时我穿过,涂姝也在,我和她说了是限量版,她肯定有印象。"

"是什么时候的事情?"

"这个不记得了,几年前吧。"

两个警察都皱了皱眉头。

佟小曼继续说:"还有这双宝姿的高跟鞋,耳环也是宝姿的——这些我之前和涂姝都有聊过,我和她说过,我很喜欢宝姿这个牌子,但刚才她就没正眼看。"

姚盼身体俯前问:"佟小姐,除了穿衣打扮,你和涂姝还交流过其他事情吗?我是说以前。"

佟小曼说:"当然有,但我一时想不起来嘛……我和涂姝就是短期培训班认识的。"

骆承文说:"我们听见你们聊到护士培训班的事,她说的事情准确吗?"

实习护士鼓了鼓腮说:"有些差不多吧……有些,我也记不清。"

两个刑警对望了一眼,心里都升起一种不好办之感。

欣然接受警方协助调查的请求,盛装而来的佟小曼总结说:"总之,我觉得她不是涂姝,感觉不对。最大的破绽是,我从她旁边走过去的时候,她都没看到我!"

佟小曼离开以后,姚盼和骆承文继续坐在酒店大堂的角落,远远观察。

骆承文问姚盼:"要不要再找其他人?"

两个外地刑警之所以找佟小曼协助认人,是因为两天之前刚联系过她。姚盼曾向这个实习护士询问涂姝的相关情况,也从她口中获知涂姝母亲去世的消息。她和涂姝有过同窗之缘,多年联系也似有姐妹之谊,但接触下来才发现,两人并不如想象的亲密。涂姝这些年虽然参加过不少社会活动,但都零碎,人际关系也说不上稳定。

姚盼沉思了片刻,道:"暂时先缓一缓吧。其实最大的破绽不是佟小曼说的那些事。"

骆承文说:"是她一直没问佟小曼的来意。"

姚盼点点头:"虽然她开口的第一句话是'小曼?你怎么在这里',但在后面的谈话里,再没有追问过。佟小曼按照我们的指示没提案件的事,而她也一句没问。"

"她知道警方会找人试探她。说不定佟小曼从她身边走过的时候,她就是装作没注意,以免让人觉得刻意——她甚至可能连那条披肩都认得——仔细一想,涂姝理应有和佟小曼的合照。"

"是的,她早就做好了准备。"

骆承文闷声说:"这就是破绽,但看样子她有恃无恐。"

姚盼沉默了一阵:"其实昨天她就已经暴露了一件事。她自己把这件事说出来了。"

骆承文问:"什么事?"

"她确实一直看着她姐姐的生活。"

骆承文点头说:"你说得对,她一定掌握了涂姝的大量信息。现在想来,两个圆圈也扣起来了。"他的声调变得低沉,"前四名外籍受害人,不是万有光随机找来的,而是那个熟悉涂姝的人刻意挑选的!"

骆承文停顿一下,说:"正如你们于局长所说,这是临门一脚。"

姚盼的目光穿越人来人往的酒店大堂,投向远端,说:"嗯。"

骆承文望着他的搭档:"涂姝近些年的公开信息比较多,对质难度大,那我们就往前找。我们可以找涂姝的大学同学,甚至高中同学,总会找到破绽……"骆承文兀自停下,眉头横了一下,叹说:"……但也不好说。"

姚盼说:"骆督察也注意到了。"

"是啊,连佟小曼都是这样的口吻……更早的事情,她完全可以推说她记不清了。我们不知道她对涂姝的了解有多深入,而哪怕有对不上的破绽,我们也不能拿她怎么样。她很清楚这一点。"

"嗯,记忆不能当证据,这就是她有恃无恐的地方。"

"我们必须找到实质性的证据!"

"是的。"姚盼沉沉点头,"我们一定能找到,要伪装成另一个人没这么容易。"

警方判断那个自称涂姝的女人,其实在更早的时间就已经到了上海——她提前完成了准备工作。

涂姝租住的房子位于上海奉贤区,商住混合的公寓楼,管理比较一般,租金也便宜。涂姝长期出门,回来住的时间少,房子面积小,家什也不多。

上海警方委派了七八个人的搜证组,他们向物业出示搜查令并征要钥匙,尽管早有这是趟轻松活的心理准备,但房门打开后,那七八个警员还是全体愣了半晌。

那个家不是家什不多,是空空如也。二十平米出头的单间里,除了镶进墙里搬不动的柜子和电器,连床带沙发,所有家具都已清空,更别说衣服、书报、摆设等物品。

随后物业证实,在警方上门的前一天,也就是手持涂姝身份证的女人到虹桥机场准备乘坐国际航班的当天,搬运工就已经来过。一个上午,东西就搬完了。

"那个涂小姐说要搬家嘛,也签了名的。签名你们要不要看?"公寓值班的物业管理员忙不迭地推卸责任。

骆承文冷声说:"三天前我们不是刚来调查过吗?你们就这么轻易放行了?"

管理员辩解说:"警官,我们哪知道什么案件呀,你们又没说。而且人家业主要搬家,我们哪管得了?我都说了有签名的。"

姚盼和骆承文想起日前到涂姝家查访时,确实没和公寓的物业管理公司披露案情;而要一个商住混合楼的物业管理员分辨业主是不是本人,则更是勉为其难。

骆承文懊悔地说:早知道上次把什么东西带走,哪怕是一本杂志也好。

姚盼安慰说:这谁能预料到,而且通过非合规程序保留的物品也当不了证物。

警方也尝试追踪被搬走物品的去向,不久发现是路边联系的包工队,那包工头倒是非常讲诚信,在接受警方询问时朗声回答:

"都按雇主要求办了,家具送到垃圾场,其他送去销毁,我们不干倒卖的事情。"

此时上海警方已呈罢工状,声称派不出人去捡垃圾,捡了也没用。其后孙明玉给姚盼打电话,说:"算了,上海那边说得对,哪怕能找到零散物品,效力也已不足。"

警方的目标是检验涂姝住所残留的生物痕迹,以鉴别身份,所以当这些物品无法在现场获取的那一刻起,它们的物证效力就已基本消失。

尽管上海警方的态度多少有些冷漠,但办案经验是足的;事实上,面对已然空空如也的涂姝住所时,其派出的搜证组也没有怠工,仍旧进行了全面搜查。

他们在二十平米的房子里逐寸刨,地砖接缝和浴室下水道也没放过,毛发、皮屑、指纹均搜到了不少。

基因检验需要花些时间,但血型和指纹比对结果很快就出来了——它们和自称涂姝的女人一致。

上海警方不愿意往深里掺和,简报出来以后,就把物料样本寄送给案件专案组。

刑警薄文星打来电话,说基因检验的结果也不用等了。

"你们也知道,等也没用,双生子的DNA是一样的。就和在万有光家里发现头发是一个情况。"薄文星在电话里通传着专案组的意见,"笔迹鉴定这些也不顶用——现在唯一有效的甄别证明,就是指纹。"

自称涂姝的女人比警方快了一天,已经完成了全部准备。

"这个女人果然做好了两手准备,她已经预计到在机场会被我们拦下来,所以提前做了清理。"骆承文闷声说,"找人把东西一股脑搬走,这一手够干脆利落的!而且房间也处理得一干二净,我怀疑她到上海的时间不止一天。不过话说回来,毛发痕迹是最难处理的,而她恰恰不用在这方面费心,只要清理指纹就行。"

停了一下,骆承文问姚盼:"你们现在办身份证和护照,需要录指纹吗?"

姚盼摇摇头:"以前的不用。但今年已经立法了,明年开始会分地区推行,不过也做不到强制。指纹库要完善,不是短时间能完成的事。"

骆承文点头说:"其实我们也一样,到今时今日,入库率也还没过半。"

他又问:"驾照呢?涂姝有驾照。"

"近两年有些地方有试点,涂姝是七年前考的驾照,大学毕业那会,阿星已经查过,没登记。"姚盼停了停,补充道,"涂姝还出过一次国,就是摩洛哥,但是是免签国。"

骆承文说:"总会有些地方留有指纹,手一摸就在上面。刚才物业管理交过来的那张签名单就算了……以前的文件资料,我们要不要各处找找?"

姚盼摇头:"这类附着指纹的效力不够,谁摸过都有可能。专案组的意见是,和那个花招多的人摊牌,得有一针见血的证明。"

"嗯,要锁死一个人的身份,实际比想象的难,但总有办法。"

"现在的问题是,哪怕某些地方留有指纹认证,但没有联网就都是孤岛,所以只能边想边找。"

"我们继续找。"

姚盼点头:"嗯,继续找。"

专案组组长于雷说还差临门一脚,是一个几乎正确的判断。

随着调查方向的摆正,案情逐渐清晰起来。

"我和唐明这边核查了几件事。"薄文星向姚盼等远程通报情况,"第一件事是,万有光这个人除了曾经有过被囚困濒死的异常经历,本身也有办表演的情结。"

姚盼问:"办表演的情结?"

"嗯,据说万有光从小就很喜欢看马戏表演,也常和别人说长大以后梦想当驯兽师,听到的人都哈哈大笑,说他去当那只野兽还适合些。后来他念了和水族养殖有关的技术学校,毕业以后到生产鱼池设备的工厂打工,虽然看上去八竿子打不着,但也算是在现实中靠得相对较近的路子吧——这是他后来去应聘那个大型游乐园的敲门砖。"

"他到乐园是想加入马戏团吗?"

"是的,他应聘时说想当表演策划,招聘人望着他的模样问他:'你会什么?'他说:'我会养鱼,鱼都听我的。'结果当场就被取笑了。招聘人说:'我们不缺养鱼的,我们缺养人的,缺让人听话的。'

不过后来他还是留在乐园干活，在水族剧场当一个默默无闻的维修工。他常常自说自话，说每一场表演他都有功劳，全靠他把鱼养得好，养得听话。这些话都没人搭理他。有一次，剧场的表演办得很成功，是一场水族演员和热带鱼共游的表演，鱼群表现得非常活跃，像狂风里的彩旗一样飘扬，观众都看得站起来尖叫了。后来才知道，鱼群的异常是因为前一天晚上万有光把氧泵调到了最低，那些鱼缺氧了一整晚。万有光笑着说，鱼在生存挣扎的时候，颜色才会最艳丽，才最有生命力，才会发光。在场看见他五官扭曲的笑脸的人都吓呆了。园方本来那次就要解雇他，后来马戏团团长出来说了情，鱼群也没有大碍，事情才算过去。万有光长相难看，性格又怪，那次以后，就更没人和他说话了。而他会独自钻进那个藏在地下，没有人记得的瞭望屋，从玻璃仓里探头，观望在他面前游过的鱼和人，还有无数欢声尖叫的观众。他在那里看着每一场表演。"

姚盼和骆承文听完，都有一阵说不出话来。

"他把自己想象成幕后人。"片刻后，骆承文冷笑了一声，"在那间地下室里，他还会朝着观众席鞠躬吧，然后接受掌声。"

"嗯，骆督，其实还有一点……"和薄文星搭档的香港警长唐明在旁发言，"万有光说，鱼在生存挣扎时才会发光，后面还有半句话。"

"什么话？"

"其实人也一样，人和鱼都一样。"唐明回答，"万有光说：我可以帮助他们，帮助他们表演得更好。"

电话对面的两个刑警再次愣住，心里涌起难言的感觉。

女警姚盼问："你们还查到了什么？"

薄文星说:"针对几名外籍受害人的追悼和募捐活动热度慢慢退了,流量的事就是这样。也是唐明提醒,所以我们回头查第五名受害人曹玉兰的情况,顺藤摸瓜,又查到些事。"

"曹玉兰?查到了什么?"

"原来万有光除了在小说网站评论并催更,还给曹玉兰发过私信。"薄文星答道,"当然,发件人表面上看不是同一个,那封私信用了一个加遮罩的匿名账号,没头没脑就一封。但仔细核查IP地址,确认是从万有光的电脑发出的。"

"信件写了什么?"

"就一句话:我会让你红起来的。"

姚盼在咖啡厅里用手提电脑浏览网页,伸手指了指。

"这是曹玉兰连载的小说,阅读量有百万了。订阅和关注的读者也有数千。"

骆承文问:"我不懂网络小说,这个数据算高吗?"

"我也不懂。不过,原本的阅读量只有三千多,关注人只有十来个,已经翻了千百倍。"

骆承文坐在姚盼旁边,看见网页下面有密密的留言。

"写得真的很好很好,现实题材最真挚感人了,为什么好作品总是被埋没?"

"我破防了,抱歉,直到今天才看见你。"

"很难受,楼主请回来更新吧……"

留言后面加着祈祷和泪目的表情图。

骆承文说:"如果她继续写,说不定阅读量会更高。"

姚盼平淡地说:"也许吧。"

"这个情况和前四名外籍受害人得到关注和募捐一样。"

"是的,都是流量。"

骆承文沉思了片刻,冷冷地说:"原来我们判断万有光对受害人实施侵害,是基于某些囚困折磨的情结,以及因为性缺陷而对女性怀有恨意——现在可能要修正动机。他的动机其实更扭曲!"

"嗯,他要的是一种心理满足:在我的帮助下,她们都红起来了。"

"现在从横向案情来看,相比于前四名外籍受害人,万有光选定的对象就是曹玉兰——而前面的命案,实际上是引流!"

姚盼说:"是的,他用人命打造流量,捧红他想捧红的人。"

在前五起连环命案中,曹玉兰情况特殊,她是被犯罪嫌疑人真实绑架的受害人,同时又是差点成功逃脱的受害人。

虽然专案组有各种推测,但仍有几个疑点难以理清。

一是在前四次案件里,视频均是录播,而且都是在受害人死后多时犯罪嫌疑人才把视频上传网络。但在曹玉兰的案件里,尽管视频也是录播,但上传的时间距离案发十分接近。从时间上看,警方几乎来得及把她营救出来——如果不是她自行逃脱的话。警方后来在山林里找到她的尸体,发现她死去不过一天。

骆承文也因此为慢了一步而深感懊恼。

二是曹玉兰是怎么从上锁的房间里逃脱的。

"唯一的解释,万有光不是疏忽大意,而是故意让受害人逃走。"骆承文说,"他很可能在囚困曹玉兰一段时间后,把门锁打开了。"

姚盼点头："曹玉兰如果在连环命案里幸存下来,将会在一夜之间成为名人,她甚至可能会把自己被囚困的经历写下来,假以时日成为畅销的作品。"

骆承文说："可惜曹玉兰虽然逃了出来,但身体太过虚弱,然后在山涧里喝了过量的水……"

姚盼沉默不语。

骆承文说："曹玉兰不会也和万有光有合作吧……"

姚盼摇摇头："不像,从各种情况判断,那女孩是无辜的。这应该是万有光单方面的扭曲愿望,他让曹玉兰在生存边缘挣扎,并因此成名,这就是他想举办的表演。"

骆承文微微点头。两个刑警都沉默了一阵。

"我想起一件事。"骆承文低沉说。

姚盼说："我也想到了,那辆货车。"

"嗯,就在我们查到万有光的前一天夜晚,尖沙嘴警署接到匿名举报电话,说在维多利亚港附近有一个穿白色连衣裙的女子,被人推进一辆灰色货车。九龙总警区根据这个线索,追踪那辆货车,一直追到了葵涌的旧码头,而我们正是在那个码头找到万有光运送受害人尸体的柴油船……"

"是的,因为我们已经提前找到那条柴油船,只觉得这个情报恰恰吻合,也没深思。现在回头看,那个举报未免太从天而降了。而那辆货车又是如此容易被追踪,最后又偏偏停在对应的码头,简直就是一个大礼包——这么一想,我们也明白一件事了。"

"嗯,那艘柴油船带有走私记录,犯罪嫌疑人为什么要把它留在香港,而不是开回内地,找一个查无痕迹的地方彻底销毁呢?那上面明明全是运送受害人的痕迹,全是他的作案证据——这明明也是个大礼包吧。"

姚盼望向她的搭档,苦笑说:"我们还以为自己把案子查得不错,势如破竹地一步步紧追,原来那是犯罪嫌疑人自己放水。而且人家生怕我们查不出来,都心急得打举报电话了。"

骆承文脸容紧绷,但过了片刻,叹息一声,也苦笑起来。

"如果不是姚警官来支援,我们怕是只能靠那通举报电话了。"

姚盼说:"骆督察又说两家话了。"

骆承文挺挺身,说:"嗯,前事不说了。现在案子查到这个地步,我们向前看。"

姚盼点点头:"按这个思路,现在所有事情都连通了。万有光诱骗前四名受害人在视频里声称自己在香港,玩了个地点花招,看似是意图脱罪的诡计,其实相反——他是固化警方对他一意侵害受害人的印象,从而避免警方对他真正的犯罪动机产生怀疑。同时,把案发地放在香港,也是为了和曹玉兰已经偷渡到香港的真实情况相吻合。"

骆承文接口道:"曹玉兰没有和万有光合作,但万有光不担心曹玉兰在视频里透露的任何信息,因为她确实是在香港被迷晕绑架的。应该说,万有光巴不得曹玉兰在镜头前说得更多更详细些,好让我们能掌握更多追查的线索……"

骆承文停了停,叹了口气:"可惜曹玉兰说得还是不够多……其实我们最早的判断中有一点是对的:受害人说得不够多,是因为她根本想不到会有无数人看见她,在等待她提供更准确的营救信息……而且,她从心底不愿意说出,她去过哪里,干了什么……"

姚盼说:"是的。她不相信有人能看见她,也不相信有人会拯救她。"

骆承文低沉说:"所以,万有光不是畏罪自杀,他从一开始就在等着我们上门,从而让他的表演完结。"

姚盼点头:"对万有光来说,最优的结果,是我们直接在地下室把曹玉兰营救出来。这样的效果最轰动,对曹玉兰的处境也最有利。所以无论是通过死亡直播的噱头制造紧迫压力,还是留下各种线索,他的目的其实都是驱使我们尽快查到他头上。但另一方面,他担心我们仍旧查得不够快,曹玉兰会因为囚困过久而撑不住,所以后来他又留了一手,把房门的锁打开,给曹玉兰制造逃脱的机会。"

骆承文坦然承认:"所以说到底,还是我们慢了,那个女孩本来有更大的机会活下来……"

但他的话到此打住,转而冷冷发声:"话说回来,打举报电话也好,给受害人留门也好,万有光也很习惯做两手准备呢!"

姚盼点头:"是的,和我们目前面对的人的习惯做法一样。"

"那通匿名的举报电话,如果是刻意附送的,说明那个被推进货车的白裙女人,就是万有光的同谋。"骆承文冷笑了一下,"她还故意在货车里留下自己的头发,这算是一石二鸟的花招。"

姚盼点头:"因为她知道还有第六名受害人会出现,她的头发会变成受害人的生物痕迹,罪证也仍旧集中在万有光身上。"

"前四名外籍受害人,也是她为万有光选定和联络的——她才是幕后支着的那个人!"

姚盼说:"不排除这种可能性。"

"万有光的目的是为曹玉兰引流,而她则是借万有光之手作案。"骆承文低沉陈述,"现在她的目的也昭然了——万有光要'缔造新的星星',她要得更多,她要'缔造新的身份'。"

姚盼低沉点头。

"你觉得是万有光受她的指示禁锢了涂姝,还是她自己动的手,但把罪名推到万有光头上?她会不会还有其他帮凶?"

姚盼沉吟说:"现在看,都有可能。"

骆承文说:"无论是哪一种,首要任务是揭穿她的身份!"

姚盼说:"是的。"

骆承文望向姚盼,他总是对他的搭档有信心。这时他们再次坐在此前守了一晚的咖啡厅里,通过橱窗能监视街对面酒店的人员进出。

"我们从哪里继续查?"

姚盼喝了一口已变凉的咖啡,抿嘴说:"我刚想到一件事。那个人把涂姝的住处搬空了,这让我突然想起,还有一个地方也是一样的情况。"

"你是说她们在温州的老家,李年的家里?"骆承文想了想,说,"你说得对,那里也是几乎空空如也。房产中介说,涂姝回去搬清过一次东西……"

骆承文骤停下来,望向他的搭档:"难道那个把东西搬走的人,根本不是涂姝?"

姚盼说:"不好说。不过那个家也不是所有东西都清空了,还剩下少量的书报。"

骆承文思索说:"因为涂姝、涂媛两姐妹都在那个家住过,大多数物品上两个人的指纹都有,所以确实没必要全部清理掉。就像你说的,附着性指纹的身份证明效力很有限。"

姚盼点点头:"但也有一件事让人在意,我们好像没在那个家里找到明确归属涂媛的物品,所以当时我们都没发现涂姝还有个妹妹。"

骆承文坐直身体:"涂媛把她的东西搬走了!她是想藏起什么吗?"

姚盼说:"打个电话问问吧。我记得那个店长说过,他们也有帮忙搬东西。"

"那家房产中介的电话你留着吗?"

姚盼说:"那个店长姓费,名片我带着。"骆承文闻言竖起拇指。

两个刑警找出名片,拨通房产中介的电话,询问李年的女儿回来搬东西的事。

"警官好,就是李女士的女儿涂小姐,没错的,她也有钥匙。"姓费的店长对警察的提问语气感到糊涂。

姚盼说:"谁来搬这事先不说。她都搬走了什么东西?"

"什么都有,书、衣服、被子、家具,大件小件。"

"是你帮忙搬的吗?都搬去哪里了呢?"

"咳,我就是搭了把手。涂小姐找人上门收走了,说是能捐赠就都捐赠吧。"

两个刑警对望了一眼,心里都觉得怕是没戏了。

骆承文不死心,多问了一句:"全部东西都收走了吗?"

"嗯,我看着都搬走了。"

姚盼道谢,准备挂断电话的时候,费店长"啊"了一声。

"我想起来了,没有全搬走——有个纸箱子,涂小姐自己抱着,我看见她放进柴房了。"

"柴房?"

"其实就是杂物房,很小的,以前的单位集资房一般都有,一户一间,在楼下,可以放自行车什么的。钥匙我们也有。"

两个刑警再次面面相觑,上次去李年家查访,他们只是抱着大致看看的心态,压根没想到还有这么个地方。

姚盼问:"纸箱里装了什么?你看见了吗?"

费店长答道:"好像是一些初中课本。"

下午三点半,姚盼和骆承文向上海警队借了一辆车。他们算了一下车程,全速开大约四个小时,虽然相比高铁和飞机慢一些,但考虑到可能还得跑来回,还是自己开车,机动性强一些。

一天之前,他们刚从温州坐飞机赶到上海,现在又往回跑。

姚盼同时拜托上海警队安排人手在酒店监守一下,对方虽然不太乐意,但因为在追查垃圾焚烧场的事情上已经推诿过一次,最后还是答应了下来。

"我们派一个警员过去。"那边说,"最多守一天哦。"

姚盼答道:"我们今天晚上就赶回来。"

姚盼和骆承文决定再跑一趟温州,是因为"初中课本"几个字。

涂姝直至高中才被母亲李年接回温州,这意味着那些初中的学习资料大概率属于从小和母亲住在一起的涂媛的。很显然,涂媛把这些属主明确的物品从家里清空了。

骆承文坚持他来开车,姚盼笑说:"左舵车你开得惯吗?"骆承文说:"别小看人,我在内地待的时间比你知道的久,以后有空和你讲故事。"

姚盼笑笑,也不再拒绝。

路上,姚盼和专案组又通了一次电话,把她和骆承文的分析推想说了,众刑警把案情再碰一次,判断观点已趋于一致。

专案组副组长孙明玉向姚盼通报了另一个指向性的线索:二号现场,也就是囚困受害人涂妹的那间河边老屋,有人曾以"拉尼娜工作室"的名义从村委会租下来,有一组警员沿着这条线追,发现办租赁的是个跑腿公司,就是替人代办业务的,警员们扎了根查,发现几道转手,最后面的委托人身份已难查清,但能掌握一点:对方是一个年轻女人。

专案组组长于雷听到姚盼和骆承文正往温州跑,追查疑似属于涂媛的学习资料,沉吟一会儿后拍板。

"如果作业本上写了她名字,指纹也能对上,凑合也算证据吧。实在不行,还是把人带回我们这里提审,起码问个四十八小时。"

姚盼朗声领了令。

骆承文在旁听着,把油门踩得更深。由于出城的时间算早,没有遇上交通高峰,高速公路上也一路通畅。晚上八点刚过,两个风尘仆仆的刑警已到达温州,汽车一路开进高架铁轨俯视下的老社区,开到李年家的楼下。

老社区灯光昏暗,黑漆漆的夜里,仰头依然能看见层层排列的铁笼。

费店长已经等在那里。

下车后,姚盼对费店长说:"谢谢,辛苦你大晚上跑一趟了。"

那发鬓整齐、穿着西装的中年店长说,哪里哪里,警官们辛苦多了,警民合作是必须的!停了一会儿,他又诚恳地说,两位警官对他尊重,他打心底感激。

几个人没往楼上走,费店长指引两个刑警来到李年家的柴房,在老楼一层的角落,用钥匙开了门。

那是一个三四平米的密闭房间，门一打开，空气里都是灰尘和霉菌。

费店长退到门外，说："两位警官慢慢看。"

两个刑警点头致谢，各自戴上取证用的橡胶手套，拉亮旧式的灯绳。

相比住房的干净整齐，柴房里堆满说不出来由的杂物，在20瓦的钨丝灯光里显得又脏又黑。有一个摆摊的木板车，一台踏板式的缝纫机，还有几大包花花绿绿的毛绒小玩具，大多已露出发霉的棉花。

两个警察想起李年做过工艺纪念品的生意，也想起外人对她的评价：衣装得体而性格骄傲——起码在她身体还健康的时候。是以每个人一生都要演，在人前有多少讲究，在人后就要藏多少疲惫。

两个警察很快找到要找的纸箱，它就搁在缝纫机黑污生锈的踏板下面。

骆承文弯腰把纸箱拉出来，拍掸打开，灰尘不算多，能看出是最近收拾的。里面果然是一些初中的学习资料，有课本、笔记本、作业本，还有试卷。

每一本上面都写着涂媛的名字。

骆承文说："是这些了，相比其他物品，总归效力高一些，而且指纹应该不少。难怪那个人要搬到楼下藏起来。"

姚盼点点头，默默翻着那些书本，片刻后放回纸箱里。

骆承文轻叹说："担心还不够充分，是吧？"

"嗯，你也听出来了，其实我们老大的语气也勉强……"姚盼想了想，"你看，那个人也只是把这些东西搬到柴房，没有全部销毁。"

骆承文转头看姚盼:"她会不会又做了手脚?或者把更重要的东西拿走了?"

姚盼说:"不好说。"

再找也无所得,两个刑警只得打道回府。骆承文抱起纸箱,走出昏暗的柴房,而线索就在这时降落在他们面前。

一楼潮湿,那纸箱已经绵软了,抱起来没走几步就脱了底。书本"哗啦啦"散落一地。骆承文皱眉去捡,站在门口的费店长也过来帮忙。骆承文伸手拦住说:"别碰!"

费店长已经捡起一张飘到他脚边的黄色纸,一时愣住,进退两难,不知道该不该撒手。

姚盼把那张孤零零的纸接过来,看了一眼说"不要紧",然后身体就震了一下。

骆承文停下手,望定他的搭档。

姚盼嘴角微弯,冷冷地说:"现在我们知道那个人拿走什么了,但她拿走也没用。"

骆承文走上前,看见黄色纸张的顶头印着几个字:《2001年温州市高中联考报考注意事项》。

一只青鸟飞落窗台,剪刀似的喙笃笃地敲着玻璃。酒店房间的主人走过去把窗帘拉开,它小跳了一步,然后扑打翅膀飞走了。

床褥还皱着,被子匆匆展平,一角垂落着地。但房间收拾得整齐,拉杆箱和背包平稳地搁在入门玄关的行李架上,拉链拉好,没有乱丢的衣服和充电线。酒店配的热水壶和马克杯边缘有水珠,说明曾用过,速溶咖啡开了三包,但杯口和杯底都干干净净。喝完咖啡以后,杯子洗过了。

早晨安静的阳光透进房间,在混纺地毯上新添着花纹。

"涂小姐,不好意思,一大早就来打扰。"女警姚盼环顾完房间说。

"不要紧,我起床好一阵了。就是乱糟糟的,不好意思。姚警官、骆警官,请坐。"

已在酒店住了一天两晚的女子礼貌微笑,请一早来访的两个外地刑警在沙发上坐下,自己坐在床边,双脚轻松交叠,手掌平放膝前。

"涂小姐这两天睡得好吗?抱歉,让你住酒店了。"

"没事,我习惯住酒店,也不挑床,睡得挺好。"

姚盼注意到坐在床边的女子化了妆,嘴唇红润,泪沟下面涂了多层颜色的遮瑕。她确实早已起床洗漱整理,以做好警察随时上门的准备。

床褥凌乱,那是一种睡得畅快的装扮,她故意把被子拉长,一角垂落在地。

她并没有像她自述般睡得好,而是辗转反侧。

"姚警官和骆警官,这两天是不是睡得不好?"住酒店的女子突然开口。

骆承文表情严肃,两手相握,沉闷说:"我睡得很好。"

"是吗?骆警官看上去挺疲惫的。姚警官也是,虽然化了妆,但还有黑眼圈。"

姚盼冷冷地望住对面的人,对方和她对望,嘴角的笑容若有若无地挑衅。

姚盼说:"涂小姐说得对,昨天我们跑了一趟温州,大半夜才回来。"

对面的人脸颊抽动了一下,身体收紧,但又恢复。

"哦,是到我妈妈家那边吗?"她笑了笑。

"嗯,之前我们就去过一次,昨天是第二次。"

"……那真是辛苦……那房子在挂售,是有什么事吗?"

"没什么特别,想看看你妹妹涂媛有没有回去过。"

"我妹妹?她不是在医院里吗?"

"我是说前一阵子有没有回去过。"

"这个……我也不知道,也许她有钥匙……"

"涂小姐喜欢喝咖啡吧?"

"什么?"

姚盼指了指丢进垃圾桶的速溶咖啡袋,以及桌子上的水杯。

"我喝了咖啡就睡不着。"姚盼说,"我看涂小姐喝完咖啡,还洗了杯子?"

岔开的问题让住酒店的女子乱了乱节奏,但她仍旧面带微笑,镇定作答。

"我喝咖啡还好。杯子是冲洗了一下。"

"总不好留着残渣过夜,对吧?涂小姐生活挺整洁的。"

"还好,就是习惯。"

"真是好习惯。对了,昨天也看见涂小姐到酒店的西餐厅喝了咖啡。"

"原来姚警官也在哦。"

"在的。涂小姐点了摩卡,加了两包乳糖,还要了一份芝士蛋糕。涂小姐喜欢吃甜食?"

"唉,算是吧,心情不好时,还是想吃点甜的。姚警官,我坦率说吧,这两天我也睡不好,毕竟出了这样的事……我想问,我妹妹的案件现在到底查得怎么样了?"

"听说红斑狼疮患者,不能多吃糖。"

住酒店的女子愕然,看见是另一个刑警在旁插话。

"嗯……"女人脸上掠过一丝厌烦,她略微僵硬地扭了扭头,说,"因为要服用糖皮质激素。这个我知道,我妈就是这个病……"

骆承文问:"涂小姐身体挺好吧?"

"我?我很好……怎么了?"

"涂姝的微博很久没有更新了,你知道原因吗?"

"你说我的微博吗?唉,我说过的,因为母亲去世,我心情很低落,也不想联系别人……"

"是吧。不过最后几条微博里,提到她身体不太舒服,低烧,口腔溃疡,皮肤有红疹。"

"哦……我想起来了。那时我刚从青海西宁支边回来,因为太疲劳,所以病了几天,但后来就好了,没什么大事。"

"涂小姐没有去看过病吗?"

对面的女人张了张嘴,想回答又停住。她眉头拧转了一下,答道:"没有,因为就是小生病,我在家休息几天就好了。"

骆承文从牛皮文件袋里抽出一本白色册子,放在她面前。

"所以你想说,这也是你妹妹冒充你去做的检查喽?"

那是一份从医院打印出来的体检报告,体检人的名字叫涂妹。

对面的女人讶然,她接过报告翻看,里面有好几个检查项目:血沉、皮肤病理、抗体、免疫学……

女人脸色红润地说:"我没有做过这些检查,我真的不知道,是有人用我的名字去医院看病吗? 是妹妹她去看病吗? ……"她突然停下来,惊愕地望向对面两个警察,"这个是SLE标准①的检查项目对不对? 难道妹妹她……也患了红斑狼疮? 和妈妈得的病一样?"

两个刑警定定地看着她,看她已经略显夸张的表演。

姚盼说:"红斑狼疮的遗传概率比较高。当母亲病情恶化,而自己也出现身体不适的时候,急忙去做检查的心情不难理解。"

对面的女人急切地说:"我妹妹也得了这个病吗?!"

姚盼摇摇头,指了指体检报告:"你可以看后面的诊断结论,几

---

① SLE标准,系统性红斑狼疮诊断分类标准,需要结合多项临床指标。由欧洲抗风湿病联盟(EULAR)和美国风湿病学会(ACR)联合发布。

组抗体都是阴性,基本可以排除是红斑狼疮。"

对面的女人重重地松了口气。

"但她其实得了另一种病。"

"什么!什么病?"

"前期的症状有些相似,但检验项目不相同,估计她自己也始料不及。她应该是后来自己偷偷做了检查,没有病历记录,所以你是无从知道的。"

"我……我当然不知道……到底是什么病?"

"HIV病毒感染,艾滋病。"

一瞬间,对面的女人露出惊骇的神情,姚盼觉得这不是演戏。

"我……不知道……"

"看来你真的不知道这件事。"姚盼说。

"她……妹妹过的是什么生活……"对面的女人捂了捂嘴,蓦然站起身,"两位警官,我们什么时候能走?我想去看她!"

骆承文冷冷地说:"她现在已经是植物人,多一个病,少一个病,对你来说有区别吗?"

站起来的女人声音也不再温和谦顺,说:"骆警官什么意思,她是我亲生妹妹,我不能去看她吗?"

姚盼平淡地说:"或许我们今天能一起走,别着急,航班很多。"

女人说:"两位警官能不能说些实质性的?你们还有什么事情要说要问,请抓紧时间。"

"好,涂小姐请坐。"

站起的女人重新坐下,还是坐在床沿,还是双手搭在膝前。两个刑警注视着她,她似乎在紧张着,又似乎早已恢复表演。

"涂小姐认识万有光吗?"姚盼问。

"是不是案件的犯罪嫌疑人？我在网上看到是这么写的——就是这个人杀害了芳草、莎丽她们，还绑架了我妹妹吗？"

骆承文看着对方说："我们认为万有光不是单独作案。有几名受害人是外籍，我们不认为万有光有能力和她们沟通。"

"沟通？"坐在床沿的女人侧了侧头，表情疑惑不解。

"是的，万有光不是单纯对受害人进行绑架禁锢，而是和受害人进行过沟通。"

"就是说万有光还有同伙？还有另一个嫌疑人？"

"是的。"

"嫌疑人是谁？现在抓住了吗？"

"还没有。但我们在万有光家的卧室里，还有他的作案车辆里，找到了同一个女人的头发。而我们认为这个人起码有几个特征：一是具有较好的英语沟通能力；二是和几名外籍受害人有关联，因为这几名受害人本身就有关联，她们都和一个人相识。我们认为，万有光是有针对性地选择了这几名受害人。"

两个刑警盯着坐在床沿的女人，而后者惊讶地张开嘴。

"两位警官原来是在怀疑我吗？我是你们说的另一个嫌疑人？"

这句话让两个刑警滞了一下，心里都有不舒服的"咯噔"一跳。

姚盼冷冷地问："涂小姐觉得自己的嫌疑在哪里？"

"不是你们说的吗？我英语还可以，上大学时，我辅修过英语。而我和芳草、莎丽、爱斯美达拉，还有欧菲莉亚都认识。我在不同的慈善机构里认识了她们，她们每个人的身世都可怜，所以我把她们当作姐妹一样。"

两个刑警一言不发，冷冰冰地看着开口说话的女人。

那女人叹气说："两位警官，就是因为我和莎丽她们有联系，所以我就是嫌疑人吗？我只是帮助过她们。"

姚盼说："涂小姐，现在你还坚称自己是涂妹吗？"

女人眼睛轻眯一下，说："什么叫'坚称'？姚警官这话挺滑稽。"她眼角又上扬起来，"两位警官让我住在酒店里，听说是到我家了吧？我的家收拾得不好吗？"

姚盼说："嗯，你的家收拾得挺干净，你在温州的老家也收拾得挺干净。你妹妹的东西，我们从楼上到楼下才找着。"

对面的女人脸色变了一下，但很快端正坐姿。

"我妹妹的东西吗？嗯，我前阵子回家收拾过，我妈的房子准备卖掉，所以很多东西搬到楼下了……我妹妹的东西也有，我的东西也有……我都翻了一下。"

"原来如此，难怪写着你妹妹名字的课本、笔记本，上面有两个人的指纹。看来你是每一本都翻了一下。"

"哎，我和妹妹很多年没见面了，所以收拾她的东西时，忍不住想翻看。"

"嗯，够细心的，借口也聪明。毕竟把所有物品上的指纹都擦干净挺困难，但戴个指纹模套通通摸一遍就简单多了。果然，附着性指纹还是效力不足啊——还是必须有身份认证指纹才行。"

对面女人的脸有点阴沉，她说："不懂你在说什么。"

香港督察骆承文从牛皮文件袋里抽出一张黄色的纸，放在女人面前。纸上印着：《2001年温州市高中联考报考注意事项》。

女人低头看了一眼，表情有点疑惑。但她皱眉看了一会儿，突然想起什么，脸色就剧变了。

姚盼细看对方的神情，淡淡地说："原本我们想，你可能是把准考证一类的东西拿走了。现在看来，其实你是把这件事忘了。你也有百密一疏的时候呢。"

骆承文指了指那张黄色的打印纸,冷冷地说:"就算你拿走也没用,档案里有。"

女人一言不发。

注意事项有十来条,最后一行有个加括号的备注:"根据工作要求,本年度考生领取准考证时须进行指纹采集。"

姚盼说:"你不记得了也正常。那年当地教委搞了一次地方试点,听说也没什么由头,就是新领导的新要求,办了一年——就那一年,要求参加中考的考生录了指纹。"

女人把头低垂下来,手掌从膝盖挪到床垫上,略微捏紧。

姚盼盯着她,将一份打印资料举起,展示在她面前。

"我们已经从当地教委调取了档案,虽然只有一枚指纹,但和你一致。涂小姐,你最好抬头看一眼,你的名字叫涂媛。"

坐在床沿的女人抬起头,和酒店房间里的两个警察沉默对峙,然后咧开艳艳的红唇。

"开个玩笑不行吗?"这个名叫涂媛的女人露出让人背脊发冷的笑容,"原来装成一个嫌疑人也没什么意思。"

姚盼和骆承文走出审讯室前,回头看了一眼。静坐在镶固在地板上的铁桌铁椅后面的嫌疑人朝他们报以笑容。

"两位警官不用急,我在这里等你们。"

两个外地刑警转身,把审讯室的门关上。

上海警方破例给了一个审讯室,也答应最长传唤问话二十四小时。

"二十四小时不够的话,放一次关一次,给你们整够四十八小时。"上海市刑警总队的头把案情了解了一遍后,和于雷通了电话,那个戴着金色袖扣的警察局长声调少了滑腻,多了血气,"虽然是你们的案子,但我也不能看着犯罪嫌疑人这么嚣张吧?"

于雷说:"感谢!"

那之后,于雷给姚盼打了电话。

"我们这边派人过来,薄文星和唐警长都过来,下午就到。你们直接到那个人说的地方会合!"

姚盼回答"明白"。

挂上电话后,姚盼和骆承文并肩走出上海市刑警总队。一辆警车停在大院里,一个警员站在车旁向他们敬了个礼。

"姚警官,骆督察,我给你们开车。局长说,你们都累了。"

骆承文点头道谢。姚盼说:"抽根烟再走吧,你快四十八小时没合眼了。阿星他们也没这么快。"

骆承文说:"你怎么知道我抽烟?"

姚盼说:"烟草味瞒不了人,这两周你都没抽过烟,够绅士的。"

骆承文淡淡地说:"不是绅士,一宗案件没结前,我都不抽烟。"

姚盼点点头。

两个刑警都沉默了一阵。昨晚凌晨时分,他们从温州赶回来,又做了大量核查工作,尽管疲惫,但眼看案件即将取得最后突破的亢奋支持着精神。他们一早到酒店向嫌疑人摊牌,但没料到临门一脚,还是没能踢进去。

骆承文低沉地说:"听到她姐得病的时候,那份惊讶也是装出来的吗?这个女人真让人心寒。"

姚盼平淡地"嗯"了一声。

骆承文说:"如果能取代涂姝的身份,当然最好不过。即便不成功,她也仍旧有恃无恐。那个人还留了一手!"

姚盼说:"是的,她又做了两手准备。"

"走吧。"骆承文说。

两个刑警钻进警车后排,各自闭目假寐。他们在脑海里又萦转了一遍刚才在审讯室里和嫌疑人涂媛的对话。

"涂小姐,请你回答:什么叫装成一个嫌疑人?"姚盼冷冷发问。

"好啦,我承认我装成我大姐姐涂姝——"涂媛耸耸肩,笑起来,"你们刚才不是说,她是一个嫌疑人吗?"

骆承文斥道:"我们什么时候说过涂姝是嫌疑人!"

"不是吗?你们不是说万有光还有一个同伙吗?"

"我们说的是你!"

"我?怎么又变成我了?我的嫌疑在哪里?"

姚盼说:"我们重复一次问题,你和万有光是不是认识?"

"想想好像是认识这么个人,我救过他。然后呢?因为我救过他,我就是他的同伙吗?原来警官们的工作很好干呢。难怪你们说我姐姐嫌疑很大。"

姚盼说:"我们没有说过涂姝有嫌疑。"

"咦,你们不是说在万有光家里找到了我姐的头发吗?还是在卧室里,对吧?"

骆承文说:"那不是涂姝的头发,是你的头发!"

涂媛笑道:"怎么证明?"

两个警察语塞。

涂媛说:"哎,两位警官,看你们也为难,你们也只能靠认识啊、头发啊这样的事情当证据,对吧? 不过如果非要在我们两姐妹之间选一个嫌疑人,看上去还是我姐嫌疑更大呢。你们看,她英语比我好多了;而认识那几个死掉的外国人的,是她不是我。"

骆承文压着火说:"那是因为你一直盯着你姐的生活,你已经把这件事说出来了——你知道那几名外籍受害人,并且引导万有光对她们下手。"

"哦,原来如此。我是因为我姐而认识受害人,同时也认识万有光。而我姐不认识万有光,所以我嫌疑比她大,对吧?"

警察愣了一下。骆承文沉声说:"是! 没有证据证明涂姝认识万有光。"

"但这不是自相矛盾吗?"涂媛呵呵笑道,"既然我能通过我姐认识那几个受害人,我姐不是也能通过我认识万有光吗? 我看着我姐的生活,为什么她不能看着我的生活呢?"

骆承文怒道:"你的生活有什么……"他话说到一半停下来,他的搭档也在旁皱眉暗示着他:这样的话,不适合说。

涂媛冷冰冰地说:"我的生活有什么好看? 我的生活谁看得见? 骆警官想这么说吧? 你们说得倒也没错。不过很遗憾,我是不是认识受害人,就和我姐是不是认识万有光一样,都说不准呢——你们根本没有证据!"

审讯室里空气凝重,只剩下坐在角落的记录员单调的"唰唰"的写字声。

涂媛又笑了起来。

"哎,两位警官别着急,你们不是要找嫌疑人吗?我现在仔细想想,我姐涂妹确实嫌疑挺大的。"

两个警察不说话,看着对方表演。

涂媛说:"我知道你们为什么为难,为什么想怀疑又不敢怀疑我姐。我告诉你们为什么,因为她是受害人,她快死了。不过她不是还没死吗?你们把她叫醒问个话,事情不就简单了。不过看样子,你们也叫不醒她,所以只能来问我。"

两个警察脸色阴沉。

涂媛笑道:"不过我帮你们找到一个动机了,我也是刚想到的。"

姚盼冷冷地问:"什么动机?"

"就是快死了。我姐她不是得艾滋病了吗?"

对面女人的笑容让两个警察感到后背冰寒。

涂媛叹气说:"这人的生活真是看不清啊。我是有时上上她的微博,翻翻她的邮件,看着很是正能量的,对吧?你说她是搞别的什么染了病,还是去边穷山区搞公益染了病呢?不过我倒是知道她的愿望是什么。"

骆承文问:"什么愿望?"

"流量啊!你们没看出来吗?她说她想帮助那些人。其实她最想红了,她比谁都想要流量,从小到大想了一辈子。"

两个警察一言不发。

"我在网上看到了,那些受害人也好,她也好,都红了。"坐在铁桌对面的人阴恻地笑,"你看,她想了一辈子没实现的愿望,现在不是实现了吗?"

说完这话,被审讯的人又忍不住"咯咯"地笑,她微微喘气,脸色因为激动而发红。

姚盼说:"你说完了吗?"

涂媛恢复神态,双手平放在铁桌上。

"得看姚警官你们还要问什么。"她冷笑着说。

"问点实质的,你为什么说自己是涂姝?"

"我说过了,就是开个玩笑。本来呢,我也觉得她的生活像那么回事。没想到她又是嫌疑人又是艾滋病的,还不如我呢。"

"涂姝的身份证件,你是怎么得来的?"

嫌疑人耸耸肩。

"我捡到一个包,包里有身份证、手机、信用卡和家里钥匙,一应俱全。"

骆承文冷哼着说:"你以为靠这些鬼话就能推得一干二净吗?"

嫌疑人侧头想了想。

"问个事。"她把头摆正,"我姐是什么时候被关起来的? 关在那个直播房里。"

骆承文沉闷地说:"为什么问这个?"

"因为这很重要。"

姚盼看着对方,说:"6月29日到7月5日之间。"

嫌疑人打了个响指。

"原来我有不在场证明呢——"涂媛微笑说,"那段时间,我也被关在一间房子里。"

·5·

穿过乡间的麦田,又远眺望见一条小河的时候,姚盼心里掠过一种恍惚,觉得这个地方和受害人涂妹被关禁的地方恍如一处。但靠近了才发现不是。

那条河是从城市尾部伸出来的臭水沟,上面漂浮着白色的垃圾。河上游没有麻风村,但有一座烂尾楼。

那座烂尾楼烂了十多年,曾经是城市流浪汉的家。

赤裸的灰色钢筋混凝土四面通风,住着乞丐、精神病人和瘾君子。他们身上大多带疮带毒,无人敢靠近。楼房四围长满立人高的杂草,倒像建了隔离而安生的篱笆。河流两岸也种满无人打理但活着的树。

那座楼房是城市扩张一度失败的产物,最近两年终于封顶,在镂空的框架之上加盖了墙、门和窗。市政府信誓旦旦,当年之内会把臭水沟一并治理好,起码在上面加盖封顶,遮起来。所以当年之内就可以招商引租,城市也可以由此为新起点继续变大。

曾经住在里面的人就被驱赶走了。他们终于离开那里,走了出来,从此下落不明。

河边长得畸怪的树也悉数拔去,重新栽了一排整齐漂亮的。

警车从直行的柏油公路转弯过来的时候,一根铁杆从路边斜伸而出,上面吊着一个路牌。姚盼一阵恍惚,没注意看,而当驶近臭水沟和烂尾楼,看见它们在城市尾部的黄色倒影和反光时,和她并肩坐的骆承文提起来。

"刚才有看见这条路的名字吗?"

姚盼挡了挡从车窗外透入的斜沉的阳光,摇摇头。

"叫彩虹路。"骆承文说,"和鸢尾路一样呢——都从人间通向天国。"

姚盼明白过来她一阵恍惚,又觉得恍如一处的原因。

黄昏时分,薄文星等人也到了。

彩虹路位于温州一个县级市的镇郊,距离涂妹涂媛姐妹的老家一百公里。

"我就在那里上的中专嘛,所以知道地方。"

嫌疑人涂媛声称她就被囚禁在那座烂尾楼里,被困了一周有余。

她的不在场证明简单又牢不可破。

那座烂尾楼高十七层,定位为商住混合,整体已竣工,部分楼层也进行了粗装修,但未通水电。

涂媛被囚禁在十七层之上,顶楼的天台。那里有一个独立房间,原本规划做管理室,十来平米,目前还空置着。警方在天台上发现了一台小型的柴油发电机,能给房间的一个电源插座供电,插座上插有一盏0.5瓦的节能夜灯,到夜晚能照明。

除此以外,发电机还给若干设备供电。房门加装了一个电子锁,门梁外侧装了一个监控摄像头。电子锁和监控摄像头、计时器绑定。

6月28日下午三点十七分,涂媛出现在监控画面里。她穿着朴素的T恤和牛仔裤,身上只带一个小挎包。她敲了敲门,然后推门入内。

电子锁在十秒钟后自动锁上。一共锁了二百一十六个小时,刚好九天。

警方在房间里发现了和二号现场——受害人涂姝被困房间里相同牌子的矿泉水,但有十六瓶一小箱。另外还有一箱袋装面包。

嫌疑人涂媛声称她被困房间里的九天,靠着微光、水和面包活下来。

九天后的7月6日下午,她推开房门,摇摇晃晃地走出来,再次进入监控画面。那时,她的姐姐涂姝已经在千里之外的另一座城市的牢房里被救出。

"监控视频连续,没有剪辑痕迹,其间没有人再进出。"

薄文星带了他班底的技术警员飞过来,检查后无奈摊手。

姚盼问:"日期和时间呢?有没有人为篡改的可能?"

薄文星摇摇头。

"电子锁和监控摄像头都和一个自制的计时器连接,而这个计时器内置了无线网卡,时间和网络时间实时同步。那个小设备的功能非常简单,但正因为简单,反而没有篡改的可能。"

"那门锁是怎么锁上的?"

"也是由一个简单的触发程序控制,当6月28日这天有人推门进入以后，电子锁就会在十秒后启动自锁。然后计时开始，二百一十六个小时后才重新打开。"

"所以你是说，那个人在6月28日至7月6日的九天里，确实一直在这个房间里没有出来？"

"是的。"薄文星肯定作答，又叹了口气，"画面不能篡改，时间也不能篡改，真正的实时直播——这一手简直是简单粗暴，但极其有效！"

警方还找到了其他证据。

那房间里有卫生间，但没有水。马桶里仍留着人的尿液和粪便，经检测属于嫌疑人涂媛，分量也和一个成年女性中低营养摄入九天相符。

而关于新鲜度的检查，证明粪便连续形成于半个月至一周以前，这和涂媛自称被困在房间里的时间也吻合。

薄文星神情略带别扭地说："如果硬要说，那个人把自己那几天的尿液粪便保存下来，事后再千里迢迢带过来倒进马桶里，未免太……牵强。其实，连堆积状态我们也检查了，符合自然排泄特征……"

姚盼也轻叹了一声，说："明白了。"

嫌疑人涂媛声称自己收到一条不明短信，约她6月28日到此地见面。她依约而来，敲门发现门没上锁，于是推门而入，没想到刚进去，门就突然自己锁上了。

"那条信息是谁发给你的？"警察质询她。

涂媛答道："我也不知道，可能是万有光吧。"

她表示这几年和万有光偶有联系，逢年过节发个问候那种。

刑警问她："你怎么知道这条信息是万有光发的？你说来就来

了?"

"就是直觉,那个人老换号码。"嫌疑人耸肩说,"反正我刚好在温州,闲着没事就过来看看,谁会知道是个圈套。"

刑警们对这种回答感到气结,又无可奈何。

嫌疑人给警察查看了她的手机,手机删得空空白白,只留了一条短信。

"我们在温州聚聚。"后面附了地址。

警方追查短信的来源,发现是一个没有实名登记的电话号码,但信息发送的电信基站能覆盖万有光的住所。

薄文星想彻查嫌疑人手机里的数据,唐明说了一句"估计没用"。

"这只手机她会交出来,肯定是新机白号。那些人长期在边缘生活,你也拿她没办法。"

果然后来什么都没查着。

"你被锁在房间里,没有尝试呼救吗?"警察又问。

"谁说没有？我喊了几天几夜,但是根本没人听见——"嫌疑人说,她笑了起来,"我和那几名受害人不是一样吗？我们都没有人来拯救。"

"手机呢？你为什么不打电话求救?"

"手机打不通,从进门以后就一点信号都没有了。"

警方在房间外侧找到一个信号屏蔽器,覆盖范围二十米,也靠柴油发电机供电。那时已经停电了,但无法证明它在涂媛被困房间里的那几天没有工作过。

涂媛还声称房间里放着一个背包,里面有属于涂姝的各种身份资料,所以她生出假扮成她孪生姐姐的心思。

以上是警方在那座城市烂尾楼的天台上孤房里搜查到的全部。那里后来被标记为三号现场。温州本地和案件专案组速调人员组成的联合侦查组当晚收队，能查的就这么多，情况就这么个情况。

当证据和事实摆放在眼前时，香港督察骆承文气极而笑。

"这算什么？"他望向搭档姚盼，"那个人把自己关起来，然后就可以脱罪了？"

姚盼说："是的，她具有了牢固的不在场证明。"

万有光死于6月29日夜晚；第六名受害人涂姝被软禁于6月29日至7月5日之间。可能性只有两种：一是由万有光下手，受害人从6月29日起一直被囚困；二是受害人在万有光死亡以后才遭到软禁，由万有光以外的人下手。

而无论是哪一种可能性，涂媛都不可能是下手的人。因为上述时间她身处千里之外，被关禁在另一个城市的另一个房间里。

这一手简单粗暴，但直截了当。

"涂媛具有不在场证明，无法直接作案。"在案情报告会上，薄文星陈述道，"如果一定要把她视作嫌疑人，就要证明她是万有光的同伙。我们要找到她指示万有光或者其他人作案的证据。"

问题回到原点，警方最终没有找到有力的证据。

警方彻查了涂媛和万有光过往几年的交集，零零碎碎有一些通信记录，甚至有他们见面的目击证人。但这些均无法作为涂媛参与犯案的实证。

"涂媛之所以不否认她和万有光有联系,是因为知道我们多少能查到一些线索。"在案件追查更长的时间后,薄文星叹气说,"但她有恃无恐。她有不在场证明,也知道我们的调查会到此为止。"

香港警长唐明补充:"而且她被关在烂尾楼里的这件事也有了解释的借口,她把罪名都推给了万有光。"

警方所掌握的主要物证,是残留在万有光家中卧室的毛发痕迹。

但涂媛和受害人涂姝是同卵双胞胎,DNA鉴别失效。警方无法咬定那些毛发属于涂媛,进而证明涂媛和万有光关系匪浅,而且以此为导向的证据也出现矛盾。

"根据举报电话追查到的作案货车,在副驾驶座上也发现了一致的头发。"香港警长唐明说起维多利亚港旁的"掳人事件","但那个疑似是万有光同伙的白裙女子,不可能是涂媛——她那时在温州,时间上有矛盾。"

涂媛的不在场证明,连带让这些证据一并失效。

港警督察骆承文低沉地问:"这到底是怎么回事?万有光还有其他同伙吗?"

唐明答道:"不好说,同伙是谁也不好说。犯罪嫌疑人在案前案后都做足了两手准备。"

在长达数月的案件周期里,警方也找到了个别证人。万有光的相貌一目了然,另一个嫌疑人却是另一回事。不少目击人表示曾在万有光住所附近见过疑似涂媛长相的女人——但没人能证实她的身份。

"那个人说的一句话,我们无法反驳。"唐明说,"我们无法证明涂媛和万有光有紧密关系,同样无法证明涂姝完全不认识万有光——和万有光接触的人,我们无法证明是涂媛还是涂姝。这是个死循环。"

薄文星补充:"现在我们才明白,假扮涂姝是她真正的两手准备。如果替代了涂姝的身份,她就可以远走高飞;而如果被识破,则可以反过来把嫌疑推到涂姝身上。"

当所有证据都在身份指向上出现模糊时,警方事实上为嫌疑人进行了自证:具有不在场证明的人,是涂媛而不是涂姝。

"这份不在场证明——"站在那栋坐落在城市边缘的楼房的天台,骆承文沉郁地问他的搭档,"她是自己把自己关起来,是万有光协助她,还是其他什么人做的?"

姚盼说:"我们不知道。"

传唤问话满四十八小时后,因证据不足,嫌疑人涂媛被释放。

其后的两个月里,警方多方奔波,也若干次传唤涂媛,但始终缺乏定罪的证据。

到了9月中旬,在外界的压力下,跨越香港内地两地的连环命案以万有光为案犯宣布结案。

那之后,网络上有过一阵余波。有人披露,最后一名受害人涂姝的妹妹涂媛是重要嫌疑人,此人心肠歹毒,是案件的幕后推手,只是暂时没有证据将她绳之以法。也有人提出阴谋论,说受害人里有伪善者,怀疑整宗案件是为了流量和利益而策划。

因为案情特殊敏感,两地警方下了封口令。虽然网上的小道消息不胫而走,但任何事件都热闹不长,最终余波渐熄。

尽管案件留了尾巴,专案组的一众刑警心里都有芥蒂,但丑恶的犯罪嫌疑人万有光确已伏法,至于是否存在协同犯,归根结底只能采取疑罪从无的原则。案件已结,犯罪得到遏止,上级对内对外都论功行赏。

不久后,案件专案组组长于雷年龄届满五十八岁,退居二线;副手孙明玉晋升一级,成为市刑警支队队长。

10月下了夏末最后的一场雨,姚盼因事出差香港,和骆承文见了一面。两个刑警坐在一家咖啡厅里,望着从绿色檐棚上连绵成线的雨滴。离开咖啡厅时,雨还没全住,两人在门口站了一阵,身穿长风衣的姚盼递给骆承文一根烟。

"有人说,结案了也算案结了。"

骆承文接过烟,但没有点。

"我再等等看看。"他沉默片刻说。

"嗯,我也没带打火机。"

"涂姝……现在情况怎么样?"

"在医院,仍然昏迷不醒。这也是另一种关禁。"

"我想起你说的一件事。"

"嗯?"

"窗台上一共有七盆花。"

"嗯。"姚盼仰起头,看着渐渐薄亮起来的天空,平淡地说,"天转凉了。"

入秋后没有案子的一天,姚盼在办公室里听到外面有些吵闹,她站起身向外走,薄文星迎面走进来,姚盼问"什么事"。

"没什么。有个人来问涂姝的案子,说要查档案。他问涂媛是不是嫌疑人,为什么我们不把她抓起来。"

姚盼皱皱眉头，问："是什么人？"

薄文星耸肩回答："要么是小报的记者，要么是好事网友吧。咨询窗口让他提供身份证明，他不愿意。人倒是长得又高又帅，但看着不像有教养的人。"

"现在人呢？"

"已经走了。"

那时，姚盼心里莫名地又想起那窗台上的七盆花。

她的下属没把事情往心里去，坐回座位上端着手机。那是难得闲暇的一天。过了一会儿，薄文星开口说："那个地方又出事了。"

姚盼抬头问："哪里出事了？"

"万有光以前干活的那个游乐园，最近又出了事故。"

"什么事故？"

"表演事故，有一只狮子在高台上把驯兽员抓伤了。"他答道，"就是前两天的事。"

·6·

身后"咯噔"一声,什么东西上了锁。

涂妹恐慌转身,伸手想拉门,却发现那房门没有把手,关上后就和墙壁融为一体。

这时,外间传来巨大的响声。

有短瞬的哼叫和地板的撞击,似乎有人在打斗。

涂妹听见章洁的怒吼声:"你是什么人?"

涂妹伸手拍门,惶然呼喊:"章洁!章洁你怎么了——"

外面的响声突然消失无踪。

涂妹开始猛烈拍门,用手指寻找门缝,但门和墙壁密不可分。她心里的恐惧像一个持续膨胀的气球。

"章洁,你在哪里?发生了什么事——"

无人回答。过了许久,房间内外都只剩下门框震动的回音——然后一个声音毫无预期地从天而降,一个犹如新闻广播的浑厚男声在房间的空气里旋转。

"开始表演之前,请别忘记先做自我介绍。"

涂妹如中电击,触手的墙壁似乎变得滚烫,她向后倒退,原地转圈,但灰色的房间里空无他人。她突然浑身颤抖起来。

她想起来,这句话她曾经听过。

"你是谁?"涂姝仰望着虚空发问。

男声说:"不是请你先自我介绍吗?"

"我叫涂姝,我来参加面试,和我朋友章洁一起来……"涂姝勉力镇定,"但是门突然打不开……"

"嗯,面试。所以你开始表演了。"

"什么表演？这是什么意思……我现在要走了,章洁在哪里？请放我出去……"

"对不住了,这是出不去、不能走的表演。"

"你到底想怎么样？再不开门,我要报警了!"

"嗯,你可以试试看。"

手机还带在身上,涂姝匆匆翻出来——但她很快僵住,手机显示没有信号。

房屋的某个地方安装了信号屏蔽器。

涂姝的心脏怦怦乱跳,脸色一阵潮红又褪去,似曾相识的场景掠过脑海……

"感觉熟悉吗？门打不开,手机打不通,空空如也的房间。"男人的声音横亘在空气和时间之中,"三年前,你不是也被这么关起来过吗？"

涂姝垂手立定在房间中央,她低下头不作声。

"现在可以开始表演了吗？那请你重新介绍一下自己——"男人说,"最近你又用了涂姝的名字呢,死亡直播连环命案的嫌疑人涂媛小姐。"

灰色的房间里没有窗户,不见日光。北面的墙壁上挂了一只圆形的钟,时针和分针刚刚重叠在"12"的刻度上。

然后秒针嘀嗒一声摆过来,继续向前走。

和墙壁融为一体的门梁顶端有一个摄像头,旁边还有一个小小的扩音喇叭,身穿白色连衣裙的女子抬起头就看见了。

女子转身向前走,她面前有一张不施装饰的木椅。她伸手把椅子端到正中,坐下来。

"放我出去!救命啊——"

她抱着头放声尖叫,然后踢开高跟鞋,把一条腿交叠在另一条腿上。

"要来真的吗?"

这个自称涂妹的女人朝向摄像头,笑了起来。

"要我继续叫吗?"女人说,"上次我被关了九天,吃喝睡觉大小便都在一个房间里解决,你想做一样的事吗?你可以告诉我,你更喜欢看还是更喜欢听。可是你打算把我关多久呢?九天,十天,一个月……还是把我一直关起来,代替警察?"

广播里无人回答,四面灰墙的房间寂静无声。

"现在装神弄鬼已经晚了。"女人坐在椅子上跷起腿,"我听说啊,人家搞的死亡直播,根本不会和关在房间里的人说话——所以你根本不敢来真的!"

女人说:"我知道你是谁了,你是哪个杂志社的记者吧?租一间乡下的房子搞现场直播?你想对我说什么呢?警察放过你,但我不会放过你。"

女人笑了起来:"记者先生你搞错了吧?警察没告诉你吗,我可是一点都没有犯罪的人。"

她的声音又变得刻毒:"我再说一次,现在就开门放我出去!不然你死定了,你根本不知道我能干什么……"

"嗯,果然是算不上好的表演。"

广播的声音再次响起,但那主持人一样的男声消失了——他没有再使用变声器。

那声音让房间里的女人猛然一愣。

"你是……梁夏……"

男声变得干净轻快,但语调分不清是暧昧还是坦率。他嘻嘻笑了起来。

"嗯,谢谢你记得我的声音。"

端坐在椅子上的女人霍然站起来。

"果然是你!你一直在跟踪我吧?这个地方也是你弄的吗,什么厄尔尼诺公司?我就知道你一直假模假样——怎么了?现在不装了吗?"

"嗯,不装了。"梁夏叹气说,"我听说有个行规。"

女人问:"什么行规?"

"当演员的表演被识穿时,就没有必要再演下去。"

自称涂姝的女人莫名发呆,在一种心虚的情绪里,她伸手指向摄像头狠狠地说:"我不管你是谁,现在马上放我出去!我说过了……"

"嗯嗯,我知道你说过,不放你走,我就死定了。"

女人的气势停滞,她想说"你知道就好",或者大声说"废话少说"——但心里有个声音告诉她:哪一句话都表演得不像话……

"我也说过,你的表演算不上好。"自称梁夏的男人说,"不过,你非常聪明,糟糕的表演反而正好。"

女人忍不住问:"什么表演？什么正好？你在说什么！"

"三年前,你之所以能把警察骗过去,利用的正是这种显而易见的表演。"

女人浑身震颤,一种巨大的惊惶让她心生焦急。她强行镇定,挤出冷笑。

"你是不是有臆想症？警察说我骗人了？我哪里敢骗警察。我再说一次,警察已经证明我没有犯罪,我是好人！你不知道他们是客客气气地把我送走的吗？所以,麻烦你这个神经病马上开门！"

广播没有回答,墙壁上的钟嘀嗒在走。

沉静里,身穿白裙的女人焦躁起来,她径直向前走,再次伸手寻找房门和墙壁的狭缝。

"这是什么破房子！放我出去！"

梁夏的声音又从头顶的扩音喇叭里慢悠悠地飘下来。

"嗯,你不知道这是什么地方。这一点不需要伪装。"

女人身体又是一抖,她退后一步,心脏乱跳,声音却镇定下来。

"喂——这里不会是犯罪现场吧?!"

梁夏说:"是的,警察把这里叫作二号现场。三年前,有一个叫涂姝的女子曾经被关禁在这个房间里,没有食物没有水地关了好几天。"

"真的是这里吗……她是我姐姐……"女人装模作样地捂了捂嘴,又冷笑,"可惜她躺在医院里成植物人了——所以你想干什么呢？煞费苦心地把我关在同一个地方,看我会不会动摇？现在你看到了吧,我连这里是犯罪现场都不知道,这证明我没有嫌疑！"

梁夏的声音从扩音喇叭里传来："嗯,你说得很有道理,所以我说这一点你不需要伪装。警察也是没办法,他们没法做把你关在这里加以试探的这种事。"

女人上前用力拍门,厉声说："你把我关起来也一样没用,开门！"

"话说,你知道洛卡尔物质交换定律吗？"

"什么？"

"没听说过吗？嗯,没听说过也对,那是警察显摆时用的术语。不过大概意思你应该知道：一个人去过一个地方总会留下痕迹,这种痕迹极难全部清除。譬如说,你在现在的这个房间不过逗留了十来分钟,这里就已经留下大量属于你的生物痕迹,鞋印、毛发、皮屑、油脂,还有指纹。那张木椅子的扶手上、椅脚边,甚至座椅的底部,都在你刚才搬椅子的瞬间粘上了指纹。你刚才几次想把门撬开,所以墙壁、门框以及一些微不可察的缝隙里也会留下你的指纹和掌纹。总之,数之不尽。所以说,警察要判定一个人去过一个地方不难。"

身穿白裙的女人冷笑起来："这不就结了——这里是犯罪现场,警察肯定掘地三尺地翻过了吧？我想问问,他们有找到我的生物痕迹吗？别说头发、皮屑这些,我说指纹。"

梁夏远程回答："据说是没有。"

"所以说,我从来没来过这里！"

"我要说的不是这里,我说的是涂姝的家。"

女人说："什么？"她心里一刹那掠过慌乱。

"涂姝在上海租的公寓,还有她在温州的老家。"男人在广播里说,"在那些地方,警方找到你大量的指纹。"

女人哈哈大笑。

"我以为你要说什么,看来你从警察那里得到的内部消息还不够多嘛!温州那里也是我的家,有我的指纹很奇怪吗?至于上海的公寓,是我姐租的没错,但我也住过一个晚上。警察没告诉你吗?我开了一个玩笑。"

梁夏说:"我知道,你曾经自称涂姝。"

"那你还要说什么?开玩笑不犯法吧?哦,你打算举报我妨害公务?这件事警察知道得比你早得多!告诉你吧,他们已经关过我两天了,这可以了吧?难道你要给我延长拘留?"

"本来我以为你没明白我的意思,但你已经掩藏不住紧张,看来你听懂了。"

"我没有紧张,我不知道你在说什么!"

"我说的不是那些地方为什么有你的指纹,而是那些地方为什么没有涂姝的指纹。"

女人说:"因为我通通清理掉了,连家具都全部搬走了。干干净净!"

"嗯,还真的是干干净净。"广播的声音里带着点头,"所以我才提到那个物质交换定律。一个人在一个地方短暂逗留,就会留下大量痕迹,更何况是长期居住的人呢?要让人找不到屋主的一星半点指纹,这挺难的。你也知道这很难。你是怎么做到这件事的呢?警察其实也没想明白,只能认为你采取了某些高明的手段。毕竟方向错了,就很难想明白。"

"我不知道你在说什么……"

"你应该很清楚,这种事一旦被怀疑,就没有机会了。要伪装成另一个人没这么容易,要骗过警察更是难上加难,你知道自己的演技说不上好,何况还有洛卡尔物质交换定律这种拦路虎——所以你想了这个办法。"

"我不知道你在说什么!"

"你是怎么做到清除一切痕迹的呢?要怎么才能连警察也骗过去呢?其实有一个简单解,反过来表演就可以了。"

站在灰色房间门前的女人呆呆立定。

广播的声音在空气和时间里飘荡。

"警察要判定一个人到过一个地方不难,但是要断言一个人从来没有到过一个地方却殊为不易。大部分时候差不多就算了。这是反证法的问题。所以你做了一件事:让警察搞错证明的方向。你用带瑕疵的演技说了一个相反的谎言,这可以说得上是高明,或者可以说是拼尽了全力。"

身穿白色连衣裙的女人身体发软,失去了反驳的力气。

"我已经说过了,这种事一旦被怀疑,就再没有机会——所以当表演被识穿时,你也没有必要再演下去了。"

白衣女子捂住嘴。她心里非常明白,那个人已经看穿了全部。

梁夏说:"一直以来,你想骗过警方和所有人的,不是你是涂姝,而是你不是涂姝。"

灰色房间里的时钟嘀嗒作响,时光仿佛已然循环更迭数遍,走了许久。

"我建议你先坐下来。"广播的声音柔和起来,"我说一阵话,你可以当作自言自语或者电台节目,想听吗?"

房间中自称涂姝的女子木然点头,靠近椅子坐了下来。

似远又近的声音,如电台主持人一般开始讲述。

三年前,那几位负责案件调查的警察就曾经捏着拳头立旗帜:要伪装成另一个人没这么容易!——实际上这件事比想象中更难,完全可以说是吃力不讨好。你看,你曾经自称涂姝,才装模作样几天就被揭穿了。所以话说回来,你为什么非要做这件吃力不讨好的事呢?

我怎么想都觉得这不合理。

当然,你也布置了烟雾。警察一直以为这是你的两手准备:成功了最好，不成功也无所谓。其实并非如此。烟雾散了就能看清：你从来没有做两手准备，你的目的始终如一。

而且你成功了。

三年前，你没有假扮成涂妹；你真正要做的事情，是在警方面前假扮你不是涂妹。

我想我最好直接说结论：简单地说，你就是涂妹。

多年来，你参加过很多公益工作，认识护士班上的同学；而温州的老房子和上海的小公寓，也都是你曾经住过的家。

所以，你事实上在扮演谁，也就不言而喻了。

我是从一件事情上建立这个猜想的。

我听说你曾经在警察面前干脆地解开衣扣，展露自己后背的文身。然后当你转回身时，脸就发红了。

也许你确实本能地感到羞赧，毕竟对面坐着一个男警察；不过我想，那一瞬间的脸色涨红，其实也有你担心自己演过了头的因素在内。

毕竟即便是你希望扮演的那个人，即便她早已习惯在男人面前宽衣解带，也不见得会在那样的场合衣服说脱就脱吧。

尽管你是想借此露个"破绽"，但未免太着急也太刻意了。你心里觉得这样的行为对不起你在扮演的人。

你脸红，是因为紧张和愧疚。但警察没能看清这一点。

他们认定你无非就是这样的人，也认定你的脸红是在演戏，而没想到那才是你的真情流露。

这种例子，后来还有很多。

这么说吧，你的表演并不完美。警察一眼就能看出你在表演，这显而易见；但他们搞混了哪个部分是假，哪个部分是真。

实际的情况是,你演得越像的部分,警察反而越怀疑。你的行为举止表现得越像涂妹,他们越会认定你不是涂妹。

而当你去扮演另一个人的时候,明明表演得过头,他们却认为你就是这样的人。

人就是这么奇怪的动物。刻板印象和先入为主,是极其可怕的陷阱。

所以当我知道这件事时,猜想就建立了。事情原来需要反过来看。

其实你要扮演的人是涂媛。

你很聪明。你利用警察的先入为主,弥补了演技上的不足,以及其他问题。

最初,你应该考虑过直接假扮涂媛。但你很快意识到,这样做非常困难,也非常危险。

你没有信心在表演上做到滴水不漏;还有洛卡尔物质交换定律这个致命问题。

在你居住、逗留过的地方,有太多你的生物痕迹,任何一个指纹都可以推翻你的伪装。而你没有时间,也没有能力做到彻底清理。

如果你直接向警察声称你是涂媛,警察总会核实身份,而哪怕只要有一个矛盾点,他们都会生出怀疑。到那时,你将无法招架。

譬如随便问一些涂媛的事情,你都难以回答上来。

就像我前面说的,伪装身份这种事一旦被怀疑,就难以再伪装下去。

也就是说,你只有一次机会。你必须做到从一开始就让警方毫不怀疑地认定你是涂媛。

怎么才能做到让警方不怀疑呢？你采取了反其道而行之的策略——你向警察声称自己是涂妹，从而让警察怀疑你是涂媛。

你让他们搞错了证明的方向。相比正证法，警方用反证法对你有利得多。你只需要留一个质证点就够了。

其实有时候，警察比一般人更容易先入为主，他们最喜欢相信自己所证明的怀疑。你高明地利用了这一点。用一种怀疑代替另一种怀疑，绕一个圈，负负得正。

当然，这个前提是你能够让警察建立先入为主的印象。

为此，你做了几件事，其实也不复杂。

譬如你拿着自己的身份证订了一张前往摩洛哥的机票，一副企图出境潜逃的人物设定就活灵活现了。你转而又买了一张飞往案发地的机票，在机场里静静等待。你很清楚，正在紧密调查命案的警察不久就会赶过来。而当警察气急败坏地赶到时，你再和他们说一通漏洞百出又无从反驳的理由，狡诈多端的印象就已然扎根。

其后你接受警察的问话，大可没有压力地对答如流，因为你只需要扮演你自己，说你自己的事，然后在适当的地方嵌入一些含糊其词的话，则足够让警察的怀疑生根发芽。

你表现得越像涂妹，警察只会越认为你不是涂妹。

对了，那时你还使出了文身这一招。

和警察见面之前，你在自己后背文了一朵鸢尾花。在那些和网友通信的邮件里，曾提到你在草原骑马时受了伤，背部留下花状的伤疤。你为了加深警察对你的怀疑，所以去文了身。你最初的想法是借此让警察怀疑：你在假扮涂妹，但由于身上没有对应的伤疤，所以通过文身加以掩饰。后来你换了一种更好的思路，干脆声称那些邮件不是你写的。这个思路我忍不住要称赞,它非常巧妙,真正做到了虚虚实实——警察被绕得晕头转向,而你说谎的压力反而更小一些。

另外,以此为由解开衣扣,展露文身的举动也可以加固警察对你的印象,可谓一举多得。虽然前面说,这个部分你表演得有点紧张,但平心而论,已经足够好了。

不完美的表演,反而成了你加深警方怀疑的有力武器。

总之,通过寥寥几手,警察结束第一次对你的问话时,先入为主就已经根深蒂固了。

于是后面一切都顺理成章。你也得以利用这种巧妙手段解决了洛卡尔难题,也就是一屋子的生物痕迹该如何清理的问题。

警察一直陷于一种思维,你是用了某种高招,在很短时间里彻底清理了住在公寓里的人的全部指纹,然后四处留下自己的指纹。他们觉得你做得真够彻底干净的。

事实上,你什么都没有做。

你什么都不需要做,既不用做清理,也不用留指纹,因为你本来就是住在那里的那个人。

而你提前一天找人把住所里的家具和物品一干二净地搬走,又通通送去垃圾场销毁,目的不是清理,而是引导警察以为你做了清理。

你给了警察一个解释的台阶,让他们死死地往错误的方向做证明。

这个思路非常缜密,很了不起。

至于你在温州的老家,操作也大同小异,或者说你需要做的事更少。因为那个家其实和你租在上海的公寓一样,你的妹妹涂媛从来没有在那里居住过……

总而言之,你用这种"反向伪装"的策略完成了不可能的伪装。这个策略最巧妙的地方,是让你处于一个优势位置。在你面对警察的大部分时间里,你只需要一口一个"我是涂妹",陈说各种关于涂妹的事情,而不用多谈涂媛。

哪怕警察找来各色人等试探你,你也可以应对得游刃自如。譬如我知道警察把你上护士培训班时的同学喊来了。但这对你来说毫无压力,无论对方提问什么,你知道就说,不知道就不说;也可以说一些,不说一些,或者干脆说记不清了。这都随你喜欢。

说自己的事情,是没有困难的。

而当警察在你的一步步引导下,找到你预留的那个质证点,并作为铁证揭穿你的那一刻,你的身份就安全确立了。到那时也没有人会再回过头来,用质询各种问题的方式,去核实你是不是涂媛,你也不用再多说那些你不了解的事了。

人在好不容易证明自己的认定以后,很难再去怀疑这个认定。警察尤其如此。

何况,那时警察也无暇想这些,因为你还安排了一手,让警察应接不暇。

你记得那些调查命案的警察是怎么被你牵着鼻子跑的吧?那时,他们一心要查的已经不再是你的身份证明,而是你的作案证明。

那几位警官日夜兼程,好不容易揭穿你的身份,把你确定为嫌疑人,结果你说"我可是有不在场证明的"——我都能想象他们有多吹胡子瞪眼。

其实是他们自己弄反了,关键是你的身份而不是你的不在场。

但你能让警察弄反是一件了不起的事。你的所有计划都非常周详,而更了不起的是你的意志。

我想,我需要收回一些轻飘飘的话。

三年前,你用一种简单易见的表演骗过包括警察在内的所有人,成功地把自己伪装成另一个人。

但做这些事情可不简单,你为此拼尽了全力。

别的不说,只说文身这一件事,对于你来说,已是不小的挑战。

我听说那个文身有手掌大,好让警察固化代替伤疤的怀疑。我还听说文身的颜色非常鲜艳。我想,你一定曾要求手执针管的文身师尽量刺得更密更深,或者刺上两遍,哪怕将皮肤打烂也无所谓。你希望警察一眼就能看出,文身是最近文的,皮肤还在红肿……

更不要说你在拼命扮演的不是其他什么人,而是一个身负命案的嫌疑人。

我一直在想,你做这些事情的时候是一种怎样的心情。

其实在你面对警察问话时说的一些话里也有迹可循。

有些时候,你表现得挺激动的,说得脸色通红。警察会觉得你演技真好,但我想那些话才是你的真情流露。

"不过如果非要在我们两姐妹之间选一个嫌疑人,看上去还是我姐嫌疑更大呢。"

"流量啊!你们没看出来吗?她说她想帮助那些人。其实她最想红了,她比谁都想要流量,从小到大想了一辈子。"

"我在网上看到了,那些受害人也好,她也好,都红了。你看,她想了一辈子没实现的愿望,现在不是实现了吗?"

你挑衅地向警察说着这些话,"咯咯"发笑,激动得脸色发红。

那时,警察以为你是在讥讽另一个人,带着嫉妒和厌恨;但现在，当转换了身份去看时，会发现你这些话的对象不是别人，而是你自己。你在讥讽和批判你自己，所带的厌恨是对你自己的厌恨。

后来网上还有一些说涂妹是伪善者的帖子，我想也是你自己发的。

"我知道你们为什么为难，为什么想怀疑又不敢怀疑我姐。我告诉你们为什么，因为她是受害人，她快死了。不过她不是还没死吗？你们把她叫醒问个话，事情不就简单了。不过看样子，你们也叫不醒她，所以只能来问我。"

你还说了这些话。

那时，在你心里，应该既有真实的不甘，也有深深的悲伤吧？

当你知道躺在医院里昏迷不醒的那个人患有艾滋病的时候，一瞬间你表现得震惊不已。那不是演戏，你是真的不能自已。

你冷笑着对警察说："你说她是搞别的什么染了病，还是去边穷山区搞公益染了病呢？"

你说这句话，是为了避免警察因为这个病而对那个人的身份生出怀疑；同时，你也在心底里希望为她做一些掩饰。

既然你在扮演谁已被识穿，那个昏迷不醒的人的身份也同样不言而喻了。

为什么警方会先入为主地认定你是涂媛呢？其实你的各种手段只是辅助，真正的原因更浅显易懂。因为案件的受害人明白说了她是涂妹，而她被囚困挣扎多天，已经生命垂危。

坦率地说，在当时的情况下，不先入为主很难。

其实你不采取"反向伪装"的策略也可以，你只是安全起见自己给自己加了码。

人很难设想一些颠覆性的可能：没有人会想，濒死的受害人是犯罪嫌疑人;而真正的受害人,正在拼命地把自己扮演成犯罪嫌疑人。这都是毫无道理的事情。

警察一直认为,犯罪嫌疑人谋害受害人,是为了夺取对方的身份,过上新生活。

他们猜中了一半,但猜不中反过来的部分。

事实上,犯罪嫌疑人确实要夺取对方的身份,但她没想着活下去;她的目的,是让被夺取了身份的受害人带着她的身份活下去。

嗯,涂小姐,你不用站起来,也不用激动。请坐下,我知道你想说什么。

我已经都知道了。毕竟质证点摆在那里,我又不会视而不见。当表演被识破后,把事情的全貌反过来看,剩下的只是顺藤摸瓜而已。

刚才我也说了,我一直在想,你做这些事情的时候,是一种怎样的心情。你为什么要把自己伪装成嫌疑人呢?

受到某种程度的胁迫是肯定的,你也有不甘的心情。但我想,你做这件事更多的还是基于自己的意愿。

这和你这几年做的事情一样。

在过去的三年里,你仍旧在扮演一个身负命案嫌疑的人,也让自己生活在社会的边缘。

我们第一次见面的时候,你正遭到两个流氓的袭击。那两个流氓把你掳进一条堆满垃圾的小巷,他们拿着弹簧刀,抢了你的钱,把你压在身下。你很快放弃了抵抗。

后来我打听了一下,那两个流氓是一个女人雇的,这个女人指使他们侵犯你。

但他们不知道,他们的雇主就是你本人。

嗯,我们还在香港碰见了。

那是你第一次去香港吧?虽然在你的港澳通行证上写满了每次十四天的旅游签证记录。

你穿着短裙,站在旺角深夜的街头,靠着贴满小广告的卷帘门。

后来我带你到维多利亚港看夜景,你在黑漆漆的海港旁边一个人跳舞。我想你的心情应该不好受。

对了,我还道听途说了一些事。

你在商场那家水族游乐场里当人鱼演员,剧团的训练很严格,你比其他人更认真努力,甚至可以说刻苦拼搏。入职不过一个月,就从替补成为主演。

有人说,你给原本担任主演的女演员下了药,所以在选拔时得以脱颖而出。

还有一些手段,譬如和剧团里的男演员交往甚密,还在负责人的办公室里一待两个小时。

虽说是风言风语,但我相信这些事你会去做。你有做的理由。

抱歉了,我这左打听右打听的。当然还有更多我不知道的事情。

我只能想象,你这几年过着什么样的生活。

你还经历过什么事情呢?最近我还知道一些,毕竟我最近住在离你不远的地方。

从上周开始,房东就把你租的房子断电了吧?你在那里度过了多少个伸手不见五指的夜晚呢?另外,是不是有人向你家里丢石头,把临街的窗户都砸碎了?他们还往你家里丢了泥巴和各种死掉的动物吧?

大半夜的时候，还有人跑到你门口搞恶作剧，用木棍粗暴撞门，然后一哄而散。

哦，我有注意看着的，还好那些人没有进一步的过激行为。不过他们也不敢。

你的房东和那些住在周边的人一心只想把你赶走。还有一些跟风起哄的人，只是觉得闹着好玩。

其实他们本身对你也怕得很。毕竟，你是一个连环命案的嫌疑人。

在你租的房子附近，好几个地方都贴了你的照片。有些人来人往的巷子里，一整排地贴着打印纸，配图配文字。

其实在香港的时候，我就看见了。在那条亮着昏黄路灯、飘着旧报纸的旺角街巷里，你把手机放远一些，给自己拍了照片。站着的，蹲着的，各个姿势。

最近本地一些社区论坛里转了不少关于你的帖子。我想，那些帖子也是你自己发出来的。

几年来，你一直没有停止表演。虽说是表演，个中体会却是真的。

你把自己逼到绝地，好亲身体会绝地的感觉。

你也想亲身体会被人凌辱强暴的感觉，想亲身体会作为一个站街女的感觉，也想亲身体会为了获得一个小小剧场的表演机会，要如何地拼命争斗，如何地不择手段，如何地出卖一切。你想亲身体会那种挣扎求存的生活。你也想体会那种一夜又一夜被困在无尽的黑暗和饥饿的房间里的感觉。

三年前，你千方百计地把自己扮演成涂媛，其后也一直带着这个身份生活。你让自己确实地亲身体会着这个身份的生活。我想,这超出了你所扮演的那个人的要求。

我们还是把话说回来吧,说回你为什么能扮演成功的问题,也就是那个质证点。

你在完成"反向伪装"的表演后,只需要等待警察找到一个质证点,因为那是身份识别的铁证。

我听说,前年你到公安局换领二代身份证了。三年前,居民身份证登记项目包括指纹信息立法①。次年开始推行的时候,你就去做了办理。

从那天起,你在全国公安系统留下了你身份认证的指纹。

而在那之前的人生里,你有没有在其他地方留下过身份指纹,你自己也记不太清了。你知道警察短时间里也不好查。

但为安全起见,你还是设法引导警察尽快找到了那个质证点,也就是你在参加中考时留下的报名指纹。

算一算,那是十三年前的事了吧。

那一年,当地教育部门搞了一回创新,要求考生在领取准考证时先录个指纹,指纹还要印在准考证上。

我听说近几年有些地方的高考报名,为了防止代考也开始录指纹。但在中考时贯彻落实这个要求还真是先行先试了。

总之,这事就没头没脑地办了一年。十几年后回过头问,可能也没多少人记得。但对你来说,应该印象深刻。

为了引导警察去找这枚指纹,你把自己在上海的公寓搬空,同样把在温州的老家搬空,好让那些疑心重的警察一想就联系起来。

---

① 身份证指纹登记,2012年5月30日修订的《居民身份证法》,规定居民身份证登记项目包括指纹信息。从2013年1月起,在全国部分大中城市启动试行申领、换领、补领居民身份指纹采集工作。

你把当年中考的报考说明夹在一堆初中课本里。准考证你想了想还是拿走了，不然显得太明显，反正警察会自行查档案。

也是为了混淆视线，你故意把那些初中课本搬到了楼下的柴房，给警察营造一种你想匿藏什么的假象。

当然，某种意义上也是匿藏。

你戴上指纹套，把那些书报课本都翻了一遍。我想，那个指纹套是你在你所扮演的人的中考准考证上复刻的。当你一本本翻开那些课本时，应该带着极其复杂的心情吧。

你在上海租住的公寓里，没有戴着指纹套留指纹，因为基于"反向伪装"的策略，没有这样做的必要。但在温州的家里有必要，在那些课本上也有必要。

因为在那个家里，以及那些初中课本上，理应留有那个人的大量指纹。她曾在那里住过很久，理应每天拿起那些课本。

但事实上，那个人没有触摸过那个家里的任何一件东西，也从来没有翻开过那里的任何一本课本。她没有留下过一个指纹。

我前面也说过，你妹妹其实从来没有在那个家居住过。

那些纸张泛黄的书报课本，无论高中还是初中，其实每一本都是你的。

无论如何，警察在写着涂嫒的名字的初中课本上找到了属于你的大量指纹。最后通过调阅教育部门的档案，也找到了属于你的那枚指纹。

你的身份被证明无疑。

所以我知道，刚才我说你妹妹夺取了你的身份时，你为什么会情绪激动。我知道你想说什么。

前面我也说过，简单地说，你就是涂妹，而你在假扮你的妹妹涂媛。

但这个说法只是为了图方便,其实不准确。

准确地说,在那些初中课本上,以及十三年前你在中考准考证上留下的名字,也包括两年前你换领身份证,如今在用的名字,才是你真正的名字。

你的名字叫涂媛。

三年前,你的表演之所以能够完成,假扮的身份之所以能够得到警察的证明,是因为那不是假扮,你本来的身份就是涂媛。

如果真要说假扮,你从十三年前起就已经在假扮。只不过在更长的时光里,你所扮演的人不是妹妹涂媛,而是姐姐涂妹。

你确实从来没有来过你现在身处的这个地方。当你作为涂媛的时候,这一点无须伪装。不过我说的这里,并不是指三年前的犯罪现场,而是指二十年前,住在麻风村的河边,自身也曾患上麻风病的那对父女的家。

你从来没有到过这个家,就像那个人从来没有到过你的家。

小时候,你没有在这间坐落荒野的残破老屋里居住过,没有经历过那些在漆黑中生存的艰难日子。尽管你长大后四处参加公益活动,总在嘴边挂着你从小在麻风村旁成长的历历情景,还有你曾受到你的医生父亲的激励和影响。

亲身体会那些事的人,并不是你。

但在十三年前,你把涂妹这个名字要走了,连同那里仅余的价值。

这就是恨意的源头吧?

所以我知道你想说什么:那个人没有夺取我的身份,是我夺取了她的;而现在,我们只是交换回来而已。

你想说你在偿还吗？还是想说我没有带着她的身份生活,这原本就应该是我的生活？

嗯,抱歉,我应该把你的话留给你自己说,而不该自凭想象。

你看,我犯了和你一样虚妄自大的错。

咳,涂小姐,请你平复一下情绪……不过不用急,反正时间也够久了。

如果可以的话,我希望由你自己把一切说出来,也包括你姐姐对你说的话。

无论是十三年,还是三年,我想时间都够久了。

而你的话,有人一直想听。

8

我……不知道从何说起……

我和她，谁是姐姐，谁是妹妹，其实连这一点我都不知道。

名媛美妹，其实在一些词里，媛字排在妹字之前。

不过我们的名字是母亲取的。母亲叫李年，她年轻时喜欢书里年妹媛的故事，能文能舞的将门之后，让阿哥们倾倒的第一才女，最后成为皇上的贵妃。所以母亲认为妹字在前，媛字在后。

后来写在户口簿上，涂妹就是姐姐，涂媛是妹妹。其实这无所谓。不管谁先谁后，其实都没有区别。

我想，小时候我们应该长得比现在更像。

母亲给我们洗澡时，需要在我们的手腕上绑一条红布，以免搞混谁洗了谁没洗。喂牛奶和换尿布也是一样。

我们的衣服会缝上各自的名字，但贪玩的时候我们总喜欢把衣服换着穿。

母亲烦躁了会给我们一个耳光，说："你们能不能少给我制造麻烦?!"

当然，这些事我是听母亲说的，我已记不清了。母亲也说得很少,她说得多的话还是"你少给我制造麻烦"。

母亲也说,一个就够麻烦了。

至于我们的性格像不像,我也想不起来。

从四岁那年分开以后,我们俩就再没有见过面。

有一天,母亲问我们:前两天是谁说我最讨厌妈妈?

我们都摇头说"没有"。

母亲又问了一次:是谁说了?说了就认!

我的妹妹,或者姐姐,怯生生地举起手。

"涂妹是吧?"母亲推了她一把,把她推到父亲那边,"这个给你。她说她讨厌我,我不要了。"

尽管只有四岁,但这件事我是记得的,它一辈子刻在了我脑海里。

其实前天夜里,我没睡着,已经听见父母在房外大声说话。

父亲说:"你有什么不能带的?我说了给一半赡养费。"

母亲说:"你有钱吗?我上哪里问你要钱?是我求你别问我要钱吧?"

父亲说:"那你说怎么办?"

母亲说:"没什么怎么办,这个家被你折腾空了。两个你全带走,有多远走多远。"

父亲说:"那就一人一个。"

我承认这些话多少是我回想时自编的,四岁的孩子哪里记得住,听得懂。

但我想我是有预感的。第二天母亲问,你们谁说了讨厌我,我吓得不敢回答。所以她是替我举了手。

我已经想不起我说那些话的具体场景。可能我们又玩了换衣服的游戏,母亲打了我一巴掌,于是我冲着她喊:我最讨厌妈妈了!

母亲转身走了。后来我想,其实母亲从没有心思搞清和记住,说讨厌她的是哪一个孩子。无论我们哪一个留下,对母亲来说都无所谓,只是一个理由而已。

只不过在那一天,她代替我举了手。

我也已经想不起她这么做的原因。我想,在妈妈甩门而走以后,我应该哭了。以前我犯了错,譬如弄丢或者打碎了什么东西,我也会哭。而她会像一个姐姐般搬出架势,指着我的鼻子说:"哭什么,胆小鬼。"或者拍拍胸脯说:"好啦好啦,我说是我做的好不好,反正妈妈分不清,不过下次你要还哦……"

也许这些都只是我自己记得。起码,我不记得我哪次偿还过。

我只记得四岁那年,父亲带着她离开了家。而在那以后的很多年里,我仍旧会望着镜子,或者在睡到半夜的时候突然感觉人在跌坠,陷入一种"说那句话的人是涂姝吗?她是涂姝吗,还是我才是涂姝?"的胡思乱想中。

其实重要的不是名字,而是做了什么,对吧?有时候,一句话就是一生。

所以你看,源头不止十三年。

不过,我想我需要澄清一点:在很长的时间里,当我在脑海里想象着"如果当初跟爸爸走的人是我会怎么样"的时候,不见得是一种庆幸的心情。

我想的反而是"如果那样就好了"。

其实那时候,和母亲在一起生活,我是心生不满的。

母亲是一个严格的人。

我的外祖父是离休干部,母亲在大院里长大,从小就美丽而聪明。母亲的字写得很好,会拉小提琴,年轻时还发表过诗歌和散文。她时常说,如果那时稍微有人给她宣传一下,她早就成名了。

可惜我外祖父还是力有不逮,我记得我两岁那年,外祖父就因急病去世了。那之前的半年,听说他被审查了一段时间,后来革了公职。

更可惜的是,我一点都没有继承母亲的优秀。

除了写字比较规整,我对乐器一窍不通,跳舞也跳得难看。从上小学起,班上的文艺表演,我要么选不上,要么站在最后一排。

我的心理素质尤其糟糕。每当上台表演时,我总是紧张得双腿发抖,动作也忘了,话也忘了。

体育运动也不行,直至这几年我才学会游泳,至今也游得不好。

所以我想,在优点方面,还是她继承了母亲更多呢。

至于学习成绩,小学还马马虎虎吧,从初中开始就不行了,考试一次比一次吊车尾。怎么说呢,我其实学得还算勤奋,上课能听懂,练习题做得不少,平时的小测验也说得过去,但考试不行。

每当我意识到那是一次关于优劣的排序,它将被确认和公之于人前,仿佛一场表演时,我就感到头脑空白。更不要说,那些表演的主要观众是母亲。

小时候,我经常挨饿挨打,来来去去都是因为这些。

所以你看,我跟着母亲一起生活,没有什么好庆幸的。我可以说对此相当不满,觉得那个家像个四面栏杆的铁笼。

到了初三那年,我也叛逆反抗起来,一心想从笼子里跑出去。于是我在班上交了一个男朋友,两个人逃学跑到北麂岛看海,一整夜没回家。

母亲把我逮回来以后,几乎把我头发扯下来。我也还了手,家里的东西都被打翻打碎了。一大袋五颜六色的毛绒玩具撒了一地。

后来母亲哭起来。我呆了半晌,也开始哭。

我第一次看到母亲披头散发,失去了端庄的样子。我能感到她心里的绝望。

我们母女抱头在一起,哭了很久。

那是家里经济条件最难的时点。因为外祖父遗产的纠纷和其他问题,家里亲戚很早就断了联系。后来母亲到处借债,也几乎没有朋友。何况母亲是个骄傲的人。

母亲和父亲离婚的时候,虽然我还小,但也慢慢知道家里没钱了。过生日不再有很多人来给我们送玩具,也不再有蛋糕。以前母亲不让我们姐妹把衣服混着穿,父亲带姐姐离开以后,我有很长时间都穿她留下的衣服和鞋子。

我一直不太清楚父母离婚的原因,只知道大体和钱有关。那时,家里已经欠了债,主要应该是父亲欠的,所以他是净身出户。祖父还健在的时候,家里做过中药生意,也办过糖厂,我在家门口见过用一整火车皮拉来的糖浆。后来这些自然都消失了。

其实,我对父亲已经没什么印象。母亲很少提起他,说的都不是好话,我也只能听着。但我知道父亲是高大英俊的,母亲年轻时一定曾被深深吸引。他的鼻子像旗杆一样笔挺,我想他戴着医生口罩的样子一定更帅。而且他是个热情有趣的人。他总能逗我们大笑,经常抱着我们,可能陪我们玩的时间比母亲还要多一些。我还记得他会做绿色的糯米糍粑,很甜,我和姐姐都喜欢吃。

总之,和母亲生活在一个屋檐下的日子里,我心里有想过:如果当初跟爸爸走的人是我,那就好了。

不过,这些想法只是一闪而过。

哪怕我再不懂事,也知道母亲把我养大不容易。

很多年以来,家里的条件虽然不如意,但温饱不成问题,房子虽然只有十来平米,但收拾得整齐干净,衣服也不会破破旧旧。我还上过补习班。最难的时候,我们家举债度日,但后来债也一点点还上了。母亲总有办法把事情摆平。

我记得到我上高二、高三的时候,家里的经济就平稳了。我们还搬了新房子。

母亲批发过小商品,尽管生意很小,但也要陪酒。后来一大笔货款被骗走了,里面包括银行贷款和从其他地方借的钱。没有办法筹集再启动的资金以后,母亲就买了一台缝纫机,戴着眼镜一边看着书学,一边拨着转轴,踩着踏板。

晚上,母亲一针一线地织五颜六色的毛绒玩具;白天清晨起床,梳好端庄的发髻,骑着三轮车,拉着一个木头做的展示板,到离家尽量远的地方摆卖。开始在街头卖,后来收入稳定一些,就到步行街租了一个摊位。母亲也慢慢贩一些货,但晚上仍旧自己织自己缝布娃娃,能做一些是一些。

直至领上社保退休金,也直至我大学毕业。

母亲性格骄横、虚荣,也冷漠,也许算不上是顶好的母亲,但我从来没有怪过她。我无法责怪她,而且深深爱她,她把她能给的母爱给了我一个人。

初三那年,我闹别扭,谈恋爱,落下太多课,到下学期的某一天,突然自己就慌起来了。初中毕业考试,我有一门课不及格,补考了一次,好歹过了。你知道初中毕业考的试题有多简单吧,连监考老师都会放水。

我回到家,突然就开始抱着母亲的腿哭。我慌张得没有任何办法。我知道我可能再没机会上学了;我也知道,如果我不哭着哀求,母亲甚至不会再管我。

母亲冷冷地说:"你已经没救了。"

我说:"妈妈,求求你了,你最有办法了。"

母亲说:"我能有什么办法?"

我说:"你有的,你最有办法了,妈妈认识很多很多人……能不能找到人,替我考试……"

母亲看着我,神情饶有兴致,然后呵呵地笑起来。她说:"好像是个办法嘛。"

我擦了眼泪,也陪着她呵呵笑。我说:"妈妈最厉害了,妈妈我爱你。"

那是我人生第一次真正意义上的表演,无论是哭还是笑,都在演。我突然顿悟了表演的重要,那是一种求生的基本技能。而我发现,原来我能演好。

所以从那以后,小时候我有多恐惧表演,我就有多热衷表演。

只不过那一次,我打的算盘破产了。

老师把当年的高中报考事项发下来,我一下子就蒙了。下午排队领准考证的时候,我按下了自己的指纹。按完以后,我呆呆地问坐在指纹机后面的老师:考试的时候会检查指纹吗?那老师瞪了我一眼:那还用说,进考场就检查,不然录指纹干什么?

其实考试那天根本没有检查指纹。教育局没有安排预算把录入的指纹档案进行联网,每个考场也配不足指纹机。准考证上印着指纹,监考老师拿起来认认真真看一眼,走个过场,创新工作就能写进报告里。那只是一场表演。

但对于我来说,知道那只是一场表演已经晚了,那时,我已经只剩下绝望。

领完准考证那天我回到家,把这件事告诉母亲,带着哭腔说:"妈妈,我好蠢,我把指纹按下去了,是不是来不及了……"母亲一句话都没有说。

我浑浑噩噩地把试考完,成绩比我的预期稍微好一些,但仍旧惨不忍睹。

一个暑假我都躲在家里,把自己锁进房间,不敢去问我还能不能上学的问题。母亲完全不理我,和平时一样早出晚归,我也无从问起。

但我心里也怀着隐约的侥幸,我总是相信母亲会有办法……

到了8月中旬,母亲让我把门打开,递给我一张入学通知书。

我不敢相信地接过来,喜形于色,但刹那间脸色苍白。

母亲说:"恭喜你,从今天起,你要改名了。"

从那一天起,我就成了涂姝。

很多年以来,我想我已经忘记我有一个名叫涂姝的姐妹。母亲从来不提起她,我也从不敢提,那比提起父亲更能触及母亲的逆鳞。

我和母亲相依为命,一起生活多年,苦乐都有;我渐渐接受了一个事实:那个人已经不会再出现在我的生命里了。

那时我十四岁,在脑袋断弦几个白昼黑夜以后,我也能猜想到是怎么回事。

我问母亲:"姐姐是不是回来了?是你把她接回来了吗?"我又哭着说:"不行的,不能这样的……"

母亲张开手给我看,她的手掌又皱又黄,几个指头因为被针扎破太多,留着黑痂。

她说:"你想不想读书?不想读给别人读,想读给我拼命读!"

我哭着问:"为什么给我读?你不是说我没救了吗?"

我哭了又哭,心里慌乱如麻,最后却连"姐姐现在怎么样,在哪里"的话都没有问出口。母亲什么都没说,我也什么都没问。

开学报到那天,我拿着上面写着涂妹的名字的录取通知书去了。

学校其实在邻县,班上没有其他同学报考,但是个重点高中。我在一个全新的地方,开始全新的生活,带着一个全新的身份。

我住在学校里,但每个周末都回家。

后来我才知道,父亲在异乡已经去世了;母亲把姐姐接回了温州,但没有接回家。

姐姐拿着我的高中考试成绩单,在更远的县城入读了一所民办的职业中专。

从那一天起,她就成了涂媛。

十四岁那年,我们两个人对调了考试成绩,对调了身份;从此对调了姐姐和妹妹的关系,也对调了人生。

涂媛也在学校寄宿,但从来没有回过家。也许是母亲拒绝,也许是她自己拒绝。要知道,她是向她的亲生母亲以乞讨的方式换来的回家。

很多年以来,我都在思考,母亲为什么要冷酷对待她的另一个孩子。

我想首先是因为虚荣。

这个孩子,当年跟随她的父亲离开;而她带着另一个孩子留下。她一直带着较劲的心情。十年后,当这个孩子回到她身边时,她不愿意把她领进一间十来平米的旧房子,告诉她以后你和你妹妹挤一张床。她的自尊心不允许她这么做。

实际上,她为她安排入读那所带寄宿的职业学校,竭尽了她所有的能力。不仅因为我的考试成绩太糟糕,而且因为陡然多了一个人的学习生活费。

家里的经济千疮百孔,但她不愿意呈现在她的另一个女儿面前。

跟着我生活,就要做好勒紧裤头的心理准备——这样的话,母亲只对我说,而无论如何无法对另一个孩子说。

其实母亲是无法面对她的。她在内心深处恐惧着那个女儿对她的记恨。

也许母亲也有着长久的内疚,但正是这种内疚,反而让她更加害怕做出补偿,所以干脆把恶人做到底。

母亲是当年抛弃了姐姐的人,她宁愿让姐姐对她彻底死心。

然而,最重要的原因,母亲是为了我。

其实真正不知道如何面对那个十年后归家的孩子的人是我。母亲不能面对被抛弃的女儿,而我又怎么能面对被夺取了身份的姐姐呢?我应该和她说什么呢?我应该如何和她一起生活呢?

当母亲反复思考,最后决定把涂妹的名字和那个名字的价值给我时,她很清楚,涂妹和涂媛已经不可能共同生活在一个家里。某种意义上,两个女儿,她做了二选一的选择。

七年以后,我大学毕业,母亲和我在学校礼堂前拍了一张合照。我穿着蓝色的学士袍,怀里抱着一大束鲜花,我紧靠着母亲,挽着她的手,努力笑得灿烂。

母亲一如既往地神情严肃，但拍完照以后，她露出一种暧昧的笑容。

"我赌这一把是对的。"她看着我挑起嘴角，"你看，有了压力，哪怕是你也会努力的。"

跟着我生活，就要做好勒紧裤头的心理准备——这样的话，母亲只会对我说。

你给我拼命努力——这样的话，母亲也只能对我说。

多年以来，我和母亲相依为命，我们争吵过、扭打过，也抱头在一起痛哭过。

而对那个没有在一起生活的另一个女儿，母亲毫无信心，也害怕。

所以她选择了我，把赌注押在我身上。我早已成为她唯一的女儿。

母亲冷酷而自私，但我无法责怪她，她把她能给的母爱给了我一个人。

其实，我言过其实了。

我想，母亲曾经考虑过不要厚此薄彼，所以她同样让我寄宿在学校里，只有周末能回家。在她心里，一定也为把另一个女儿拒于家门之外感到惴惴不安。

她也想过在适当的时候把另一个女儿接回家里同住。所以后来当布玩偶在街头卖得好一些，家里收入渐渐稳定时，她东拼西凑了一笔钱，买了一套国有单位的集资房。虽然靠近铁路，现在也已破旧，但在当时还算一个体面的地方。

房子有两室一厅，母亲想等搬好家，再把另一个女儿领进新的家。

可惜母亲没能做成这件事。在我高中念到二年级,而家快要搬好的时候,她的另一个女儿已经辍学离开了……

我比谁都清楚,母亲从来不是一个总有办法的能人。无论是物色一名枪手替我考试,还是拿着一份糟糕透顶的成绩单争取一个高中学历,她都无能为力。

但我假惺惺地表演,抱着她放声哭泣,苦苦哀求说"妈妈,求求你了,你最有办法了"……到最后,她能做的只是在两个女儿之间做一个二选一的选择。

母亲为什么要冷酷对待她的另一个孩子,我是知道答案的。因为我和她一样。

我没有继承母亲的一点优秀,却继承了她全部的冷酷和自私,还有虚荣……

你说得对,十三年前,我还是恬不知耻地把涂妹这个名字要走了,连同那里面仅余的价值。

上高中以后,我恬不知耻地在每一本课本上写下"涂妹"的名字。我买了很多笔记本,每一本的封面都画着紫色的鸢尾花。

我枕着手背趴在书桌上,本子压在眼前,圆珠笔在上面溜溜地比画:鸢尾真的很美,以后我要用这个名字。我也用iris的名字给自己开设了电子邮箱。

我恬不知耻地对自己说:从今以后,你就是涂妹了。但其实我连真的鸢尾花都从未见过。

我零碎地知道父亲和姐姐在异乡的境况。孤零零的麻风村、河边的旧房子、紫色的鸢尾花……我打听了一些,母亲也大致告诉了我一些,毕竟我顶着涂妹的名字,如果一无所知,多少有风险。

在很长的时间里,我也曾恬不知耻地自我安慰:这也算是一种等价交换吧。

我听说麻风病是一种备受歧视的病,所以对自己说,虽然我拿走了她那份好的成绩单,但同时也帮她拿走了那份不怎么好的过去。

我想,母亲提出这样的条件,她也同意,所以这只是交换。于是在这种心安理得建立的同时,我的表演潜能也得到全面觉醒。

入读新的学校以后,我表现得开朗而热情,乐于助人,像一只蝴蝶。我告诉自己:现在,你是一个曾在麻风村长大的女孩,你见过歧视,也曾被歧视,你的人生充满苦难;但你不惧怕不退缩,你有着在逆境中变得强大的意志、积极乐观的精神和宽厚包容的内心。

我表演得不错。老师和同学都对我另眼相看。

入学不久,在班上做自我介绍,我大大方方地告诉同学们,我曾经住在麻风村的近旁,我的父亲也曾是麻风病人。同学们有一阵哗然,老师大声说:你们有谁能做到像涂妹同学一样坦然、一样坚强?后来,我作为新生代表,站在体育场的讲台上,面向全校新生又说了一遍。我描述了麻风村和住在里面的人,描述了沿着河岸栽种像彩虹桥一般的鲜花。

最初说出这些话的时候,我也腿脚发软,搞不懂自己在发什么神经,但猛然就有一股力量穿透脊柱,让我身体挺得笔直,觉得无所畏惧。

讲台下面掌声雷动。

"我曾经和他们喝一河之水,但我和你们一样健康。"我无所畏惧地说,"当他们得到关怀和治愈时,他们和我们每一个人都一样。"

我成了一名斗士。我在觉醒中再次明白了表演的力量。

最初,同学们也害怕我,下了课齐齐躲开,像警觉的猫。但他们都是好学校的好学生。很快,十四五岁的青春少年的正义感和新鲜感占据了上风。他们热血感性,道德感蓬然生长,以我为象征的中心,他们也一并成为斗士。

他们逐渐聚拢在我身边,好奇地向我打听各种细节,而我逐渐知无不言。

我发挥想象力,编造着完整细致的故事。

也有女同学忍不住悄声问我:"涂妹,你……真的没有得过病吧?"

我把袖子捋起来,露出手臂,微笑摇头,说"一点也不用担心"。

她们说:"嗯嗯,你皮肤真好呀,从你家门前流过的河水一定很清澈!"

直到后来我才明白,我无所畏惧的原因是什么。

整个高中阶段,我交了朋友,学习成绩也好起来。我被学校树为标杆,拿了几次省市的教育津贴和特殊奖学金,加起来有几万元吧。母亲拿着这些钱,凑够了换新房子的首付。

我取走了涂妹的名字,连同里面仅余的价值。

高中二年级的下学期,市里组织了一次冬令营,四天三夜,选派各校的优秀学生代表坐车到几个县市做交流。我报了名,得到参加的名额。

第三天下午,到达最后一个县城。交流活动结束后,那里一所重点高中的学长自告奋勇地带我们外出参观。我问:听说这里有一条彩虹路,我们可以去看看吗?

那位学长愕然皱眉,但还是当了向导。

后来我站在一所学校的围墙旁边,伫立良久。

那学校围墙很高,但偶尔有学生从校门施然而出,他们染着头发,搭着肩膀。门卫抽着他们递过去的烟。

学长说:"看什么呢,这个不是高中,走吧。"

我呆呆地说:"哦……"

我们沿着围墙走远。我看见了彩虹路的路牌,路的尽头有一栋被荒草围绕的烂尾楼。

天色渐渐暗了,厚厚的混合云在空中堆积,压得很低。风猛刮一阵又停一阵。

领路的学长缩了缩脖子,说:"还要看吗?这里没什么好看的。"

但几个外来的学生反而来了兴致,他们穿着颜色明亮的羽绒服,踮着脚跨过棱棱角角的水泥板和湿漉漉的垃圾堆,仰望只有灰色框架的高楼。每一层都是黑色的空洞。一个男同学越过篱笆般的枯草,朝黑色的空洞丢进去一块砖头。

本地的学生白了脸,说不要再靠近了,里面有很多乞丐和疯子。

外来的学生问:"这个地方还有人住啊?"

本地学生说:"嗯,走吧,天要黑了,天气预报说晚上会下雪。"

这一说,"抽屉风"就呜呜地刮起来,大家都觉得天寒地冻。学生们各自把手揣进厚衣服的口袋,小跳步往回走。

我站在原地,望向赤裸的高楼说:"以前我也住过这样的地方。"

其他人停下脚步看着我。

一个外校的女同学开口:"对了,涂妹你以前住在麻风村的河边对吗?你刚才在演讲里说了,我还想问……那个地方一定很糟糕吧?"

我摇头笑:"没有啦,我说得夸张了,没有这里糟糕,比这里好多了。就是屋顶有些破漏,幸好南方不下雪。夜里会停电,黑乎乎的。有时也没有水。爸爸会提着煤油灯,从河里打水回来给我洗手。他也会在灶台生起柴火,用铁锅给我烙绿色的糍粑……"

空气干燥冰凉,同学们聚拢在枯黄的立人高的荒草里,站定了听。

一个外校的男同学问:"你爸爸是公益组织的医生,对不对?他一直在那里照顾麻风病人。"

"嗯。"我说。我复述着已经习惯了挂在嘴边的话。

"父亲是个高尚无私的人,他长年在乡间行医,帮助所有需要帮助的人。后来他自己也染了病,为别人竭尽了一生。"

我又面向同学们笑起来:"而且我爸爸特别帅,长得像《白色巨塔》中的财前五郎。"

那部讲述外科医生故事的日本连续剧刚刚上映,看过的女同学都"哇"的一声。

一个女同学说:涂妹,我觉得你和你爸爸一样帅,你会帮助所有需要帮助的人。

我点头说:"嗯,我想当和爸爸一样的人。"

你看,我是一个如此虚荣、如此热衷表演的人。我每时每刻都想表演。

你说十三年前,我拿走了姐姐的名字,那是记恨的源头,其实不是的。

在外人看来,我和她的人生,艰难和平顺似乎是各分一半。我小时候过得更艰难一些,后来通过自己的努力取得了平顺;而她小时候起码衣暖饭饱,只是长大了自己不争气——但真实的情况是,全部艰难都属于她一个人。从小到大,衣暖饭饱的人是我,她自始至终生活在地狱般的艰难里，从未得到一刻歇息。

我窃取了她的艰难，结果所有人反而对我竖起大拇指。我窃走了那份艰难的仅余价值。

我和她，一个跟随父亲，一个跟随母亲，我们从父母那里得到的爱似乎也得到平分。有人说，母亲后来还是把那个女儿接回了家，因为那个女儿表现得更乖巧、更勤奋，所以另一个只能退位让贤——但真实的情况是，母亲从来只爱我一个人。

你知道吗？我姐姐从未得到过任何人的爱。她是自始至终生活在茫茫荒野里的那个人。

她比谁都有资格憎恨。而我的罪过，远远不只是拿走了一份成绩单。

我报名参加交流冬令营，确实抱着一种隐约的愿望。我听说冬令营的最后一天，会到那个有一条彩虹路的县城，所以报了名。我一直知道她就在那个县城上学，学校就在彩虹路的附近。

也许能见着呢？我从来没有勇气去找她，但心底希望能看见她。

直到几个月以后，母亲才告诉我，其实我参加冬令营的时候，她已经不在那所学校了。她怀了孕，其后堕胎和被学校开除。

母亲应该和学校争取过，但没有成功。毕竟，母亲也不是一个总有办法的人。

母亲告诉我这件事时，已是乍暖还寒的初春。那时，新房子过户，我们准备搬家。

懵然不知的我嗫嚅地问母亲，搬完家，房子大了，姐姐会回来住吗？……

母亲冷淡地说："她已经走了，户口也迁出去了。"

我想，母亲也许留过她，但没有留住。她应该是坚执地走，而母亲没有坚执地留。

"自己不争气，能怪谁？"母亲说。

我们四岁时父母离异，她跟随父亲离家，但户口没有变更。我和她的名字，仍写在同一张户籍卡上，在一个家里。十六岁那年，她再次离家，把并不属于自己的名字划掉，从此完全和这个家断绝了关系。

十四岁时，父亲去世，母亲把她接回来，但从未把她接回家。母亲出钱让她在寄宿学校上学，她争取到了母亲的两年抚养。她卖掉自己所有能卖掉的价值，也仅仅只值两年。年满十六岁，她孤身一人走进人间炼狱。

她始终孤身一人，始终没有离开过炼狱。

那之前和那之后，一直以来她是怎么生活的，我作为一个小偷，又怎么能够知道，怎么能够理解呢？

"自己不争气，能怪谁？"母亲临终前百病缠身，在她意识涣散的时候，总在喉咙深处吞咽着这句话。其实她只是在迷糊地重复那在她心灵深处的歉疚和罪过。

无论多少年以后回想起往事，我仍旧会悲从中来。其实她犯的罪过，又哪里比得上我？

母亲也许不知道，也许知道但不说。我想，她是为了我。

其实真正把姐姐逼得孤身一人，真正在她心里埋下仇恨种子的那个人，是我。我是始作俑者，也是最终的刽子手。

然而这些都是马后炮，其实长期以来我并不自知。

长期以来，我仍旧在恬不知耻地继续表演。

高考我考得不错，我离开家，来到繁华的上海念书。大学，我度过了平静的四年。

　　我想，那份从别人那里拿来的歉意和羞愧已经淡去了。那时已过去多年，我早已适应新的名字，也似乎早已从那里得到新生，从那之后，人生的发展都是靠自己。母亲对我说着"你看，有了压力，哪怕是你也会努力"的话，也觉得心安理得。

　　按母亲的要求，我念了会计专业，毕竟哪里都需要算钱；大学毕业，我和所有学生一样，参加盛大的招聘会，应聘优秀的工作职务。我进了一家经销民间工艺品的公司，在国外接订单，在国内采购，竹帘画、蓝印花布、柳条编、油纸伞、布娃娃……什么都卖。我维持了热情和干劲，后来公司把所有资源往业务线倾斜，我就从内勤调到了一线。老板说："销售很简单，只要便宜就能卖，你能说会道，又精打细算，我看你适合当买手，你给我找到要价越低的供应商，我给你越高的提成。"

　　我成为采购员，这是一份让人眼红的工作。我可能确实适合干这个，毕竟我以前就干过。我全国各地跑，以最低廉的价格收购他人的价值。

　　我到过很多简陋如工棚的作坊，粉雾弥漫，颜料刺鼻，赤膊的工人吃住都在其中。我和他们戴着金链、穿着人字拖的老板握手言欢，吃着或野生或圈养的肥头大鱼。我也到过偏僻贫穷的村落，在昏暗无光的泥砖屋里，满头白发的老人佝偻坐着，用细长锐利的竹条编着花篮，或者一针一线缝着玩偶。他们皮肤干燥若裂，手指都是黑痂，屋里头有一只只剩小半缸水的水缸。我从他们身上看到许多影子。

　　那几年，我拿了厚厚的奖金。我进一步知道了一种生活总是建立在另一种生活之上。

有一天，我到公司位于金山区的新仓房做进库交接，工作很快完成。傍晚我沿着黄浦江散步，看到几栋白色的房子，外面挂着一个小木牌，写着"拉尼娜之家"。我走了进去。

一个温善的外国女主人接待了我，问我："你有什么需要帮忙？"

我说："我可以来这里当义工吗？我也想帮助需要帮助的人。"

女主人微笑地说："非常欢迎，我替所有兄弟姐妹感谢你。"

那位女主人没有问我理由，但我兀自说着那些我多少年来挂在嘴边的理由。

小时候我得到拉尼娜基金会的帮助，我已经去世的父亲是一名公益医生，他说过要帮助所有需要帮助的人……

女主人温柔微笑："是吗？那真是缘分和旨意。"

我说："我应该做这件事。"

那之后，每有闲暇，我都会到"拉尼娜之家"，和每一个暂住在那里的人攀谈，伸手牵着他们的手。后来我当了更多义工，每出差到一个城市，我会到当地的慈善站看一看，帮个忙。名字里有拉尼娜的地方，我会去得更多一些。

再后来我干脆辞了职，参加培训班，考了护士证书，成为半个医生，然后跟随各种组织和队伍走进那些更偏僻更贫瘠也更干渴的地方。我继续和每一个人说着，我已经去世的父亲是一名公益医生，他说过要帮助所有需要帮助的人；我也继续说着，我应该做这件事。

很多年以来，我总会想起十六岁那年，在那条日落前的彩虹路的尽头，在那栋荒草围绕、只有灰色框架的烂尾楼前说的话。

一个女同学说："涂妹，我觉得你和你爸爸一样帅，你会帮助所有需要帮助的人。"

我点头说:"嗯,我想当和爸爸一样的人。"

我想,那些豪言壮语早已扎了根。

我也会想,我就是她,按照她的所知和所想,她也一定会做这些事,所以现在我是在代替她,这是我应该做的。

但这是我的自我解释。

我告诉自己我在赎罪。其实自始至终在勃然生长的,只是我的虚荣心。

我参加着各种公益活动,行走在深山和戈壁,对每个人讲着关于我的故事,人们都热泪盈眶。我也登上演讲台和颁奖台,名字渐渐出现在报纸上,我得到异样的释放和满足。后来也变成流量和利益。

每到一处,我都拍着照片,发着微博。我呼喊着,要让更多的人看见那些不被看见的人,其实我是想让更多的人看见我。

我时常抱怨我的微博的阅读量为什么这么少,抱怨自己做的事情毫无意义。不被看见,就毫无意义。

其实我最想红了。

小时候,我为什么一上台表演就发抖,那是因为我太过渴求观众的欢呼。我比谁都想要流量,从小到大想了一辈子。

至于公益慈善事业的那些其他利益,我就不说了……

因为在我的故事里,我和拉尼娜基金会有着渊源,小有名气以后,那个历史悠久的基金会也联系了我,把我纳入他们的公益认证人名录。我诚惶而开心,觉得自己被另眼相看,名声也已传到海外,从此可以大展拳脚。

那时,拉尼娜基金会创办了一个援助计划,以平台化的方式在全球范围内针对特定对象募捐,我作为认证人可以向他们申报援助对象。

我想你是知道的,其中就包括三年前命案的那几名受害者。她们的名字叫阮芳草、爱斯美达拉、莎丽、欧菲莉亚·默克尔·阿德。

我在"拉尼娜之家"和其他慈善站认识了她们,我曾牵着她们的手,对她们说:以后,我就是你的妹妹和姐姐。

我认认真真地把她们以及其他对象的材料整理好,一一申报。我觉得自己做得不错。

两年过去后,我申报的援助对象募捐款为零。

直至那时,我才明白了,原来悲惨的人多之又多,而看见的人少之又少。

我给拉尼娜基金会发了邮件,请求他们多帮忙推广。

许久后基金会回复邮件:"亲爱的涂妹认证人,对于您提出的请求,我们爱莫能助。我们一贯公平。我们一直期待您的加入,能够为我们悠古的声望和革新的计划添砖加瓦,或许现在我们需要重新评估。我们诚挚地建议您继续提高个人声望,或者选择更具说服力的援助对象予以申报,均大有裨益。"

我曾以为自己被另眼相看,原来只是幻觉。我以为别人能带给我流量,其实别人要的是我的流量。

我沮丧不已,"重新评估"几个字也让我惶然。

于是我联系了阮芳草、爱斯美达拉、莎丽和欧菲莉亚。

我对她们说,很抱歉,这么久也没给你们募集到钱,你们一定很着急吧?我也对她们说,当务之急我们需要提高说服力。

她们问我:"什么是说服力?"

我说:"流量就是说服力。"

她们问我:"要做什么呢?"

我说:"我们办直播吧。现在人们都喜欢看直播。在网络上和镜头前详细讲述你们的人生和困境,一定会有很多人看。"

她们问:"这样可以吗?是不是要表演?"

我说:"可以的。表演也可以。如果不行,没有流量,我们就连续不断地播。一天、两天、三天……直到有人看见我们,听见我们的声音为止。外籍身份也有好处,如果受限制,我们就到香港去,让全世界都看见。这就是说服力。"

她们问:"这样能拿多少钱?"

我张张嘴,想掷下豪言壮语,但没说出口。我也说不出"我不知道"。我心情焦急,一心只想让更多的人看到她们,进而看到我。但我不知道成本是什么,价值有多少。

我从挎包里掏出小信封,递给她们,里面有几百块钱。

我说:"怎么都好,都有酬劳。我知道你们需要钱,我知道你们有多困难。"

她们脸上掠过笑容,笑容都带着苦涩。

她们静静地把钱收下,说:"好的,涂妹,只要有钱就行,怎么都行,表演也可以。"

我曾经申报过十多个援助对象,为什么最后选择了她们四人呢?

这个问题我问过自己无数次。

也许我真的从心底贴近了她们,把她们当作姐妹一般,理解她们的全部悲喜,真诚地希望帮助她们。也许是因为她们作为外国偷渡客的身份更有利于我向一个外国组织示好和邀功,更有利于我的说服力……也许只是因为她们对钱的需要更加迫切。

父母、孩子、姐妹……她们有需要照顾的人,所以愿意付出一切,怎么都行。

你知道吗?人会变成刽子手而不自知。

但是和她们联系以后的一段时间,我放下了这件事。

我想你也许知道原因。那时,我母亲的病情恶化了。

我和母亲也许终生说不上和解。我辞职参加公益活动以后,母亲脸色说不上好看,说"好好挣钱的活不干,扶什么贫当什么义工"。我告诉她,在那家公司工作虽然奖金高一些,但哪里可能又拿奖又登报纸?母亲饶有兴致地笑起来,神情和我初中毕业哀求她找人帮我替考的时候一样。她知道我继承了她的衣钵,吹拉弹唱,当上了一个美丽的演员。

她患病以后,躺在病床上冷哼着说:"你要再有出息些,你妈死之前也不至于住在这么一家又小又破的疗养院里。"于是我越发焦急于我的微博的阅读量,焦急于所谓的说服力。

从小到大,母亲都是我想取悦的那个观众。

那些年我很少回家,只是暗地里拼劲。有时我会想,她其实知道当初大喊着"我最讨厌妈妈"的那个女儿是我。病重的时候,她会指着脸上的红斑对我说:"这可是美女才会得的病哦,不过你也会得的,因为你是我女儿。"

我想我们相互之间,有多爱对方,就有多恨对方。所以我也总会说:"我想当和爸爸一样的人……"

但当疗养院给我打来紧急电话的时候,我跌跌撞撞地赶回去了。

看见病床上形枯色槁的母亲,我头脑里一片空白。我陷入幻灭和恐惧中,悲哀得不能自已。我不知道自己这些年都在干什么,都是为了什么。一切都毫无意义。

不仅因为血脉所依和唯一观众的失去,而且因为那时我也病了。

那之前,我跟随一支扶贫队伍到了青海西宁,那里条件很艰苦,千里干涸,连孩子都喝不上水。我也发了微博:"那些孩子看着我的眼睛,分明在说,没有水了,救救我。我真切地感同身受……"

回到上海以后,我开始发烧,嘴里长溃疡,后背长出红色的疹子。

刚开始我没太在意,然后接到了母亲病危的电话。我昏沉沉地赶回温州,看到母亲的一刻,也听说她并发了急性脑炎,一种剧痛也像箭矢般刺穿我的脑海。

红斑狼疮是一种遗传易感性的病。

母亲生前"你也会得的,因为你是我女儿"的话在我脑海里轰轰作响。

我恐惧得无以复加,跑到医院做了血液、皮肤病理、抗体、免疫荧光带等一系列检查。我记得有十一项指标。观察数值变化和等待全部结果出来,花了一周。

那一周,其实我能感觉身体有所好转,烧也退了,但恐惧并无消减。我精神高度紧张,也疲惫不堪。就在那一周,母亲剧烈呕吐和痉挛,精神狂乱,最后停止呼吸。

三年前,警察也拿到了我的体检报告。也许你也知道。

几组抗体的筛查结果都是阴性,可以排除红斑狼疮。

其实那一阵,我只是太累了。疲劳和紧张导致身体免疫力下降,仅此而已……

无论如何,母亲去世的时候,我感到幻灭,所以无论如何想见姐姐一面。我想告诉她母亲的死讯，告诉她现在只剩下我们两个人，过去的事情理应谈谈，然后放下。毕竟自四岁分开以后，我们就再没有见过。

尤其在当时，我以为自己和母亲一样，也患上了可怕的致命的恶疾。

所以在一种应激般的情绪里，我给姐姐发了一封电子邮件。

你是不是从警察那里知道了很多事？你能猜到，对吧？

我用了那个名为Iris的邮箱。

那封邮件我后来删除了。我想，其实警察也没太关注那个邮箱里的邮件。

那封邮件很短，只写了一句话："我一直都知道，姐姐，我们约个地方见面吧。"

刚按下发送键，我就后悔了。

无论是那句"我一直都知道"的轻飘飘的话，还是做这件事本身，都让我后悔。但已经来不及了，hotmail邮箱没有撤回的功能。

尽管我惴惴不安，为自己头脑发昏的冲动行为感到后悔，也无非是一滑而过。因为没过多久，我的心情不禁变得明朗，检查结果出来了，我没有患上重疾。

后来的一段时间，我又忙于母亲的后事，偶然拿出手机看一眼收件箱，心里虽然紧张，却没有勇气再发去邮件解释和询问。母亲的葬礼结束后，我自觉被巨大的压抑笼罩太久，所以干脆手机一关，背上行囊，钻进郁郁葱葱的山林。一钻就是大半个月。

后来我和警察说，那大半个月我连新闻都没有看，这是真的。但我打着散心的旗号游山玩水，实际上却是在庆祝自己没病没痛，应当好好享受人生。

在某些热烈的篝火之夜,我也会猛然后背冰凉,生出残酷的预感。我也会在梦中惊醒,陷入慌乱中。我在脑海里一闪而过:她……不会真的得病了吧？我想着红斑狼疮在遗传基因里的"隐蔽抗原",想着看见母亲形枯色槁时自己的恐慌,想着这个病在双生子之间的极高关联概率……

但随即又觉得自己想多了,庸人自扰……

后来我才知道,原来她患的是别的病。

很多年以来,我说着"我都知道,我都理解"。其实我根本什么都不知道。

我时常发着文章,做着演讲,大声疾呼,应该让更多的人看见他们,知道他们。但看见就代表知道吗？

我不知道姐姐患了什么病,不知道她的痛苦和恨意有多深,我甚至不知道她恨我的真正原因,所以我连自己成为刽子手都不自知。

后来我看着姐姐困在那个房间里的视频——她把自己困在那间她小时候居住过的房屋里。她对着镜头说"我的名字叫涂妹",也对着镜头呼喊救命,用迸裂带血的指甲抓遍四面灰墙……但无人拯救。我跪在高楼天台的栏杆旁边,只觉得痛不欲生。

那不是她的表演,而是她最后的呐喊。她一辈子就呐喊了这一次。

这也是对我最后的惩罚。

在她声嘶力竭以后,她蜷缩在地板上,对着镜头最后说了一句话:"没有水了,救救我……"其实那句话,她是对我说的。

其实那后面还有半句话,她用干裂的嘴唇无声地张合,只有我看得懂。

她说:"你根本不知道。"

所有的错,都源自我的自私、虚荣,以及自大。

我躲进山林自我庆祝了半个月,终于在不祥的梦魇里惊醒,我冷汗涔涔,看见手机亮起来,一个陌生号码给我发来一条短信:"我们在温州聚聚。"后面附了彩虹路的地址。

有一瞬,我生出欣喜,因为我立刻明白这是来自姐姐的邀约。但不祥猛然开始扩张,我很快想起那个地址,正是高二那年,我去县城寻找姐姐时经过的地方!

我匆匆赶回城市,突然在一种更大的不祥预感里打开网络,没有由头地翻着……

那时,一切都已经晚了。

我在不祥里毫无由头,因为在那一个多月里,我把曾经联系了阮芳草、爱斯美达拉、莎丽和欧菲莉亚的事情抛至脑后。我曾牵着她们的手,说"从今以后,我们就是姐妹"。原来在我心里,根本没有她们。

当我开始惊骇地拨打她们的电话时,对面已经无人接听……

那时,我站在城市的边缘,在我面前耸立着一栋灰色的高楼。盖了顶,封了门,但我认得它。即便没有顶,没有门,只有赤裸的框架,它也是一只无法出逃的牢笼。

我拾级而上,走上十七层,再走上天台。我惶然赴约,紧张得如小时候在学校礼堂的登台,我想,我是不是又要开始表演了,那里起码会有一个观众……我要如何面对她……

但一个观众都没有。我始终没有见到她。

我在荒楼十七层之上的天台,颤抖地推开那扇门,走进去,门就随即关上了。

我在那个房间里困了九天,但有面包和水,夜里也有微光。

我没有表演,只当了观众。

在那个房间里,我把阮芳草、爱斯美达拉、莎丽和欧菲莉亚的录像看了一遍又一遍,看着她们在没有水的牢笼里挣扎,也看着她们细细地说着自己的人生。

我曾经对她们夸下海口:我知道你们需要钱,我知道你们有多困难……到那时,我才知道自己对她们一无所知。

我曾经慷慨地打开挎包,递给她们每人二百元。

九天后门开了,我跪在天台的边缘,又在网络里看到了姐姐。她给我留下最后一句话:没有水了,救救我……你根本不知道。

从未亲身体会,我能知道什么?

在那个房间里,姐姐还给我留了一份她的录像。隔着荧光屏,多年以后,我们两姐妹终于面对面相见。

那份录像和莎丽她们的录像,姐姐拷在一台手提电脑里。型号挺老,笨重而厚,上盖下翻后有一条缝,屏幕的光会保留半秒钟,然后才熄灭。这些年,我无论搬家到何处,都一直带在身边。

毕竟,那是她的。

那些录像,就一直待在那个灰色的方块盒子里。

那是她留给我的罪罚,也是我和她共同的罪证。

·9·

嗨,看得见吗?

好久不见了,叫你什么好呢?姐姐。

我说,你平时照镜子的时候会不会想起我呀?

房间还舒服吧?为了迎接姐姐你大驾光临,我可是好好布置了一番。

电话你还是别打了,省得过两下没电。这么说吧,委屈你在这里住几天。有面包有水,还有小夜灯。你肯定住得很习惯的,你不是说你小时候住在没电没水的老屋里吗?

想想还是给你留个灯,免得你到晚上可怜兮兮地哭鼻子。或者说也不想太便宜你,还没到你上台表演的时候,你就先当观众吧。等我先表演完。

我现在在哪儿呢?我想当你看到这个录像时,我应该也在一个房间里,和你一样。我们两姐妹一人一边。门肯定都打不开,也肯定没有人来,你就不用幻想了。

回头给你看看我这边的房间长什么样,九天后吧。现在是6月28日,7月6日门就会自动打开,你可以到外面上个网,到下面这个网址看我的直播。

可惜有延时。不过这年头到处都是假直播啦，其实就是录像。看表演嘛，认真就输了。

总之，你看到的时候，估计我这边都播完了。

我这边是怎么样的呢？也没什么，就像你说的，总体来说就是没水而已。

本来也想把你换到我这边来。后来想想还是我在这边比较好，不能便宜你。

这里是我的家，不是你的。我住过这个房子，你没有。

好了，未来几天，你就有吃有喝地待着吧，应该也不会觉得无聊。这台便宜国产电脑别的不行，电池还挺经用，给你多备了几块，省着用吧。你也多少体会一下省着用的感觉。

电脑里面还有几份录像，四个人，每个人时长有两三天，够你看的了。

这四个人你都熟，听说你叫她们姐姐或者妹妹。她们的表演你肯定喜欢看。

有个叫莎丽的好像和你特别好，对不对？从印尼来的，四分之一的华人血统，九岁成了孤儿，现在二十六岁，你叫她妹妹。看来你还是喜欢当姐姐嘛。

但人家可比你世面见得多，人家早就有孩子了。哦，这事你应该知道，你知道她有个等着换肾的七岁的儿子。不过你不知道那孩子为什么只有一个肾，你也不知道她偷渡过来干过什么……

你根本不知道什么。人家怎么可能什么都告诉你，因为你拉着人家的手喊妹妹吗？你那副假模假样的天真样让人很为难的。

对着我这种同类，她们说得还多一些。

那天我走在街上，就在离你家不远的地方，那个叫莎丽的女人从一条逼仄的巷子里跑出来，叫住我。

"涂妹，你回来了——你说的直播表演，什么时候开始？"

我想人家都着急等你好多天了，所以我只是勉为其难地帮你接待了一下。

当然，后来我也顺水推舟了。你另外那几个姐妹，我都联系了一下。你看，我也好，她们也好，每个人都比你上心得多。

你和她们说，"我知道你们需要钱，我知道你们有多困难"。人家都要苦笑。你根本不知道，需要钱对她们来说是一件什么程度的事情。

对于搞直播、搞表演这种事，她们也没你天真。她们比你懂得多，经验丰富得多。

她们问："是不是要穿得少一些？这样会有更多的人看。"

我说："你们自己知道有没有用。"

她们说："只要有钱就行，涂妹，你说怎么样都行。"

我告诉她们："你们只有去死才有用。"

估计到后面警察会知道，她们都在表演。收了钱，然后对着镜头装模作样地一边挣扎一边呼救。也按照你的意思，表演连续不断，一天、两天、三天……这样会有更多的人看。

所以拍完视频以后，我让万有光在中间环节加个时间报幕。这样警察会以为那些视频是断开的。

电脑里有那几份录像，原版的。不过如果你之前在网上看过，就会发现没什么区别。原版就是没加那几帧黑幕而已。

明白了吧？我们可不干剪刀手的事，这些视频都是一镜到底拍完的。

她们每个人都很敬业，主动发挥，喝尿的喝尿，割手腕的割手腕……她们真实地表演，连续地表演，直到在那个没有水的房间里死去为止。

她们只共同提了一个要求：身穿白色连衣裙，干干净净。

对了，轮到莎丽的时候，她还提了个很棒的建议——她建议挂网的时候，把她的视频和另一人的视频放在一起，同时播放，看谁活得更久。

她笑着说："这样会有更多的人看。"

你看，她们比你懂得多多了。

其实呢，待在那个没有水的房间里拍视频，一天、两天、三天……她们随时可以叫停。她们喊一声"我不演了"就可以了。

即便后来她们筋疲力尽，身体发紫，舌头肥大得发不出声音，或者平衡神经尽毁，无法站立的时候，她们也可以爬出来。那个房间的门一直都开着，她们随时都可以离开。但她们到死都没叫停，都没离开。

坦白说吧，一开始的时候，她们也有过犹豫。只要是人就会犹豫。开始拍摄之前，她们问我："涂妹，你说拍到奄奄一息的时候行不行……他们也看到我们挣扎了……"

嘿，和你说，这个时候还是靠你给了她们勇气和信心呢！

你不是在微博里转发过一个主播女孩的死讯，并且加以评论吗？

那个女孩在聊天室里抱着吉他给网民们自弹自唱，后来饿死了。她死之前，发了自己奄奄一息躺在病床上的帖子，说想吃草莓，但留言人数为零。她活活饿死以后，就有一百万流量了。

你说："原来很多人只有死去了，才能被看见。"

我指着你的微博给她们看,把这个好例子告诉她们。

她们也就明白了,奄奄一息是没用的。挣扎也没用,你要不死,谁信你要死了,而且也没意思。只要没死,就是没意思的表演。

所以我替你告诉她们:你们只有去死才有用。

她们都很信赖你呢。不过,反正她们的人生和微尘无异,以命卖钱也不吃亏。毕竟你从来都很擅长做低买高卖的生意。

当然,你的话说得对,世界的事实就是如此。

你过来之前应该有看新闻吧?你看还是你的意见对,把舞台放在香港,我们这边抓得紧,没得播没得看,更别说搞捐款了;但在国外算是热乎。网友们会留言说:今天又来一个,大家说警察这次来不来得及,我看这个也会死。或者说:其实都是录像,人早就死了。或者问:你们说最后一共还会死几个人?……

猎奇连环命案,关键在命案。没有"命案"两个字,哪有热情的狂欢?

最近为了布置舞台,我回了一趟家。我顺便问了问附近的村民,看看有没有人还记得我们的父亲。那些人都老得两眼昏花了,也能张口就来。

"哦,记得——是不是那个跳河死了的麻风医生?"

你看,这下子连我都明白了。

死了就会被记得。而被记得的事,也只有死亡。

当然,死是死了,表演是表演了,但能不能给她们搞到钱,最后还得靠你哦——公益大使涂妹姐姐。

你知道吗?我听说你刚上高中就给你的同学讲公益故事,我还挺惊讶的。原来这些事还有这种价值,我是真没想到。

坦白说,我很好奇你是怎么做到的。你不害怕吗?

后来我才想明白原因。

你会不会脱了衣服给你的同学看,和他们说一点都不用担心呢?我们那个妈妈肯定第一时间给学校交了你的体检报告吧?

我说呢,难怪你无所畏惧,一点都不害怕。

你根本不知道我也得过麻风病。你以为我和麻风病人住在一起,但完全没有被传染,这正好是你成为反歧视的斗士的最好谈资。

后来我才想明白,我们那个妈妈就没告诉你这件事。她是不是和你说,怕什么,你自己健康得很,他们不信,你就给他们看报告!

啧啧,我们的妈妈真是对你这个女儿又疼爱又保护啊,她怕你知道了会吓得腿脚发抖呢。

或者这么说,就算你知道,你也不会害怕。

我们父亲左边腮帮有一道烂掉的疤,不过我比他好得多,我是后背有个印子。

其实就小孩拳头大小,在小圆肌的位置,不脱衣服谁也看不见。好得多对吧?粉粉嫩嫩,光光滑滑,像用粉笔画上去的,一擦就能掉。但其实是擦不掉的。

所以就算你知道,你也不会害怕,因为你根本不懂。

我告诉你身上有这个标记的人的正确表演方式吧。

她们先是怕极了脱衣服,怕被人看见和触碰;然后会爱上脱衣服,爱上被看见和触碰。她们最喜欢脱光衣服,被人看着,再被人浑身上下摸个遍了。

你卷起袖子和你的小伙伴讲故事的时候,我正在和我的小伙伴脱光衣服摸个遍呢。

班上有个男同学很喜欢从背后干我,他用舌头舔那个粉红印,我会像触电一样尖叫。我哭着和他说,别在后面,抱着我好不好?他说,别装了,哪一次不是一从后面来你就高潮?后来他把班上另外几个人,还有一些高年级的也叫来,五六个人吧。他们把我抱进酸臭的杂物房,压在薄薄的垫子上。有人做着做着就说,喂,这货这么骚,不会有性病吧,这块红色的疹子是什么鬼?他说,操,我以前还舔了,她说是胎记。其他人说,别吓人,我都没戴套。

听到这些话,我就不反抗了。我张开双手,对他们说:"真的是胎记,生来就有,我没有病……"

所以你说,一来二去,到我怀孕的时候,我哪里搞得清是谁的。对了,说起来,妈妈打过你吗?我可是一次都没挨过打哦。

哪怕我和男同学乱搞,大了肚子,妈妈也没打我。我那所寄宿学校把她叫过去,说:"事闹大了,对哪个孩子都不好,你接回家吧。"她站在离我一米远的地方,戴着手套说:"走吧。"

我懒得理她,转身走人。反正她既不会打我,也不会拉我回家。她哪里敢呢?

她把我接回温州的时候就戴着手套。我和她一同坐在火车车厢里,中间隔着一排座位。于是到站后,我低头对她说:"妈妈,我把学籍给妹妹吧,我不回家住了。"母亲说:"好,我给你找个寄宿学校。"

我告诉你吧,我们的妈妈为什么只敢打你,不敢打我。当然,她也不敢把我带回家。因为她连触碰我都不敢。

她知道我有病。她害怕着呢。而且她也害怕别人知道我有病。

前夫是麻风病就罢了,她哪里敢让人知道她带回来的女儿也有麻风病，而且同吃同住。

现在你明白了吧，她为什么要把我的学籍给你？当然因为你是她的爱女，好东西别浪费了；但更因为她害怕像我这样的，入读好学校免不了要做某些体检。

所以她让你去做这些体检，好向别人证明，和她住一起的女儿是健康的。

现在你知道身带标记的人是怎么活的，以及怎么表演的了吧？他们可是连最亲的人都不敢靠近的怪物。

所以啊，该害怕、该紧张的时候，麻烦你表现得害怕、紧张一些。

如果你问我，我对我们的母亲恨不恨？我想还好吧，她的做法只是人之常情。我只是懒得理她，转身走人而已。

唯独是你，我不想就此原谅。

不过话说回来，后来我逮着个机会，还是把后背的标记擦掉了。使了点蛮力而已。

别看我中专没上完，但社会阅历可比你丰富得多。有一回，我在大型游乐场当马戏团演员，骑着一匹黑色的高头大马驰骋奔腾，那马的鬃毛是银灰色的，差不多盖住了眼睛，真正的杀马特。

和你的生活差不多，对吧？不好意思，让你暗地里看笑话了。

你在看不到边的草原上骑着玩，我在围起来的操场里一圈一圈地跑。

不过我比你人多，我这边和征战沙场差不多，十几匹马并排扬蹄，那个黄土飞扬啊！

后来有一匹马挨了几鞭，蹄子发软，乱了队形。跑前头的两匹马胯对胯撞在一起，有个头戴鸵鸟羽毛的女演员屁股一颠，小腿来不及抽出来，"咔嚓"一声就绞断了。断得也不算齐整，和掰断蛋卷差不多。

我也被抛了出去。在半空中，我脑子里就想：刚好。落地的时候我翻了个身，让后背拖在石子地上，哗啦啦地响，像泉水一样。

肌肉裂开的时候，我感觉自己会在那里长出翅膀。我们马戏团的团长过来逐个拍照片，我让他给我看一眼，在照片里，我只看到黑乎乎的一片。不像翅膀，倒是像花。

你不是说你很喜欢紫色的鸢尾花吗？我想形状大体也像。鸢尾花掉落沟泥里，或者被人踩得稀烂的时候，就是那种死紫色。

怎么都好，我的标记算是擦掉看不见了。

不过，后来我拍片子表演的时候，还是不大喜欢让后背出镜。那些拿摄像机的人也赞同，他们都觉得太丑了，影响流量。他们说，啧，别从后面做了，镜头很难躲啊，把她压着做吧，或者前面一个后面一个。

因为姿势单一，我的片子也没多少流量。卖得最好的倒是我表演自慰的片子，后背抵着墙坐着，我觉得舒适。我喜欢用鱼表演，最喜欢用丝鳍姬鲷，便宜又有劲。你知道吗，那种鱼又叫紫色金兰，按这边的叫法，金兰就是姐妹。

鱼也喜欢我的水。

人和鱼都离不开水，我呢，是一直靠着这些水活下来的。

有个体重二百斤的英国人倒是很中意我花花的背脊，他拿皮鞭抽几下，就要腆着金鱼一样的肚子喘气，我的后背不用他费多大劲就能变成沟沟壑壑的红土，这让他很满足。

那个英国人玩得开心，临回国前送了我一台笔记本电脑，就是你现在看着我的视频的这台。国产的便宜货，那个人狎笑说："我很喜欢中国的。"

我想过把那破货高举过头摔个粉碎,后来还是不舍得。这可是我的工资。

反正能用,电池也好用。我用了挺久,以后就送给你用了。

哦,我还有一份工资,那个英国人给我上了不少英语课。

怎么说呢,我又没有你念书多,人想过好日子,还是要充电,对吧?起码我后来的表演加了钱。

而且你看,最近不是也派上用场了吗?

我和你的那些姐妹也能交流。不然你英语这么好,我哪里能让她们相信我是你?

对了,那个老外我是在香港认识的。你没去过香港吧?你不是嚷着要到香港办表演吗?我来帮你实现愿望吧。事实上,我去过的地方可不比你少。

"那些地方都很穷,连未成年的孩子都要弯着腰干活……"

你应该知道我在说什么。我和我的姐妹们都弯着腰,跪在或者趴在地上干活。

我在邮件里说:"有人有需要的地方,我就去。"我也没胡编乱造。当然,更准确地说,是我有需要。

不过我不像你。你天生喜欢表演,我可不喜欢。

我四处表演,只是需要活下去。

和你说,我还到过香港的海洋公园应聘。那里有面朝大海的海洋剧场,有三层楼高的水族展缸,三千五百个观众座位。可惜虽然我从小在无人敢碰的河里和鱼群一起游泳,自问游得还行,但人家需要盖了章的专业证书。

我记得公园门口有一家露天餐厅,堆成小山的热狗闻着很香,咖啡也不错。一份热狗加咖啡的套餐卖六十元港币,我那时口袋里凑来凑去只有五十元,没吃上相当遗憾。

不过我在海洋公园的高峰乐园坐了摩天轮,看了海。

晚上我就坐地铁到旺角,站在街头接客了。

那之后,我去了挺多次香港,旅游签证每次都用满十四天。但工作实在太忙,哪里有空闲去吃热狗、喝咖啡?楼下有家西饼屋,我倒是打包过一次蛋糕回房间里吃。那天是我生日,蛋糕还行,还搞了点红酒,可惜房间里有蟑螂。

唉,还有维多利亚港夜景没去看,想想还是遗憾。

不过最近我坐在万有光的小货车里,大半夜远远地瞥了一眼,黑乎乎的也没什么意思。我也坐着他的柴油船穿过时宽时窄的海峡,帮忙把你那几位姐妹抛进水里。

她们漂流到异国他乡,又缺水而死,死了还是回能回家的海吧。

说回表演这件事,我想我也不是完全没兴趣。毕竟又不止你一个,我也流着我们老妈老爸的血,对不对?

比如在那个游乐场的马戏团待着的时候,我看了一场印象深刻的表演。是水族剧场的表演,那时我还在旱地骑大马,所以只能当观众。那是一场水族演员和热带鱼共游的表演,那些鱼五彩缤纷,像狂风一样旋转,所有观众都在抱着腮帮尖叫。后来我听说,那些鱼是缺了一晚上的氧气,那是挣扎式的狂舞。但我还是喜欢。

那种燃烧最后生命的挣扎,总比其他挣扎报酬更多,也比其他挣扎来得自由。而且有水有鱼,我也喜欢。

那个游乐场有一点好,没这么多条条框框,我走点后门,就从陆兵转战水兵了。也就是陪男人睡几次的事。当然,下了水,表演机会也不是说有就有，水族队有个大我几岁的女的还挺照顾我，教我动作要领，带着我游，喝了酒，大大咧咧地搭我肩膀，让我喊她姐姐。后来我在她的啤酒里加了泻药，第二天她又拉又吐，起不了床，自然也参加不了彩排。团里把她辞退以后，我的正式名额就有了。

正式演员的工资可是后备演员的三倍哦！

这么说吧，我们这些人要活下去，出卖的可不仅仅是身体。我也卖过东西给你，不是吗？

当然，我身体上也挺拼的。

我记得那段日子，我每天都要游七八个小时。剧场关门以后，有个靠近鱼池维生管道的后门不上锁，我可以从那里溜进场馆，滑下水继续游。

有一天晚上，我潜游得又久又深，就在池壁一个圆滚滚的瞭望窗里看见了万有光。

我想你还是得多少知道一点这个人的事，以免今后面对警察问话时一问三不知。

他算是我搭档，组织你那些姐妹搞表演，没他帮忙我也搞不定。

那天晚上，我看见那个人趴在瞭望窗的玻璃后面，直勾勾地看着我，吓得我差点没憋住气。

他向我摆了摆手。开始我以为这是打招呼，后来发现不是。

我发现到达那个瞭望窗的地下通道，前一天傍晚工程队已经用水泥砂浆封死了。也就是说，那个人是被困在了那里，困了一天一夜。

但他向我来回摆手，是让我不要找人救他。他在玻璃后面向我开合嘴:还没到时候。

结果他在那个转不过身的房间里待了整整三天。每天他都通过瞭望窗,看着我游。

到了第三天,我看见他从瞭望窗滑了下去。我游近去看,他看着我眨眼睛。他气若游丝,我知道他说"到时候了",所以急忙去喊了人。

一大群人敲锣打鼓地把通道砸开,他奄奄一息,但被抢救过来了。

你知道那个人为什么这么做吗?

他想让事件升级。如果第一天就被救出来,地下湿冷的水泥没干也好挖,无非是一场骂骂咧咧的闹剧。但在池底暗室没水没粮地被困三天,那就是妥妥的生死营救了。

总之,效果会轰动得多。而我作为拯救人,也会更加亮眼。

人们也会追问,为什么这位水族演员会在大晚上发现被困池底的受害人呢?原来她每天都在自我训练,起早贪黑,没日没夜,别人休息了她还不休息!

他让事件变得轰动,目的不是让自己,而是让我成为主角。

他让我成为事件的中心,为我创造一个受人瞩目的机会。今后登台表演,我将是自带流量的明星。

后来我也知道了,每天晚上把场馆后门的锁打开的人也是他,所以我才得以溜进去训练。他很早就注意到我,注意到我这个颇为上进的后备演员,所以给我留了门。

他经常钻进水池的瞭望室,瞭望一众演员的训练和表演。他主要在看的人就是我。

后来我还了解到,那场让我印象深刻的人鱼共舞的表演也是由他幕后推动而来。他负责鱼池养护,在表演的头天晚上,把鱼池的供氧泵调到了最低。

他说:鱼在生存挣扎的时候,颜色最艳丽,最有生命力,才会发光;而人和鱼一样。

怎么说呢,那个人就是这么一个狂热者。

不过虽然他有狂热的表演梦,但他没想过自己当主角。他长相丑陋不堪,身段像被铁锤一下下照头锤过,弯着腰,脸上的表情像布满刀疤一样苦。

所以他想让他选中的人和鱼登台。他饲育他们,希望把他们托举起来,也完成自己的梦。有时只为争取一个机会,他就不惜以生命为饵食,包括他自己的。

他那样的人也挺纯粹的。

同时他也教会了我一件事:有些人早已不适合当主角,因为他们早已肮脏丑陋,所以还是让别人去表演为好。

可惜他没选对人,我又不是一个好演员。

这么说吧,他困于池底暗室三天被成功营救的事件并没有引起他想要的轰动。游乐场把这宗意外事故压得死死的,消息甚至没传出水族剧场的大水池。他想象中的各路媒体的聚光灯自然更不会有。

那场事故后,他落了一身病,走路多了就喘气,腰更弯了,下面也硬不起来。游乐场给了他一笔钱,把他打发走了。

而我也没捞到好处,连一个机会都没有。不久,马戏团清理了一批碍眼的演员,我也跟着下岗了。我是陪过哪个人睡觉来着,我都忘了。

总之,到最后,我也没能参加上什么好表演。

前面我也说了,离开那个游乐场以后,我也试过跑去应聘香港海洋公园的演员。正儿八经又不自量力,对吧?后来我就去干别的没这么正儿八经的表演了。

万有光则去卖鱼,也跟人跑船干走私。几年后,我看见他在腥臭的水产市场喘着气、弯着腰搬箱子,样子更丑陋了……但我知道他心里还有一团火。

我到他家里,贴住他的身体,对他说:"进不来也无所谓,我用手帮你。"

他一把把我推开。

我嘻嘻笑问:"你怕我身上的病吧?"

他冷冷地说:"你应该知道,我要的不是这个。"

后来他问我:"你知道为什么那次会寂寂无声吗?你也没有得到机会。"

我说:"这种事肯定能封口就封口,难不成还有人专门报道?"

他说:"因为没有死人。"

我说:"你死了有什么用?而且死个人也可以封口,又没多少人知道。"

他沉默地点点头。

我说:"告诉你吧,死的人不够多,看见的人不够多,就没用。"

现在你应该明白了,这些事是怎么一拍即合的。

不过我要澄清一点,我没说过万有光对我另眼相看,也不存在他专门为我做了什么事。对于那个人来说,演员只要合适就行,他要的只是他想要的表演。何况到现在,我的身子早就烂了,他可嫌弃得很。

他啊,早就看上另一个文艺范的小姑娘了。

这个女的叫曹玉兰，在网上写小说，讲什么父亲扎烟花的，我都不知道有什么好看的，事实上也没人看。但万有光天天追着更新，给人家留言，迷得不行。

所以我和万有光说，把这个女的捧红怎么样？我有办法引来流量。

那个男人忙不迭地点头，事情就此一拍即合。

和你说吧，把表演的舞台放在香港，除了满足你的愿望，多引来点流量，也是因为那个女的刚好偷渡到香港了。一边谋生一边追梦，和我还挺像的！

总之，这一波表演办下来，你的几个姐妹可以以命换钱，曹玉兰会爆红，万有光则完成他的人生梦想——大家都各取所得，皆大欢喜。

你问我能得到什么？等一下告诉你。

我和万有光说，把曹玉兰作为第五个受害人，前面四个人的命就会成为她的流量。到那时，死的人够多，看的人也够多，而奄奄一息的曹玉兰得到营救，她就会成为明星。

你看，多好的计划！可惜那女孩不争气呢。

你看到这份录像的时候，你的姐妹都已经死了，曹玉兰也死了。

我在囚禁她的房间外面放了个水缸，她奄奄一息地爬出来，就着水缸喝了一顿痛快。你这位参加过医疗队的公益护士应该懂吧？人呢，喝水太少或者喝水太多，都活不了。

我对万有光说："事已至此，我们把压轴的表演放在第六场吧。"

万有光问："哪来的第六场表演？哪里还有演员?！"

我说:"不是还有我吗?"

让其中一个受害人奄奄一息地活下来,这怎么行?我说过,奄奄一息是没用的,不能自己打脸,对吧?所以整场表演应当一以贯之。

何况我怎么能让别人分走第六名受害人的流量呢?

那可是我自己——或者说,是姐姐你的流量哦。

分散事件中心可是大忌。

我刚才和你说了吧,你看到这份视频的时候我在哪里,我回家了,现在就在我小时候住过的房子里。

现在这个时候,你出不去,我也一样出不去。公平吧?

不过你那里的门过几天就会开,我这边是不打算开了。

话说回来,我的一生,这里的房门就从来没有打开过。

这里是什么样子的呢?我说了,和你想象的差不多,总体来说,就是没有水而已。你推想得很准确,荒郊野屋,肯定没通自来水嘛。

屋前有一条小河,虽然上游是麻风村,但既然用水的人少,应该水质清澈,鱼儿成群,起码打水洗手不成问题。这些你都猜对了。而且你不用猜得太保守,其实不止呢,那河水还可以饮用;我刚才也说,我还常在里面游泳。

另外也应该不通电,或者不时会停电,夜里黑乎乎的。这一点也没错。那间屋由拉尼娜基金会资助的外国公益队租用的时候,是用柴油发电机供电的。其实功率挺足的,比倒放的邮筒还大,轰隆隆响,白天黑夜都很亮。可惜公益队撤场以后,没有油,就成了废铁。我们家啊,连煤油灯都点不起。所以夜里黑乎乎的,连微光都没有。

不过你说屋顶会漏水是不对的。这栋瓦顶屋虽然旧,但绝对没有一个破洞。这屋当年是地主盖的,质量牢靠得很。当门关上以后,你绝对找不到一个破洞、一丝缝隙。

怎么都好,我和父亲两个人一直住在那间屋子里。

我们的父亲叫涂之庭,听名字就帅气。你对父亲英俊的样子印象很深吧?鼻子像旗杆一样挺拔,站着像山一样高大。小时候他喜欢挨个抱我们,给我们讲笑话,后来我就独占了他的拥抱。还有我们都喜欢吃的他做的绿色糍粑,我也独占了。

你知道吧,父亲是一个干事业很拼的人。他和母亲离婚之前办过糖厂,做过中药生意,虽然亏光了钱,但坚持不懈。他带着我来到异乡,也一直打算东山再起。很长一段时间,我们在镇头乡间行医,他会在我淤黑的大腿倒上药酒,让我站直走路;或者让我伸手摸烧红的烙铁,在烫肿的手掌上抹上药膏,然后让我用手掌拍打板凳。有人问,这些药真的假的?他回答:"你看看长相,这是我亲生女儿,假药我会让她用?"

后来乡里来了举红十字旗的外国医疗队,招募当地人员协助。他毛遂自荐,首先问有没有钱。外国人说:"有钱,但对外要说是公益的。"他说:"找对人了,我就是公益医生!"

不久他跟着医疗队进了麻风村。

我说了,父亲是个一心干事业的人,这事他决定硬着头皮也要干,毕竟有名声。这一点你和他一样懂。

他装作什么都懂,所以不到一周就被感染了。

但外国人很高兴。他们在麻风村的下游河边租了那间老房子,办了一个服务站,又在河边种满鸢尾花,为麻风病人搭建彩虹之桥。我和父亲就住在那个服务站里。没有什么比一个患了麻风病的公益医生更能当招牌了。

后来人们说那个服务站办了好几年,其实不到一年。那个招牌用了一年,宣传够了,那些外国人就走了。

后面几年,住在那间老屋里的只有父亲和我两个人。

那时候,父亲和我已无处可去。他也好,我也好,早已被困在那间没有门的房子里。那是一座只有一户人的麻风村。

那间房到了晚上会一片漆黑。

但你不知道,那间房子在白天同样一片漆黑。

你说你衷心感激拉尼娜基金会,也最喜欢鸢尾花。可你知道鸢尾花是什么吗?所谓彩虹之桥是通向哪里吗?

鸢尾花是种在墓地里的花。彩虹桥则是通向天国,也就是无路可去的地方。

无论白天还是黑夜,父亲都会把我关进最尽头的那个房间。那里没有一丝缝隙,没有一丝光。

我抵着墙壁,抱着膝盖。因为无路可逃,所以只能将后背抵着墙壁。

我等待着门"吱呀"一声打开,父亲的影子长长地投到我光光的脚趾旁边。

"宝贝,爸爸回来了,你想我了吗?"

有一天,父亲不知从哪里捡回来一只小奶猫,用小碟子给它兑了牛奶,爱抚地摸。他把小猫抱起来,递给我,对我说:"喜欢吗,你看我们家又多了一个成员,家里会热闹起来的,你会喜欢留在家里的。"

他耐心地饲养着那只小猫,给它喂食,爱抚它。但那是一只杂种猫,可能是怕生,可能是生性骄傲,人一靠近总是跑。隔了一周,父亲从床底下抓住尾巴把它扯出来,高举过头摔在地上,又踩了一脚。

父亲说:"连你也怕我吗?连你也要躲着我吗?看你往哪里跑?"

我被关起来的时候,有时也会忍不住向父亲提出请求:"爸爸,放我出来吧,我不跑了……我口渴了,肚子也饿,求求你开门好吗?"

有时父亲为了惩罚我,把我关起来的时间更长,譬如超过二十四小时。我会爬到房门旁边,伸出指甲像猫一样挠门,发出"咯咯"的响声。

我说:"没有水了……救救我……"

这些声音,没有人能听见。

父亲会从屋前的小河里打水回来,用水桶装着,打开房门放进来。那水清澈见底,上面漂着碎碎末的浮萍。

"喝,多喝,这个水最好了。"

他有时也会直接把我丢进河水里。

"快点喝,喝啊——喝河里的水!"

我在河里比画着手脚,畅快地和鱼群一起游泳。

父亲情绪失控时,会像困在铁笼子里的野兽一样咆哮。

"我不能走出这个门,凭什么你能出去?你不能走!为什么你就不得病啊?"

后来我在房间里轻轻敲门,和父亲隔着门商量。

"爸,让我白天去上学好吗?我保证下了课马上回来。以后每个晚上,我都陪你。"

父亲说:"真的吗?你真的会乖吗?"

我说:"真的,我会很乖的——你看,现在我已经和你一样了,我还能去哪里呢?"

怎么都好,那时我已经上初中,后来也多少继续上着学。即便是南方最潮热的盛夏,我也穿着长衣长裤。我安静地低头上学,和谁都不说话。下了课,我就背着书包回家。

但有时也有烦人的坐前排的初中男生非要扭过头逗我说话。

"喂,涂妹,你昨天又旷课了,比我过得还潇洒……喏,这是昨天的笔记,我也没记,我找别人抄的。"

我懒得去接他递过来的脏兮兮的本子。

"你这人真奇怪,你不热吗?你当今年是厄尔尼诺年呀?"

我忍不住问:"什么厄尔尼诺年?"

"厄尔尼诺现象啊,气候反常,冬天暖,夏天冷,所以衣服都不懂怎么穿了。算了,要不我好心给你祈雨吧,祝你有个凉夏……"

我哪里受得了这种好心,只好抓起书包跑出教室。

结果那天真下暴雨了。我顶着书包冒雨赶回家,浑身透湿,但我觉得清凉。

我裹着潮湿的身体坐在房间里,父亲推门走进来,影子长长地延伸到我面前。我主动站起来。

父亲把我抱住,我独占了他的拥抱。

父亲抱着我说:"不要离开我,我只有你了。"

我也一度认为,我应该一辈子都离不开这个男人了。我已经走不出那个门,而他是唯一能和我在一起的人。

初三下学期,准备填报高中学校志愿,需要家长签名。我把志愿书递给父亲,他撕了。

父亲喷着酒气说:"考什么,你想去哪里?入学体检脱光衣服你不怕?"

我思考了三天。我无人能求救,不能告诉任何人我有病……

我最后鼓足全部勇气,重填了一份报考志愿书,装进白色的信封,用米糨糊认真封好,寄给我们的母亲。

其实我几乎不期望回音,甚至不知道十年前的地址还对不对。但母亲很快回了信。

信里说:"你学习成绩好不好?好的话来考温州的高中,我给你报名。"上面还留了她的电话。

我欣喜若狂,觉得天降奇迹一般。又觉得自己真蠢,为什么不早点给母亲写信呢?

我偷偷全力准备考试,夜里家里漆黑一片,我坐在河边就着月光看书。

有一天,月光太暗,我掏出了手电筒。一晃一晃的光在黑夜里像灯塔,我又展开母亲给我的回信。她给我选报了一所重点高中,嘱咐我好好加油备考。

我看着志愿书;还有那张带着我指纹的准考证,觉得像彩虹桥一样七色炫目。

这时父亲从屋里冲了出来,电筒像灯塔般的亮光惊动了他,我吓得魂飞魄散。我以为他会抢我手中的书和信,但他只是拎着酒瓶子,"咯咯"地笑起来。

他告诉我,我的那些小秘密、小信件,他早就知道了。

"我今天给你妈打电话了,蒙着脸找了个电话亭。"他打着酒嗝,哈哈大笑,"我告诉她,你是个麻风病人,和她老公一样。所以你哪里都去不了,你想跑,我就告诉所有人。听好了,你妈不会要你的,当年她不要你,现在更不会要你。没有人会要你,宝贝,只有我会要你。"

我走进屋里,提着几瓶廉价而劣质的烧酒回来。父亲问:"干吗,给你爸爸加酒吗?真乖……"

我扭开酒瓶的盖子,站在河边,往水里"咚咚"地倒。

"喂——你干什么?!"

父亲又吼又叫,跟跟跄跄地扑过来。我闪躲了一下,他就投进河里了。

我站在岸边,望着暗淡月光里扑腾的水花,直到河面恢复平静。我把酒瓶丢在原地。

时至今日,我问着附近的村民,他们会拍拍额头说:"哦,记得,是不是那个跳河死了的麻风医生?"

我想也挺好。对他也挺好,他死了就有人记得他是医生。

只不过我没想到,在更远的地方,记得他的人还挺多。

后来母亲还是依约把我接回温州了,为了你。我和她坐在同一节火车车厢里,中间隔了一排座位。我想,她害怕着我——不止一个方面的原因。

父亲给她打完电话当晚就死了,正常人都会联想。

所以如果你要问我恨不恨母亲,我想真的不至于,起码她把我带出了这间黑屋。

即便是在那所中专学校上到第二年,我辍学又堕胎以后,我也还抱着一丝回家的期想。

我吃了堕胎药,当然没去医院,血哗哗地流了一裤子。我寻思着,总得找个地方靠着墙,抵住背,所以钻进了一栋烂尾楼。挺巧的,那栋烂尾楼坐落的地方,就叫彩虹路。

那里住了很多乞丐和疯子,还有长脓包疮的,都是和我一样的房客。

你说那里和你小时候住过的地方挺像,我觉得算是吧。你又说:"没有啦,我说得夸张了,没有这里糟糕,比这里好多了。"这点我倒是不太认同,我反而觉得那里好多了。

不过那天太冷了,夜里都下雪了。我十六岁,身体啊,意志啊,也怯了,本来心里盘算着第二天还是去找母亲吧,低着头认错、求救,就像之前那样。

结果,倒是你坚定了我的意志。

有人往荒楼的黑洞里丢了一块砖头,我就抖抖索索地醒了。

所以你说的话,每一句我都听得清楚。

"没有啦,我说得夸张了,没有这里糟糕,比这里好多了。就是屋顶有些破漏,幸好南方不下雪。夜里会停电,黑乎乎的。有时也没有水。爸爸会提着煤油灯,从河里打水回来给我洗手。他也会在灶台生起柴火,用铁锅给我烙绿色的糍粑……"

我侧耳倾听,听得都入迷了。

你又说:"我父亲是个高尚无私的人,他长年在乡间行医,帮助所有需要帮助的人。后来他自己也染了病,为别人竭尽了一生。而且我爸爸特别帅,长得像《白色巨塔》中的财前五郎。我想当和爸爸一样的人……"

唉,你说,这下子我怎么好意思回家呢?这未免太尴尬了,对不对?

我说啊,我们的母亲也许不知道,也许知道但不告诉你。她可爱你了,所以把你的小小幻想保护得好好的。当然,她也觉得这能换钱,算是剩余价值。

你啊,不仅要了母亲,要了我的成绩单——其实这些都无所谓——还抢走了我的父亲,抢走了涂之庭。这就让人很难原谅了,对不对?

你抢走了我的父亲,然后给他改头换面,广而告之。我的父亲成了你的流量。

我亲爱的公益大使姐姐,每当我看见你的演讲、报道、微博等的时候,我的父亲就会活过来,推开门对我说:"小宝贝,我回来了,你的当公益医生的好爸爸回来了,你想我了吗……"

我的脑海里也会一遍遍回旋,我的那位医生爸爸在灶台生起柴火,用铁锅给我烙绿色糍粑,然后用针管注进他自己的血。

哦,对了,唯恐不够,每次揉面时,他还往里面吐了口水。

不过呢,我也是自虐,你的那个微博也没几个人看,只是我爱看而已。你的那些邮箱、邮件,我也常常看。

和你说吧,这一年又一年,我时常寻思,什么时候能有机会把这些事告诉你。得找个适当的时机,好看到你的小小幻想破灭的表情。

你看,我终于找到了这个适当的时机。

你问我做这些事我能得到什么,没什么,就是给你一个小小的惩罚。就像以前父亲给我的小小惩罚一样,我决定把你关几天。

我和你说过事件中心的问题吧,我也和你说了,你的那几位姐妹,表演是表演了,死是死了,但能不能换成钱,还得靠你。

拉尼娜基金会给你发的邮件是怎么说的?"我们诚挚建议您继续提高个人声望,或者选择更具说服力的援助对象予以申报,均大有裨益。"

所以公益认证人涂妹小姐,你得提高你的个人声望和个人流量啊。这样你那几位资助对象和好姐妹才能连锁捆绑起来,她们用命换来的流量才能和你的流量相结合，才能转变成热心网友的募捐款，换成钱。

明白了吧，搞爆款这种事必须有事件中心，你就是那个事件中心。

不过这一场不劳你登台表演，你就安心待在房间里当观众吧。这一场我来代劳。

毕竟，我才是那个从小在麻风村长大，有一个当公益医生的爸爸，也受过拉尼娜基金会大恩惠的涂妹。

我也穿上白裙子了，装作干干净净一次。

我会好好表演给你引来流量的，等我快没力气的最后，我肯定会帮你说你的那句台词："没有水了，救救我……"

反正我经验丰富，我现在所在的地方，本来就是我的家，本来就是我用指甲刮着墙壁挠着门，但从来没能出去的那个房间。

你看，我还有一个附带的小收获呢。小时候，我在这个房间里的求救，从来没有人听见，现在可以弥补遗憾了。这次我的求救，可以有无数人听见，无数人看见。

所以我想来想去，还是决定不让你待在这边，不能又把好事便宜你。

退而求其次，你就待在你自己说还挺像的地方吧。嗯，是挺像的，我在鸢尾，你在彩虹。

唯一可惜的是，我说想看看你幻想破灭的表情，但估计是没机会亲眼看见了。也不要紧，我可以想象，就像你很善于想象我的人生一样。

对了，九天后房门打开，你有什么任务呢？

你也不用做什么，找个地方躲起来就行，反正别太快给警察抓住了。这会儿我当回涂妹,你不是得当回涂媛嘛。我和你说,涂媛那时可是连环命案的嫌疑人,所以小心别被逮住了。

如果真被警察逮住了,你最好帮我接力一下,别一上来就大呼小叫"我才是涂妹"什么的。

明白了吗?你要拖延一下时间,别一点力都不出。

毕竟人家在网上搞营销、搞募捐需要时间,对不对?如果你立马就全抖出来,我可不敢保证你的那些姐妹的家人能收到多少钱。

拖的时间越长,我越能想象那个拉尼娜基金会被啪啪打脸,但是募捐款又收不回来的狼狈相。想想就觉得开心。

那时,你也会很红的。你看,我这当姐姐的,也算帮你实现你一辈子的梦想了。

我说了,有些人早已肮脏丑陋,主角还是留给别人当吧。

所以妹妹,接下来你要加油表演哦!

至于以后……你想演谁,想当谁,你自己看着办吧。

你比我喜欢表演,想演就继续演,要喊停也随你便。和你那几位姐妹一样,无论什么时候,你都可以喊一声"我不演了"……

反正我是累了,气也撒过了,就演完最后这一场。让我演回叫作涂妹的我自己一次。

最后呢,虽然多年不见,但这句话还是要说的:"再见。"

·10·

灰色的房间里，四面墙壁还隐约留着那些封存于历史的带血的抓痕。

墙上挂着时钟，嘀嗒嘀嗒地走。走过三小时、三年、十三年、三十年。

房间中间身穿白裙的女子，先是坐在椅子上说，然后跪在地上说，直至说得累了，泪也流得累了。

她说完了，霍然站起来，对着遥远的时间和空气急切发问："梁夏，你是不是就是暖冬？不，是他……你在吗？我一直都在找你……"

和墙壁融为一体看不见的房门无声无息地开了。

胳膊挂着绷带的章洁站在门口，另一只手拿着一本脏旧的笔记本。

他眼眶也红肿带泪。

涂媛说："章洁……是你吗？原来真的是你吗？……"

章洁低沉地点点头。

"我是那个写信的暖冬……初中的时候，我坐在涂姝的前排座位,我把我的笔记本给她抄,她却跑了……"

涂媛说:"我一直觉得是你,总觉得像……但我分不清,也不敢开口问……"

章洁说:"我也分不清……我分不清给我寄信的人是谁。是那个我认识的涂姝,还是别人?在案件中受害的涂姝又是谁,是那个和我通信的人吗?你又是谁,你是哪一个?我更分不清,你到底是不是命案的凶手……三年前,我到公安局问过,你明明是嫌疑人,为什么警察不把你抓起来?"

涂媛说:"所以你租下了这间房子吗?"

章洁说:"是我租的,租了两个月。我想把你关起来,为涂姝报仇。从你跑来水族馆应聘当演员,我看见你的那天,就想动手……但我始终分不清,始终下不了手……眼看你就要走了……"

涂媛说:"所以你喝了酒,不惜自己跑到马路撞上汽车吗?你想让我留下来……"

绑着绷带、一脸淤青的人说:"我做不了决定,想拖延时间,我想再看一看……怎么都好,现在我都知道了。有人替我问了,你也都说了。"

涂媛悲声说:"对不起,我不该说的。我不该让涂姝在你心里的形象幻灭……"

章洁说:"不要说这些了!其实我是知道的,在马戏团的时候我就知道是她,那时,我就应该找到她,到她身边……但我还是没搞明白,一直以来给我写信的人到底是谁。"

涂媛说:"给你写信的人是我,但写邮件的人是她……"

章洁愕然问:"什么邮件?我只寄过信……"

涂媛哭起来:"章洁,你不知道……就是那些邮件,是我绷断了姐姐的最后一根弦。"

其后,章洁和涂媛相拥哭泣,他们默默拥抱,又默默分开。但最后还是一同走出了那个房间的门。

11

10月下了初秋的第一场雨,但雨很快就停了。南方的最凉地已播下冬麦。

内地女刑警姚盼和港警督察骆承文再见一面,这次姚盼仍喝着咖啡,而骆承文咬了一口烫嘴的香肠和面包,用手扇了扇。

"以前没觉得这里的热狗好吃。"

姚盼端起纸杯装的咖啡,问:"现在呢?"

"好吃。"骆承文身着烫得没有褶皱的白衬衣,但任由鲜红的番茄酱挤出嘴角,滴溅至板板的衣领,说,"有了体会,味道就会不一样。"

姚盼说:"我们都只是知道,算不上体会。"

骆承文点点头:"你说得对。她来到香港饿着肚子找工作,晚上则站在旺角的街头……她想把另一人走过的路都走一遍。"

姚盼回答:"她是这么想的。"

秋日的阳光很好,两个刑警坐在户外的遮阳伞下,抬头望向海洋公园大门口的"威威司令"图标,那是一只身穿帅气水手服的海狮。

案件已正式告结。

沉默良久,骆承文重新打开话匣。这起案件他有太多所感,也有太多想问。

"其实涂妹——我说犯案的那个,她没有想过让涂媛一直顶着命案嫌疑人的身份,对吗?她虽然心里恨她的妹妹,到最后也只是想让她受一次惩罚。她的目的只是用募捐款这件事迫使涂媛在我们面前演上一周半月——这和她诱逼那几个外籍死者在镜头前表演一样,她们随时可以喊'我不演了',但她们一直没有喊停……涂媛也一直没有喊停。"

姚盼点点头:"后面的事情,都是涂媛自己的选择。她花了大力气把我们骗过去,因为她已经下定决心一直演下去。"

"这一演,就是三年……"

三年前,案件首次结案。警方对外给出含糊其词的通报,但网上满目小道消息,有关于受害人涂妹的,也有关于嫌疑人涂媛的——涂媛自己写下了那些帖子。

"她让自己一直当一个嫌疑人,一个未受惩罚的身份。"姚盼淡淡地陈说,"此后她用败坏的名声和躲藏的身份,四处从事廉价不公的工作,过着拮据边缘的生活。她住在没有电、没有水的狭小房子里,度过伸手不见五指的白天和黑夜。她也自学游泳,应聘当一名水族演员。为了得到一个参加表演和增加收入的机会,拼命训练,也出卖尊严。她也曾给同团的队友下药。她原本想对一个感情最要好的队员下药,但最终不忍心。那个队员从乌克兰偷渡而来,带着孩子漂泊生活,而待她如同姐妹。于是她选了另一个和她关系不和的对象,即便如此,她还是感到椎心的不安。那个被她下药的女演员后来被剧团辞退,吸毒,被拘留,无家可归……这让涂媛切身体会到做这些事情需要付出的成本是什么。而每在一个地方住上一段时间,她会再次把旧帖子翻出来,把自己暴露于人前,好让周围的人知道她、憎厌她,然后驱赶她……"

骆承文说:"这和她姐姐的人生一样。应该说,她甚至把自己的处境设置得比她姐姐更艰难。"

姚盼点头:"这几年,她没有用涂媛的名字,而是拿着一张伪造的涂姝的身份证谋生。"

骆承文问:"她是在提醒自己对吗?她提醒自己她在用虚假的名字生活,一直以来都是。而且这也符合作为一个嫌疑人需要东躲西藏的状态——其实她用的还是三年前的伎俩,用反向的表演让所有人相信她就是另一个人。"

姚盼说:"这是一方面的原因,她还有一个心结。骆督察还记得三年前,我们向她问话时,她曾对'涂姝'进行了一番讥讽吗?后来她也在网上发了既对涂媛围追堵截,也对涂姝提出质疑的帖子,骆督察能理解她的心情吗?"

骆承文闻言呆了一下,低头沉思片刻。

"我明白了,因为涂姝也是她自己。不论谁在扮演谁,案件的落脚,涂媛都是十恶不赦的犯罪嫌疑人,涂姝都是品格高尚的公益大使——她不想这样。她不愿意看到涂姝这个名字始终干干净净,得到所有的流量和鲜花。这不公平。所以这些年她告诉别人也告诉自己:我是涂媛,我应当过涂媛的生活。同时也告诉自己:我也是涂姝,涂姝也不是什么纯粹高洁的人,她也一样在过肮脏不堪的生活……"

姚盼点点头:"不过她仍然不时做着善举,譬如给回收站捐献物品。她做这些事情的时候,用的则是涂媛的名字。既体会不堪,也保持良善,她不想美化也不想玷污任何一个名字。过往三年,她让自己过的就是这样的生活。"

"她这样做,除了追悔和自我惩罚,其实还希望借此唤醒她姐姐,对吗?"

"是的。"

海洋公园门口站着排队进场的欢乐人群,不少孩子手里拽着七色的氢气球,一个个飘荡在空中,连成一道断断续续的彩虹。两个刑警久久凝望。

"涂姝还一直在医院里没有苏醒?"骆承文问。

"嗯。"姚盼淡淡回答,"前期我们有救助费用,但案子结了,补助也难以为继。所以这些年,是涂媛在承担她姐姐的医疗费,用她微薄的收入。开始还有人阻拦她进病房,但身为亲属来交钱,院方也没有立场拒绝。后来也不再有人阻拦了。大约一个月一次吧,三年来她定期去医院探望她姐姐,坐在床沿,在她耳边说很久的话,有时一说一个白天,有时一说一个夜晚。"

骆承文说:"她和姐姐陈述她的生活,是想告诉姐姐,那些生活她都体会,都知道了。"

姚盼点头:"三年前,她曾经向我们情绪激动地说:你们把她叫醒问个话,事情不就简单了……其实那时候,她的心情既悲伤又不甘。所以她坚持演下去,过着这样的生活,为了在她姐姐耳边说:你说我什么都不知道,现在我已经知道了;你说想看我幻灭的表情,那你就醒过来——你犯的罪,还有我犯的罪,这些我不懂怎么说,这些都由你来说,你醒过来自己说……"

两个警察都生出感触,骆承文沉默了一阵问:"这么多年来,涂媛是不是一直没有到过那间老屋?"

"嗯,某种意义上,她把那个地方视作禁地,一直想去,却又一直不敢去。"

骆承文说:"可以理解。她曾一直对外谎称那是她小时候住过的家,其实她在心底本能地恐惧,深深害怕那个地方会破灭她的想象。而看完她姐姐留给她的视频以后,这种恐惧更是变成无法挽回的懊悔,让她更无法迈开腿。"

姚盼淡淡地表示同意:"涂媛小时候说着谎言,成年后又积极参加公益,最初既有出于歉疚的真切情结,也夹杂着虚荣,到后来无法自拔,两者也无法分清了。"

骆承文说:"她最后还是回到故地,在这里应聘当上水族演员。她既是在寻找那个和她通信的叫暖冬的人,也是打算下决心到那间遍种鸢尾花的老屋看看吧?"

"是的。她把这里视为旅程的终点,因为这里也是她姐姐的终点。那间老屋在城市的邻镇,她打算参加完最后的表演,弥补她姐姐的心愿,然后就去那里。她想最后在她姐姐耳边说:那个没有缝隙没有门的房间,我也去过了……"

"涂姝的病情是不是已经面临恶化?"

"嗯,并发感染比较多,CD4的数值已经是晚期了。"

骆承文沉默点头。

姚盼说:"三年前,当我们告诉涂媛她姐姐患上艾滋病时,她震惊颤抖,那不是表演,她是真的不能自已。也是在那一刻,她坚定了赎罪和一直演下去的决心。"

骆承文叹了口气:"我想起你说的七盆花了。三年前,涂姝在那间老屋的窗台上放着七盆干枯的花,其实是在对外公告,表演一共有七场,被囚困的人一共有七个:包括她自己,也包括她妹妹。"

姚盼点点头:"她们都没有走出小时候的那扇门,也困在各自的名字里。无论是你的名字,还是我的名字,都是囚牢。骆督察,她们既是犯罪嫌疑人,也是受害人,我想她们都已各自受到了惩罚。"

骆承文久久不语。

"但是,"骆承文随后说,"我不认可涂媛把她姐姐的犯罪理由全部归结于自己。涂妹命途多舛,人生悲惨,她的心态早已扭曲残忍,再加上后来患病,所以走上极端……她呢,是真的累了,小时候的麻风病,如烙印般深刻骨髓,这种阴影笼罩她一生;而患上另一种同样无法示人也更加可怕的病,她最终不堪重负——但是,这不代表能减轻她的罪行。她利用万有光作案,选择对那几个偷渡女子下手,是对她妹妹的报复,她们是她妹妹关心着、称呼为姐妹的人……"

骆承文停顿下来,片刻又喟叹。

"唉,我想起那些视频的幕间帧了。我们一度以为那是犯罪嫌疑人为了把受害人前半部分的自我表演和后半部分遭受的虐待拼接起来……也许我们想错了。"

姚盼下巴低沉:"是我想错了。加入黑色幕间帧不是为了移花接木,正相反,是为了掩盖表演从未中断的事实——直至死亡,受害人一直在自愿表演。"

骆承文摇摇头:"我说的不是这个……涂妹声称她才是最懂那几个死者的人,因为际遇相同,所以理解……也许她真的帮助了她们。也许她们说得对,那种燃烧最后生命的挣扎起码比其他挣扎自由……不过,这些仍旧是扭曲。"

姚盼没说话,过了片刻才开口:"其实有一件事,不过如骆督察所说,并不代表能减轻犯罪嫌疑人的罪行——这是那个外援的个人猜想。"

骆承文转过头:"是你的那位朋友说的吗？是什么事？"

"第五名受害人曹玉兰,也许不是涂姝杀的。"

"嗯？"

"那个外援认为,在涂姝留给她妹妹的自白视频里,关于她杀死曹玉兰的部分,说得太少了。而且从操作可行性和我们现场查勘的情况看,也不尽吻合。比如万有光有计划地将曹玉兰放走,怎么会不监控她爬出房间的情况呢？所以曹玉兰刚离开房间即饮水过度而死,这个说法很难成立。除了猜,那个外援也找到了一些证据。在给曹玉兰写的小说留言的读者里,新近留言集中的人是万有光;但在更早期的留言里,有一个读者的词语和标点习惯同万有光很像。那个外援一直往前查,发现那个读者就是涂姝。"

骆承文愕然:"你的意思是,其实一直关注曹玉兰的人不是万有光,而是涂姝？"

姚盼点头:"那个外援说的一点我也认可:万有光怎么看都不像会喜欢看女性小说的人,也没有理由选择一个网文作者作为捧红对象。但把做选择的人换成涂姝就合理多了。在制订计划后,涂姝使用万有光的账号给曹玉兰留言,把自己隐藏在背后。"

骆承文问:"也就是说,涂姝没打算杀死曹玉兰,正相反,她才是那个关注曹玉兰并希望为她带来流量的人？但理由是什么呢？单纯是喜欢曹玉兰的小说？……我知道了,是因为曹玉兰和她有着相似的经历,她们都在穷困无助下到了香港,出卖身体……"

姚盼说:"那个外援说这是一点,另外还有一点。"

"是什么？"

"曹玉兰的小说,写的是她的父亲。"

骆承文张嘴无言,但隔了一阵又默默点头。

姚盼说:"那个人呢,最喜欢从奇奇怪怪的角度猜想人心。他说这很好理解。涂姝的父亲涂之庭一定程度上已声名在外,但那是虚假和颠反的声名。所以当她看到曹玉兰的小说,看到里面写了她已去世的当过烟花匠人的父亲,心里就生出某种愿景:她愿意相信曹玉兰笔下的父亲是真实的,人生短暂而灿烂。所以她希望曹玉兰能把故事写下去,希望她和她所书写的父亲的故事能够被更多的人看见。那个外援说:涂姝的计划就是在引流后安排两场表演,一场是曹玉兰的,一场是她自己的,她要的是一种具有象征意义的对抗,所以她不可能对曹玉兰下黑手,这很好理解……我不知道哪里好理解了。"

骆承文浅笑一下:"我发现,你的那位朋友更愿意从善意的角度猜想人心。"

姚盼耸耸肩,不说话。

骆承文问:"所以曹玉兰确实死于意外吗?我们勘查过现场,死者在山林里艰难前行留下的痕迹和伤痕很多,这都难以伪造。"

姚盼答道:"也许是意外,也许是万有光下的手。"

骆承文侧头:"万有光?"

"嗯,也是那个外援自己猜的。他说,既然涂姝在她的自白视频里没全说实话,自然也可以有其他假话,基本方法就是反着看——既然她说她杀了曹玉兰,那么下手的则可能是另一个人;既然她说万有光从未对她另眼相看,那么万有光则可能一直把她当作唯一对象;她说她杀死曹玉兰,好把流量全部聚集在她一个人身上,那么可能想做和做了这件事的人,其实是万有光。"

骆承文愣了半晌,吐字说:"她想的是,哪怕是毫无意义的维护,也不想把全部罪名推到万有光一个人身上?……她对万有光,其实有很深的感情?"

姚盼点点头:"那个外援说,有一个证据能说明这件事:在涂姝的自白里,对万有光的相貌的陈述,用的不是讥笑意味的词语。"

骆承文张张嘴,发不出语音。隔了良久,他开口问:"你的朋友是怎么猜想的?"

姚盼答道:"他认为涂姝犯下这些罪行,动机有多个层面,其中也许包括一点:万有光一直希望她被更多的人看见,而她希望用余下的生命满足这个人的愿望。她被游乐园解雇后曾尝试去香港海洋公园应聘,这一点也是证明。万有光曾以自己的生命为代价,只为给她争取一个参加表演的机会。对此,她是感激的。可惜后来她的人生越陷越深,直至染病,再无机会走出那个无门的房间。多年后,她看见那个相貌丑陋的人在水产市场弯着腰、喘着气当搬运工,其实她心里有不甘,也有厚厚的亏欠。"

骆承文沉思片刻,说:"涂姝应该没有告诉万有光她患了绝症,她和万有光说,这场表演的主角会是她,她最终会被成功营救而获得新生……但后来万有光瞒着涂姝,引导曹玉兰一路逃到溪边喝水——他杀死了'配角',好让涂姝成为唯一的主角。"

姚盼说:"嗯,那个外援说,这是一种可能性。"

"我想,涂姝对万有光抱有的并非男女感情。她在自白视频里提到她引诱万有光,这些话也是假的。"

"你说得对,需要反着看。"

骆承文说:"这种感情,和她期望曹玉兰与她的小说成名其实同源。我想,有一些情形对她来说是对比鲜明的:一个人外貌英伟,另一个人又矮又丑;他们一个拼命地把她关禁起来,另一个则拼命地为她打开门。但她对他们,生出了同一种情结。"

姚盼点点头:"其实她们两姐妹都一样。涂媛是对已无印象的父亲幻想;而涂妹对她父亲的感情更为扭曲复杂,毕竟那个叫涂之庭的男人曾经是她整个世界的唯一。她对妹妹说,你抢走了我的父亲,这是一种真切的憎恨——这种憎恨既是对她妹妹,也是对她自己。"

两个刑警都静默下来。

女刑警平静地说:"不过这些都是猜测,到现在已无法查证——我们的嫌疑人没有醒来,她只留下了一段自白的视频。"

香港警察沉沉点头:"我明白你的意思。涂妹在自白里很可能是故意把自己描绘得罪不可赦,其实案件更多的内情和动机我们已无从得知。也许她还有更多隐藏不愿说的情感,有更多想维护和帮助的人……而她自己描绘得恶毒残忍,草菅人命,其实仍旧是一场表演。她口头上说着要对妹妹实施报复,但最终不舍得惩罚得太深。她加重自己的罪行,让自己不值得同情,也是为减轻妹妹的愧疚。"

骆承文停了停:"现在想来,这也是她把妹妹囚困在那栋距离案发现场千里之外的烂尾楼整整九天的真正原因吧——她为她提供坚实的不在场证明,从而把她排除在罪案之外。"

"是的。"姚盼说,"哪怕恨意再深切,直到最后,涂妹也只是想对妹妹的虚荣和无知施以惩戒,她并不想涂媛真的卷入罪案,所以给她留了一道应对调查的护身符。她把自己关在另一处现场,放置一个空的矿泉水瓶,制造已被困多天的假象;她也违背了她说表演绝不奄奄一息的原则,在四面灰墙的房间里以强大的生存意志挣扎,坚持到最后一口气——这些都是为了拖延时间。她的生存时间越长,案发时间越靠前,她妹妹的不在场证明就越无可推翻。"

骆承文仰头说:"人心真复杂……但总是善恶各一半。"

姚盼说:"这也是那个外援常挂嘴边的话。"

骆承文许久没说话。

过了良久,他问:"涂媛是不是也在找那个叫暖冬的人?那个人在初中时代和她姐姐有过竹马情,对吗?涂媛想带他去见涂姝,增加唤醒她姐姐的机会。"

"那个人叫章洁,但他其实不是暖冬。"

骆承文惊讶转头:"那些邮件是怎么回事?暖冬又是谁?"

姚盼静静喝完杯中已然冰冷的咖啡。

"从那个房间离开之前,涂媛和章洁告诉了我一些;还有一些则是那个外援自己东查西查而得知……"

十三年前,上高中的涂媛为自己开设了账号名为Iris的电子邮箱,她自觉她应当喜欢鸢尾花。她把邮箱密码设定为她的生日。

多年后的某天,她回温州的旧居收拾东西,偶然看见楼下的信箱里躺着一封信,收件人是"涂姝",而信起的第一句写着:嗨,你还记得厄尔尼诺吗?

在那个瞬间,涂媛几乎本能地知道信不是寄给她的,尽管她那时的名字叫涂姝。她由此猜到,这封信实际上是想寄给谁。

在一种心境的召唤下,她给寄信人回了信,从此和对方断断续续有了书信来往。她断断续续地想了解对方,心底是想断断续续地了解另一个人。

在相同心境的召唤下,她用另一个邮箱给自己Iris的邮箱发了一封邮件,写着:"你好,你知道厄尔尼诺吗?"

她的落款名,就叫作暖冬。

骆承文讶然问:"这么多年来和涂姝来往信件的人,是她的妹妹涂媛?"

姚盼答道:"最初来信的人是涂姝的初中同学章洁,但在电子邮件里和涂姝通信的人是涂媛。其实这里面有一个误会:涂姝在和暖冬通信的时候,可能也把暖冬错认为另一个人——这是那个外援左跑右跑查到的。"

"是谁?"

"涂媛初中时代交过的男朋友,她曾和那个男孩一同逃学到北麂岛看海。那男孩名字叫盛英,同学给他取花名'圣婴',后来又改叫'厄尔尼诺'。上高中后,这个男孩去邻县的中专学校找过涂媛一次。当时顶着涂媛之名的涂姝自然没见他,但那个男孩托人送来一张字条,上面写着:厄尔尼诺来看你了。"

骆承文惊诧说:"所以当暖冬来信问'你知道厄尔尼诺吗'的时候,涂姝以为暖冬是她妹妹的前男友……她后来在邮件里写着的内容,根本不是模仿,而是真的在写她妹妹的生活,虽然也忍不住加入了自己……"

姚盼淡淡点头:"相同的想法,连青涩恋人的姓名代号都冥冥相通,也许这就是双生姐妹的心有灵犀吧。其实涂媛最初以Iris命名邮箱,内心就期望她姐姐有一天能看到:那是我为你开设的邮箱,密码是我们共同的生日。证据就是涂媛拍下写着邮箱地址的电脑课笔记本,发在自己的微博上。"

骆承文思索良久,说:"我明白了。"

涂媛从未忘记那个以鸢尾花为名的旧邮箱,成年后她仍旧不时打开看一看,她还悄然无声地在网络上留下邮箱的地址——当她发现邮箱有他人使用的痕迹时,她就知道这个人是姐姐,知道姐姐一直在看着她。

在多年的时光里,涂妹和涂媛两姐妹使用共同的邮箱,在一条名叫"暖冬"的桥梁上通着书信。涂媛把章洁的信作为主要内容给姐姐写信,同时加入自己的生活和所思;而涂妹则假借妹妹的身份回信,其中却忍不住嵌入自己的生活。

她们都告诉自己,她们在充当一位传话的信使:其实她们内心都期盼着走近对方。

骆承文说:"原来不仅仅是姐姐在看着妹妹的生活,妹妹也同样在注视姐姐。她们两姐妹从未见面,却彼此都在隔远相望。但是她们都下不了决心披露身份,因为谎言太多,已经积重难返。"

姚盼点点头:"其实多年来,涂媛一直在找姐姐,她最初走进'拉尼娜之家',并且在各地的慈善收容机构当义工,也是基于寻找姐姐的心结。到后来,尽管只能通过无法触及的虚假网络和虚假身份,她也希望能稍微靠近姐姐。章洁曾经说他很后悔没有早点找到'涂妹',他说'涂妹'一直过着孤独无依的生活,没人来到她的身边。其实,她们早已来到彼此的身边。"

日头高照,海洋公园已经过了进场的高峰期,但高远的山头传来疯狂的过山车的呼啸之声。那弯曲悠长的车厢里满载乘客和观众,他们一边鸟瞰蔚蓝的海湾,一边放声欢呼。

姚盼抬头望着,嘴角浅浅地笑了一下。

"上个月涂媛去维多利亚港了,她还在海岸边跳了舞。她姐姐没去过,她替她姐姐去了。"

骆承文说:"一边体会,也一边弥补吗?"

"嗯。她也入职了一家规模不大的水族馆当演员,尽管那家水族馆后来倒闭了,不过在那之前,涂媛还是参加了最后一场人鱼共舞的表演。"

骆承文默默点头,片刻后问:"表演成功吗?"

"比较可惜,我听说不算成功。有人暗中搞了破坏,做这件事的人是章洁。"

骆承文讶问:"章洁是为了报复涂媛吗?因为他分辨不清面前的人到底是不是多年来和他通信的那个涂姝……"

姚盼摇摇头:"章洁不想涂媛参加那场表演,但他从未真的忍心伤害涂媛。而他破坏表演,想报复的人不是涂媛,而是另一个人。这个人,其实在涂姝的自白里出现过。"

骆承文张张嘴:"是什么人?"

"他叫裴青城,是章洁和涂姝以前从业游乐场的马戏团团长。"

骆承文回忆了一下,说:"我想起来了,涂姝在自白视频里说过,有个马戏团团长拍过她后背受伤的照片——就是这个人吗?"

姚盼点头:"这个马戏团团长曾经给很多演职人员拍过受伤的照片,这些照片后来因为某些原因流出,其中也包括涂姝的,章洁也因此看到了这张照片。"

骆承文偏偏头,表示未能理解。

姚盼说:"章洁正是从照片里认出了涂姝,想起了初中坐他后桌的女孩,所以向涂姝留下的温州地址寄了信。"

骆承文张了张嘴,产生"各样事情原来如此串联"的震动。

姚盼把调查获知的情况说完。

初中毕业之前,涂姝在章洁借给她的课堂笔记本尾页上写下了温州的家庭地址,以作道别。那时她曾对回家充满期待,尽管后来她从未有机会踏进那个家门。多年以后,章洁因缘际会在马戏团看见涂姝受伤的照片,才发现这个自己想念过的女孩原来曾和自己擦肩而过。马戏团人员庞杂,今日来明天走,事实上,当章洁看到那张照片时,涂姝早已离开。于是在一种少年情愫的唤醒下,章洁往温州的地址投递了一封信。断联十多年,章洁其实并不预期会有人回信,更想不到这封信会被冒牌的"涂姝"收到,从此与他以笔友关系开始通信。

"小时候,涂姝和章洁说过,她喜欢和鱼一起游泳;成年后,章洁成为马戏团演员,一部分原因也是这份印记。"姚盼补充着,"直到多年以后,章洁看到和他来往书信的人提到自己后背有花状的伤痕,他又想起裴青城拍过的照片,这才意识到那些年和他通信的人可能真的就是他少年时代认识的那个女孩。但这时命案已结,这个笔友也消失不见,所以他陷入了深深的懊悔和困惑中。那些信件描述的人生似是而非,他无法分辨命案里的受害人和嫌疑人,哪一个才是他牵挂的人。"

骆承文说:"我听薄文星警官说过,三年前有人曾经到公安局查询案情,表现得很激动——这个人就是章洁吧?"

姚盼答道:"是的,章洁一直关心案件调查的进展,但最终一无所得。这几年,他在家里养了七盆需要每天浇水的花草,每日自我提醒。三年后遇见涂媛,希望弄清真相的愿望更加强烈,他甚至想囚禁涂媛进行逼问,幸好我们提前赶到了。"

骆承文在一种恍然中慢慢点头,片刻后继续发问:"那么,章洁为什么会记恨那个叫裴青城的马戏团团长,是因为那些照片吗?——我知道有些人拍摄伤痕照片是一种特殊嗜好。"

姚盼说:"嗯……真要说,裴青城还把马戏团的一些女演员送上过乐园高层的床。"

骆承文说:"我想起来了,调查涂姝的履历时,我们有查到这件事。那个乐园好些高管都睡女演员,尤其喜欢马戏团的。后来乐园怕丑闻外传,一把清退了不少人——其中就包括涂姝吧?"

姚盼点点头:"不过,章洁对裴青城的恨意也不限于此。章洁跟随裴青城已经很多年,裴青城从原来那家大型游乐场离职后,有几年日子潦倒得只能四处走穴,章洁也一直没有离开。但是,他又时常在一些关键环节弄手脚,譬如裴青城曾经在一些风景区组织表演,自费买过一只老虎,章洁向园林部门告发,老虎就被扣走了。后来裴青城到一家水族馆组织表演团队——涂姝入职的那家——也是因为章洁把水族馆的一些涉黑问题抖出来,导致其关门。而在裴青城最后策划的那场人鱼共舞的表演里,章洁故意给热带鱼投喂了颗粒过细的鱼粮,导致大量的鱼出现失鳔症,表演因此以失败告终……不过章洁做的这些事,裴青城其实都知道,只是他从来没有揭穿。"

骆承文皱眉问:"我不太理解,章洁和裴青城是什么关系?"

姚盼答道:"章洁是个孤儿,他没有上高中,十六岁就被裴青城领进了马戏团。那个外援说:总体而言,章洁对裴青城的感情,和涂妹对她的父亲差不多。"

骆承文讶然无言。

姚盼淡淡地说:"那个外援说:章洁恨着那些表演,但他也离不开那些表演。"

骆承文沉默良久,他花了很长时间消化其中的来龙去脉,那里面全是交错的人生。

蓦然,他转过头,嘴角弯起来:"有空吗?要不要到海洋公园里走走?"

姚盼说:"都问完了?"

骆承文轻点下巴:"现在我终于明白,你的那位外援朋友三年前建议结案的理由。罪确实就是这些罪,犯罪嫌疑人确实就是这些犯罪嫌疑人,但他们都已不能开口。而人心如此复杂,世间的人和事的关系又如此复杂,哪怕对剩下的人严刑逼供,也是以偏概全。"

姚盼说:"骆督察不用为他辩护。那个人只是任性,历来喜欢说一些不说一些;最任性的一点,就是不愿意审问犯罪嫌疑人。他总是天真地认为,犯罪嫌疑人会自己把话说出来……而且他爱用私刑。"

骆承文微笑说:"我想这种天真挺好。事实上,他在我们看不见的地方做了许多事,查了很多事,他用自己的方式避免以偏概全。至于私刑,你说得对,他给了涂妹三年时间,也给了涂媛三年时间,他让她们自己对自己惩罚,然后让她们自己走出那扇门。现现在我也明白了,暖冬是一座连接涂姝和涂媛的桥梁,所以你那位朋友才会化名梁夏以做对应。我想,涂媛不是在找章洁,或是暖冬,或是梁夏——她是在等待这样的一个人来到她的身边。"

姚盼撇撇嘴,不说话,片刻后才说:"这个人,就是自大……"

骆承文又笑道:"我越想越觉得你的朋友手段很神,他建议的结案结果正确无误——应受的罪罚各自归位,身份也各自归位。"

姚盼叹气说:"是的,我们被迫给涂媛换了二代身份证,录入指纹。"

骆承文说:"因为名字没有错。前阵子,涂媛第一次来到香港,拿着她的那本盖满印章,又空空白白的通行证,那是她真实也全新的名字。"

姚盼说:"好吧,这算负负得正了。"

骆承文笑说:"你别太苛刻。说一些不说一些,不愿意参加审问,人家还没穿上警服,本来就没有这些义务。"他又正容说:"姚警官,如果没有你和那位外援朋友的协助,别说三年,这个案件会没有终期。"

姚盼嘴角露出笑容,没有反驳。骆承文看出她是开心的。姚盼片刻又仰仰头,冷哼说:"我已经警告过他,当上警察以后,再这么任性,要他好看!"

骆承文问:"他答应了吗?"

姚盼闷闷地说:"我不知道他能遵守多少……你不知道,我们老大居然帮他说话,说倒是希望他遵守一些,不遵守一些。"

骆承文微笑说:"我知道哪怕他一直不愿意审讯犯罪嫌疑人,也仍旧能当一个好警察。"

姚盼不再说话。

骆承文从遮阳伞下长身站起:"走,请你去坐摩天轮,能看海——对了,还能看见海洋公园的'雪狐居',你肯定会有兴趣看。"

姚盼蹙眉问:"你在说什么? 什么雪狐? ……"

"他不是叫这个名字吗?"骆承文笑,"话说三年前你来香港支援的时候,时常望向海的对面,其实不仅是望地方,也是在望人吧?"

姚盼莫名脸红,骆承文已大步向前走。

姚盼喊他:"稍等一下。"

骆承文转回头来。

"进园就不能抽了吧。"姚盼笑着从口袋里掏出烟和打火机,递向她曾经的搭档。

尾声

两颊带雀斑的民警敬了个礼,脸庞和眼眸纤长。

他转手把黑檐白徽的帽子摘了下来。

"可以了吧?"他无奈叹气。

姚盼说:"姿势马马虎虎。"她伸手拍拍对方戴着的一枚四角星花的肩章,"衣服还算整齐。"

民警触电样向后退步,咧开嘴,模样顷刻变得青涩气十足。

"姚警官,我能走了吗?"

姚盼说:"不行,跟我去吃饭。"

男人面露难色。

姚盼说:"和我吃饭很为难你,还是浪费你按秒计算的时间?你花了一个月当跟踪的怪人,时间不是挺多的吗?"

姚盼以为这个攻击会让对方招架不住,没想到他却露出更为孩童的笑容。"没办法,以后更没时间了嘛。"

姚盼想起来这个人对这种事乐此不疲。他最爱多管闲事,不以为耻,反以为荣。

她也想明白了,她没戳中死穴:她只说了当跟踪的怪人,没说当跟踪女孩子的怪人。

姚盼说:"跟我走,你欠我一顿饭。"

"啊,为什么?"

"谁帮你和慈善站领导打的招呼?谁帮你制服了章洁?你这电台主持人没当完就跑没影了,是谁给你收拾的摊子?"

对面的男人直起身笑:"谢谢姚警官!"

"我说你好歹在警校待了三年,连一个胳膊挂绷带的都拿不下,居然也敢要毕业证?"

对方恬不知耻地说:"我不喜欢打架。"他又笑,"反正有你们能打的。"

"粗活就让别人去干?你怎么不去找霍鑫或者罗加?哦,对了,陪身穿紧身裙的美女去维多利亚港看夜景这种好事,你倒自己藏着。"

这次的进攻终于奏效了。那个原本表情安逸的男人骤然涨红了脸,几乎不知应答。

姚盼深感满意,但她知道差不多就行了。这个特立独行的人给她打电话,让她协请城郊的旧物回收站帮一位涂姓的女士搬家——其实是告诉她,三年前的案子可以结了。

所以,哪里是她给他收拾摊子……

姚盼自然也明白,这个人说"以后更没时间了"的意思。

今天他成为警察了——所以赶在此之前,他把以后不能做的事情做完。哪怕有些事对他来说并非易事。

这个新晋的片区警察名字叫杜学弧[①]。好些年前,因为一宗无法对凶犯定罪的冤案,以当时的刑警队长孙明玉为首,包括姚盼在

[①]杜学弧,葵田谷笔下的"雪狐神探"系列侦探角色。社区片警,但与姚盼等刑警关系密切,曾在《金色麦田》《看不见的蔷薇》《原生之蔓》等故事中登场。

内的一众刑警和这个天才型的年轻人因缘际会——他们一度有意招募此人加入名为"守望者联盟"的义警组织。

此后,在孙明玉的保荐下,杜学弧入读警校,毕业后正式成为一名人民警察。

而再过几年,因为屡破奇案,查案更查人心的"雪狐神探"之名悄然流传,越来越多警界中人被他吸引到身边……

"算了,我请客——庆祝你上岗。"姚盼迈步向前走。

杜学弧无奈地说:"穿着这衣服吗?能脱了吗?"

"不行。"

两人转过城郊的街角,阳光已变得柔黄。地平线露出建筑物的尖角,高耸的一目了然,下沉的看不见。

姚盼把杜学弧带到一家星巴克咖啡厅,指指户外的桌椅。

"知道你时间宝贵,也知道你和女人坐在餐厅里吃烛光晚餐要浑身发抖,喝咖啡总可以吧?"

杜学弧看上去放松了:"好吧,不过我不喝咖啡,只喝橙汁。"他兀自坐下,把夹在腋下的警帽平放在铁桌上。

姚盼说:"你自己点,这一片你比我熟多了。"

杜学弧笑:"我当的是片警嘛,所以提前走走看看,学习和大家打成一片。"

姚盼说:"得了吧,你倒是学会怎么和女人打成一片了。你不是说你不会打架吗?英雄救美的时候怎么又跑得飞快了?"

杜学弧尴尬脸红,说:"还来,饶了我吧……"

"拿着一把在纪念品商店买的大刀慌里慌张地跑出来,阿星听了都快笑岔气了。对了,还一路尾随人家到香港,真是全职型护花使者哦!"

杜学弧失去招架之力，嘟着嘴不说话。

姚盼心软，说："喂，梁夏先生，要演就好好演。你上次和女孩子一起喝咖啡，也是不会主动服务吗？"

杜学弧脸上表情还是别扭，但"好好演"这句话似有魔力，他感觉松了套，立刻把桌上支棱着的餐牌转过来。

"你要喝什么？我不知道你喜欢喝什么。"

姚盼眉头大皱，心想这个人就像那个餐牌一样，就算叫他把自己支棱起来转着演，他也演不出一个讨女孩子喜欢的模样来。刚好一个穿裙子的服务生拿着小本走过来，问需要点什么，饶有兴致地看着他的一身制服，那个男人只顾把脸埋到肩膀下面。

姚盼说："麻烦来两杯热摩卡。"

杜学弧叫起来："哎，我说了不喝咖啡，我要橙汁！要加冰——"

姚盼为之气结。一旦不攻击其弱肋，这个人会立刻恢复原状：孩子气、傲慢、没人奈他何。但姚盼看着他的这个样子，内心又柔软起来。

这个人给了涂媛自我惩罚的时间，又在一旁悄然保护。他同样把时间给了另一个已成植物人的犯罪嫌疑人，让她没有镣铐地安静地睡过余生。这个人矫情得让人惊奇，他总说："人生很多事情无法避免，人心刹那的软弱也无法避免，这值得原谅。"他始终贯彻这份理念，用自己的方式或惩罚或原谅。

他们的老大孙明玉说："将来，这个人即便身披警服，坚守的东西仍会在职责之上，他坚持走的是一条任性、贪心而又艰难的路……"

这些话，后来都一语成谶。

而这一次，别的倒没什么，但姚盼知道这家伙硬着头皮让自己做了一件龇牙咧嘴、叫苦连天的事——这个人历来如疾病般害怕和女性相处,就连对话也最好躲在广播后面;但他选择跟随、靠近、走出来,来到女孩的身边……

"喂——"姚盼朝杜学弧挑下巴,"你是要自己体会那种表演的艰难吧?"

杜学弧暧昧不答。姚盼知道他的表情是说:我们都说不上知道,更说不上体会。

一杯热咖啡、一杯冰橙汁端上来。

华灯初上,两个警察望向星巴克咖啡厅旁边的小商场,亮堂堂的,原本在楼外悬挂的热带鱼图标和七彩艺术字,现在已经拆除。

姚盼问:"涂姝就是在这里参加的表演吧?"

杜学弧用吸管搅着冰块喝橙汁,漫不经心地说:"对呀,虽然不成功。"

"对她来说够了,她已经体会。有些人不烧尽自己发光,就无人看见。"

杜学弧撇嘴说:"你能不能别抒情?"

姚盼冷笑了一声,望着他说:"你还敢说?你干了什么?"

"什么干了什么?"

"你不只跟踪了涂媛,也跟踪了章洁吧?"

"对呀,不然我怎么知道章洁租了那间老屋……"

"我说另一件事——章洁告诉我了,他说他见过你。他去水产商铺采购细颗粒鱼饲料的时候,你在市场门口装神弄鬼,扮成发传单的推销员。"

杜学弧笑嘻嘻:"原来他把我认出来了。"

"你卖给了他什么?"

"泻药呗。"

"啊?"

"我没办法拦住他把鱼粮磨成粉嘛,所以只好在里面加点佐料。热带鱼吃太多太细的人工饲料,会堵塞鳔管翻肚皮——但是呢,拉一顿稀就会好了。"

姚盼闻言瞠目结舌。

杜学弧说:"虽然表演糟糕得没人看,但起码里面没有死亡。"

姚盼静静地看着对面的人,他语气看似随意,却又深沉。

姚盼摇头说:"你真是一个多管闲事的怪人。"

杜学弧笑:"很多人都这么说。"

"你还有一件事没有说。"

"有吗?"

"裴青城和万有光是不是也有关系?"

杜学弧"哈"了一声:"怎么这么问?"

姚盼说:"调查万有光的时候,我们查到他当游乐园鱼池保育员时曾故意让鱼群缺氧,从而让它们在挣扎中游演。园方本来那次就要解雇万有光,但有人出来为他说情,他才勉强保住饭碗——那个说情的人是马戏团团长,也就是裴青城。"

杜学弧笑:"姚警官很细心呀。"

姚盼说:"你别想搪塞,你这个人不会放过任何细节,你一定全部查过了。"

杜学弧若无其事地回答:"他们算是同事嘛,你也知道万有光有多招人厌,但是那位团长懂得惜才。其实鱼群缺氧事件以后还有余波,有人偷偷翻查万有光的电脑,找出不少死去的鱼和演员受伤的照片,这下此人的变态行径可谓证据确凿了。于是裴青城出来说,这些照片是他指示万有光拍的,留个记录。再后来发生水池瞭望口事故,乐园高管说什么都要炒人,裴青城也无力反对,只好目送万有光离开。不过从那以后,裴青城仍然继续拍着受伤的、死去的动物和人的照片,后来他也为此被乐园解聘了。"

姚盼惊讶地问:"那些照片是裴青城帮万有光拍的?他为什么这么做?"

杜学弧奇道:"不是说了吗?留个记录——那些照片,是很多人曾经挣扎发光的证明,留下来才能被人看见。万有光后来搞直播拍录像,思路不是一样吗?"

姚盼张口无言,心里涌起的情绪无法言表,既感扭曲,又感震撼。

杜学弧笑笑说:"你看,我们哪里能全部体会和理解?"

姚盼沉默半响,问:"你还查到了什么?"

杜学弧提起湿漉漉的吸管,抖了抖。

"这么说吧,裴青城离开那家乐园,和三年前你们办完案子的时间差不多。我想,看到万有光成为命案嫌疑人并且命毙当场的新闻报道,这位马戏团团长心里应该挺难受,所以有一场表演办得焦急,出了事故,再加上照片的事,乐园就让他卷包袱了。再后来的事我也告诉你们了,裴青城奔波辗转了几年,来到这家水族游乐场,虽然规模很寒酸,但最后总算办了一场人鱼共舞的表演——这历程和涂媛还挺像。"

姚盼惊讶地问:"裴青城是不是认得涂媛?那场表演是他专门为涂媛办的吗?"

杜学弧耸耸肩:"哪有什么专门,这些人各自的旅途终点在这里相遇,又不是约好的事,顶多算是天意。好表演找好演员,万有光选择了涂妹,裴青城选择了涂媛,也是心有灵犀而已。对了,万有光在他万众瞩目的表演里,用语音软件生成了一个浑厚磁性的男声做主持,其实素材就是裴青城的嗓音。"

姚盼沉沉追问:"裴青城和万有光到底是什么关系?"

"我也不知道,惺惺相惜或是你追我赶?两个长得不好看的男人能有什么关系?"杜学弧神情暧昧。

姚盼皱眉说:"你肯定查到了什么。"

杜学弧平淡地说:"我只查到他们从小相识。万有光小时候一边喊着自己的马戏梦想,一边被小伙伴踩在脚下取笑的时候,也许裴青城就已经在他旁边。"

那位新上岗的民警又转过头,望向女刑警笑。

"不过,这些都是和案件无关的故事。每个人都有故事,没有记录,哪有人看见。"

女刑警默然不语,突然一瞬不瞬地盯住对面男人的眼睛。

"那你呢?"

杜学弧问:"我什么?"话说完,他慌慌张张地躲开眼神的对视,"啥……"

姚盼冷笑起来:"杜学弧,其实你一直都在演戏吧?包括所谓的异性过敏体质。"

杜学弧有一阵缄默,表情微妙变化,但很快又恢复神气地嘻嘻笑起来。

"随你怎么想,过敏什么的我可没承认。"

"你说每个人都有故事,把你的故事告诉我。"

"哦,原来姚警官正在政审——是要作为材料放进档案里吗?"

姚盼愣了愣,想说"不是",又没法开口。

"我不喜欢把人的故事写在卷宗里。"这个已身披警服的人,目光望向玻璃杯橙黄的冰水混合物,"那里没有温度,也以偏概全。"

姚盼无奈摆官威:"你说不说?"

"等找到人再说。"

"找到什么人?"

这个带着野生动物品性的男人露出狡猾的笑容,他嘟着嘴唇顽皮地挑弄吸管,霓虹灯四面映照,橙汁"咕噜噜"冒出彩色的气泡。

"当然是找到能用有温度的文字记录故事的人。"